Leonie Abels

Auszeit
auf dem kleinen
Archehof

Leonie Abels ist das Pseudonym einer erfolgreichen Schriftstellerin. Sie liebt das Landleben und alles, was man damit verbindet, ist eine passionierte Kuhkraulerin, Eselliebhaberin und Ziegenfreundin. Außerdem ist sie bekennender Schwarzwald-Fan: die wunderbare Landschaft, die gute Küche und die unkomplizierte Art der Bewohnerinnen und Bewohner begeistern sie immer wieder aufs Neue. Mit ihren Geschichten rund um den Archehof Sonnentau hat sie sich einen lange gehegten Traum erfüllt und einen Ort erschaffen, an dem sie selbst gern leben würde.

Isabell sehnt sich nach einer Auszeit. Nach der schmerzhaften Trennung von ihrem Freund, der in demselben Hotel arbeitet wie sie, zieht sie mutig die Reißleine und kündigt ihren Job. Doch nun steht sie vor der Herausforderung, drei lange Monate bis zum Beginn ihrer neuen Anstellung zu überbrücken. Auf der Suche nach einem Neuanfang stößt sie zufällig auf die Stellenausschreibung des Archehofs Sonnentau im Schwarzwald. Als Isabell dort ankommt, ist sie zunächst entsetzt, denn statt der malerischen Idylle findet sie das pure Chaos vor. Überwältigt von der turbulenten Situation weiß sie zunächst gar nicht, wo sie anfangen soll. Doch Isabell wäre nicht Isabell, wenn sie sich nicht mutig in die Arbeit stürzen und die Herausforderung annehmen würde.

Die herzliche Gemeinschaft und die atemberaubende Natur ziehen sie schon bald in ihren Bann, und Isabell fragt sich immer mehr: Möchte sie an diesem zauberhaften Ort wirklich nur vorübergehend bleiben?

Leonie Abels

Auszeit auf dem kleinen Archehof

Roman

more
Immer mit Liebe

MIX
Papier | Fördert
gute Waldnutzung
FSC® C083411

ISBN 978-3-98751-066-3

More ist eine Marke der Aufbau Verlage GmbH & Co. KG

1. Auflage 2025
© Aufbau Verlage GmbH & Co. KG, Berlin 2022
www.aufbau-verlage.de
10969 Berlin, Prinzenstraße 85
Der Verlag behält sich das Text- und Data-Mining nach § 44b UrhG
vor, was hiermit Dritten ohne Zustimmung des Verlages untersagt ist.
Bei Fragen zur Sicherheit unserer Produkte wenden Sie sich bitte an
produktsicherheit@aufbau-verlage.de.
Umschlaggestaltung Grit Bomhauer
unter Verwendung von Motiven von © Shutterstock / MaxyM, Birgit
Reitz-Hofmann, Artiste2d3d, Potapov Alexander, Nik Merkulov,
Subject Photo, nasidastudio, 3dmentor, xpixel, Olhastock, Eric Isselee,
Authentic travel, Okawa Photo, clarst5, sozon, Wanchana365 und
© Getty / kertlis, MediaProduction, Astakhova, bazilfoto, kozorog
graphische Adaption www.buerosued.de, München
Satz LVD GmbH, Berlin
Druck und Binden CPI books GmbH, Leck, Germany

Printed in Germany

1.

Isabell

»Guten Tag. Spreche ich mit Peggy Haller vom Archehof Sonnentau?«

»Ich denke schon.«

»Fein! Ich rufe wegen Ihrer Anzeige an.«

»Welche Anzeige?«

Isabell ist irritiert. »Einen Moment, bitte.« Hastig scrollt sie über das Display ihres Smartphones und sucht nach der Stellenausschreibung, die sie im Internet gefunden hat. »Hier hab ich's! Allrounderin gesucht für zeitweilige Leitung unserer kleinen, familiär geführten Pension inmitten der Natur und in traumhafter Lage«, liest sie vor. »Ankommen und Wohlfühlen ist unsere Devise. Herzlichkeit wird bei uns großge…«

»Verstehe schon. Sie sind nicht die Stallhilfe.«

»Ähm, nein.«

»Schade. Die hätte ich nämlich wirklich dringend …« Peggy Haller unterbricht sich mitten im Satz und flucht laut: »Nun rück mir nicht so auf den Pelz, Ernst! Du bist und bleibst ein altes Ferkel!« Es folgt ein Rumpeln, Trappeln, Türenschlagen. »So, da bin ich wieder«, meldet sie sich ein wenig kurzatmig zurück. »Ich hab den

Kerl rausgeschmissen. Jetzt können wir reden. Wer sind Sie noch mal?«

»Isabell Melchior. Ich hatte Sie angeschrieben und möchte nachfragen, ob Sie meine Unterlagen bekommen haben. Weil ich nichts von Ihnen gehört habe.«

»Sind Sie die Frau, die ihre Bewerbung mit der Post geschickt hat?«

»Ja, das stimmt. Aber ich hatte Ihnen auch eine E-Mail ...«

»Mir haben die Briefmarken gefallen.«

»Die ... die Briefmarken?«

»Genau! Da waren Schwarzhalsziegen drauf. Auch eine bedrohte Nutztierrasse. Die züchten wir ja hier auf unserem Archehof. Sehr gut mitgedacht, muss ich sagen. Hat mir gefallen.«

Isabell runzelt die Stirn. Sie hat keine Ahnung von Schwarzhalsziegen. Und mitgedacht hat allenfalls die Frau auf der Poststelle, die die Marken aufgeklebt hat. Doch auch daran glaubt sie nicht wirklich. Was soll's. Offensichtlich soll es ihr Schaden nicht sein. Im Gegenteil.

»Wann können Sie hier sein?«, erkundigt sich Peggy Haller forsch.

Isabell ist nun doch ein wenig überrumpelt. »Sollten wir uns nicht zuerst kennenlernen?«

»Dafür ist später Zeit«, widerspricht die Bäuerin lautstark, um das plötzlich einsetzende, heftige Pladdern zu übertönen. Offenbar lässt sie gerade irgendwo Wasser ein. »Ist ja auch nur für drei Monate, da sollte man nicht so viel Wind machen. Wenn Sie natürlich zuerst herkommen wollen … Von mir aus. Aber so eine weite Reise wäre mir persönlich zu viel. Woher sind Sie noch mal? Freiburg?«

»Hamburg.«

»Sag ich doch! Also, kommen Sie einfach vorbei. Abhauen können Sie immer noch, wenn Sie's bei uns nicht aushalten.«

2.

Am frühen Nachmittag erreicht Isabell endlich Mühlach. Jetzt kann es nicht mehr weit sein. Sie lässt das Schwarzwaldstädtchen hinter sich und folgt einer Landstraße. Zwei Kilometer weiter biegt sie ab in Richtung Filzach. Wie ein hellgraues Schleifenband windet sich das Sträßchen die sanft geschwungenen Hügelkuppen hinauf, vorbei an Viehweiden und Streuobstwiesen. Auf der gegenüberliegenden Seite des Tals zieht sich dunkler Nadelwald die Steilhänge hinauf. Wie ein dicht gewebtes Vlies bedeckt er die Hügelketten, die sich in der Ferne zum Gebirge auftürmen. Fasziniert lässt Isabell ihren Blick schweifen … und reißt erschrocken das Lenkrad herum. Ein grüner Mercedes schießt ihr in der Kurve entgegen und schneidet sie gefährlich.

»Wohl lebensmüde, wie?«, schimpft sie, nachdem sie ihren Wagen wieder auf die Spur gebracht hat. Sie atmet tief durch und wartet darauf, dass ihr pochendes Herz sich beruhigt. »Puh! Das wäre um ein Haar ins Auge gegangen.«

Die Straße führt jetzt an einer Weide vorbei, auf der sattbraun gescheckte Kühe mit weißen Köpfen grasen;

an einem Gatter drängt sich eine blökende Schafherde zusammen.

Eine letzte Kurve, dann wird der Hof sichtbar: ein kompakter Bau mit hölzernen Balustraden und einem mächtigen, tief hinabgezogenen Dach. Zwischen dunklem Holz strahlen weiße Sprossenfenster hervor. Ein Haus, wie es für den Schwarzwald typisch ist. Ein Haus wie aus einem Märchen, denkt Isabell. Sie parkt auf dem unbefestigten Randstreifen vor einer umzäunten Wiese, steigt aus und streckt sich. Ihre Ankunft wird nicht unkommentiert gelassen: Eine Schar Gänse nähert sich mit wildem Geschnatter. Aufgeregt schieben die Tiere ihre langen Hälse durch den Zaun, als wollten sie Isabell zu fassen bekommen.

»Ihr seid mir ja welche.« Sie beobachtet die Gänse einen Augenblick, wendet sich ab und steuert auf das Haus zu. Aus der Nähe betrachtet wird deutlich, dass es schon bessere Tage gesehen hat. An einigen Stellen ist das Holz schadhaft und hätte dringend eine Reparatur nötig. Aber gerade diese Unvollkommenheit verstärkt den märchenhaften Eindruck noch, ebenso wie die üppig blühende Kletterrose, deren rote Blüten in apartem Kontrast zu dem nahezu schwarzen Holz stehen.

Isabell nimmt die drei Stufen zu der wuchtigen Eingangstür hinauf, betätigt den Klingelknopf, wartet eine Weile. Sie schellt nochmals, aber nichts geschieht. Auch auf ihr Rufen erhält sie keine Antwort. Die Gänse haben derweil das Interesse verloren und sind wieder ihrer Wege gezogen. In der Ferne blöken noch immer die Schafe.

Isabell umrundet das sich an den Hang schmiegende Haus und betritt dann einen etwas höher liegenden, gepflasterten Innenhof. Die Stallungen liegen im L-förmigen Winkel zum Wohnhaus, schließen sich jedoch nicht direkt an dieses an. Die rückwärtige, zum Hang hin gelegene Seite des Hauses hat das Aussehen einer Scheune und folglich keine Fenster, sondern nur ein großes Tor, durch das man von hier aus ebenerdig fahren könnte, wäre es nicht geschlossen. Ein paar Meter entfernt parkt ein in die Jahre gekommener, schlammbespritzter Geländewagen, umrahmt von ein paar scharrenden Hühnern. In einer Ecke dampft eine Mistkarre vor sich hin. Sanftes Schnauben und verhaltenes Rumpeln dringt aus den Stallungen; Mauersegler pfeifen von den Dächern. Isabell geht weiter, entdeckt eine halb offen stehende Hintertür und steuert darauf zu.

»Hallo?« Zögernd betritt sie einen schmalen Flur mit braun-weiß gekachelten Fliesen. An einer Hakenleiste hängt eine verfilzte Wolljacke im Norwegermuster, daneben ein Wust von Regenmänteln. Gummistiefel in allen Größen reihen sich unter eine schlichte hölzerne Sitzbank, auf der ein Stapel Werbeblättchen, eine Fellbürste, ein Führstrick und die schimmernde Folie eines Schokoriegels liegen. Es riecht seltsam hier drin, findet Isabell. Irgendwo aus dem Innern des Hauses dringen jetzt Geräusche herüber. Also muss jemand da sein. Sie fasst sich ein Herz und folgt dem kurzen Flur, der geradewegs in die Küche führt, tritt über die Schwelle … und erstarrt.

Unmittelbar vor ihr steht ein riesiges Schwein. Es hat wolliges, braunschwarzes Fell und mustert sie aus winzigen, glitzernden Äuglein. Mit eifrigen Grunzlauten streckt es ihr seine feuchtkalte Schnauze entgegen, schnuppert an ihren Händen und inspiziert ihre Manteltaschen.

Isabell glaubt sich zu erinnern, dass Schweinebisse unmittelbar zum Tod führen. Sie hält die Luft an und wagt nicht, sich zu bewegen.

»Herrje! Warum steht die Tür wieder auf?«, poltert es plötzlich aus dem Flur. Die Stimme klingt vage vertraut. Schon betritt eine stämmige Frau mit wirrem, angegrautem Lockenkopf den Raum und drängt sich vorbei. »Herrschaftszeiten, Ernst! Sieh zu, dass du an die frische Luft kommst! Musstest du mir wieder die Schokoriegel wegfressen, du alte Wutz!« Mit entschlossener Miene schiebt sie das Schwein hinaus aus der Küche und scheucht es nach draußen. »Die Tür muss geschlossen bleiben«, verkündet sie nach ihrer Rückkehr. »Sonst fühlt sich alles eingeladen, was hier so kreucht und fleucht.«

»Sie war offen, als ich kam«, wagt Isabell einzuwenden.

»Dann war Ernst wohl mal wieder der Übeltäter«, mutmaßt die Frau achselzuckend. »Ich warte auf den Tag, an dem er Erdnüsse futternd auf meiner Couch vorm Fernseher liegt.« Sie wischt sich die Hände an ihrer Arbeitshose ab und streckt Isabell die rechte Hand hin. »Peggy Haller. Bin die Chefin vom Ganzen. Hallöle!«

Unter dem festen Händedruck ist ihre schwielige Handfläche zu spüren. »Kannst mich Peggy nennen. Wir duzen uns hier alle. Wär ja auch albern, wenn ich ›Herr Ernst‹ sagen würde, oder?« Sie stößt ein kehliges Lachen aus.

»War das ein Wildschwein?«, erkundigt sich Isabell. Ihr sitzt der Schreck noch immer in den Gliedern.

»Schon mal ein Wildschwein mit Plüschohren gesehen?« Peggy Haller grinst spitzbübisch.

An dieser Bestie hat nichts auch nur im Ansatz plüschig gewirkt, findet Isabell. Sie erinnert sich auch nicht, jemals ein Wildschwein in einer Küche angetroffen zu haben … ob mit oder ohne Plüschohren.

»Ich finde, er sieht nicht aus wie ein Schwein«, beharrt sie.

»Das findet Ernst auch.« Wieder lacht Peggy. »Aber glaub mir, er ist eins. Ein Majolika-Wollschwein, um genau zu sein.«

»Ist er irgendwie … gefährlich?«

»O ja!« Peggy nickt. »Gefährlich für alles, was essbar ist! Aber nein, das war nur Spaß! Ernst ist ein friedlicher Geselle. Allerdings verfressen bis zum Gehtnichtmehr. Und er mag's nicht, wenn du ihn provozierst.«

Isabell kraust skeptisch die Stirn. »Wie mache ich das, rein theoretisch?«

»Du solltest ihm nicht genüsslich was vorfuttern. Das hat er nicht gern. Auch nicht in seinem Beisein die Kätzchen kraulen und herzen. Da wird er eifersüchtig. Und überhaupt … keine allzu großen Intimitäten.«

»Intimitäten?«

»Du wirst ja wohl wissen, was Intimitäten sind, Mädel! Knutschereien mag er nicht so. Wenn dich dein Freund besucht, sollte es euch also nicht gerade in seiner Anwesenheit überkommen.«

»Da besteht keine Gefahr«, lacht Isabell. »Ich habe keinen Freund.«

Peggy schaut sie einen Augenblick nachdenklich an. »Freundin vielleicht?«

»Auch nicht.«

»Was soll's.« Sie zuckt die Achseln. »Wie auch immer: Ernsts bester Kumpel ist Hans. Bestimmt hat er Sehnsucht nach ihm gehabt. Allerdings ist Hans mit Phil zum Einkaufen nach Mühlach runtergefahren. Unser Ernst wäre sicher auch gern mit von der Partie gewesen, aber irgendwo muss Schluss sein, sag ich immer.«

Isabell nickt eifrig, obwohl sie keine Ahnung hat, wovon die Rede ist.

»Genug der Schweinereien!« Peggy klopft ihr lächelnd auf die Schulter. »Ich freue mich jedenfalls, dass du da bist. Eine Stallhilfe können wir wirklich dringend brauchen.«

Die Enttäuschung über das Missverständnis beruht auf Gegenseitigkeit, doch Isabell ist zu sehr Profi, um sie sich anmerken zu lassen, und Peggy kommt zu dem Schluss, dass sie sich deswegen nicht aus dem Fenster stürzen muss. Stattdessen schlägt sie eine Hausführung vor, auf die Isabell bereits neugierig ist.

»Dann wollen wir mal. Der Reihe nach und wie sich's gehört.« Sie verlassen Küche und Haus wieder, passieren die talwärts gelegene Frontseite und steuern das reguläre Eingangsportal an, das Isabell bereits kennt. Peggy schließt die Tür auf und führt sie in einen langen, geraden Flur, der sich irgendwann in der Dunkelheit des Hausinneren verliert. »Das wäre dann dein Wirkungsbereich.« Ihre Hand vollführt einen schwungvollen Schlenker, der alles umfasst: die getäfelten Wände, den Dielenboden, die hölzerne, in die oberen Stockwerke führende Treppe; sie bezieht die beiden samtgepolsterten Sessel in der Ecke mit ein, den vertrockneten Blumenstrauß auf dem Tischchen davor, das an der Wand hängende Hirschgeweih, das von einem filigranen Netz aus Spinnweben überzogen ist.

»Sehr schön«, lobt Isabell. »Aber wo ist die Rezeption?«

»Rezeption?« Peggy legt ihre Stirn in Falten. »Wir sind nicht das Ritz, Kindchen.«

»Wie checken die Gäste denn ein?«

»Sie rufen an und teilen uns mit, wann sie ankommen. Oder sie schreiben eine E-Mail. Jemand ist dann schon da, der sie reinlässt.«

»Und wenn nicht?«

»Irgendjemand ist immer da«, beharrt Peggy. »Du hast es ja selbst erlebt.«

Fast muss Isabell lachen. Der Irgendjemand war in ihrem Fall ein Wollschwein namens Ernst.

»Im Parterre haben wir ein Zimmer und zwei Ferienappartements.« Peggy ist schon weitergegangen und deutet auf eine Tür. »Hier ist das größere für Familien. In dem anderen wohnt Phil.«

»Phil?«

»Phil Wagner. Ist so eine Art Langzeitgast.«

»Sie meinen … du meinst, er verbringt den Winter hier?«

Peggy lacht auf. »Wie schon die letzten sechs und die Sommer dazu«, erwidert sie trocken. »Ich fürchte, den werden wir nie wieder los.« Mit schnellen Schritten läuft sie durch den Flur und steuert auf eine weitere Tür zu. »Hier ist der Gastraum.«

Grelles Deckenlicht flammt auf. Isabell betritt einen holzvertäfelten Raum, der von einem riesigen grünen Kachelofen dominiert wird. Eine Handvoll Tische und Stühle sind ohne sichtbare Ordnung über die Fläche verteilt. Die zahlreichen Sprossenfenster bilden einen Erker, durch den jedoch kaum Licht hereinfällt, da die Vorhänge größtenteils zugezogen sind. Die gesamte Stirnseite des Raumes wird von einer hölzernen Eckbank eingenommen. Seitlich daneben steht etwas verloren ein altes Klavier. Auf eigentümliche Weise betont das grelle Deckenlicht die Düsternis des Raumes, dazu zieht es vom Flur her unangenehm. Fröstelnd macht Isabell einen Schritt nach hinten.

»Eigentlich wollte Phil dir alles zeigen. Er kennt sich am besten aus«, meldet Peggy sich wieder zu Wort. »Aber wie ich schon sagte: Er ist zum Einkaufen gefahren. Keine Ahnung, wo er sich so lange herumtreibt. Na ja, er wird wieder auftauchen. Gehen wir nach oben, da sind die Gästezimmer.«

Auf dem Rückweg durch den Flur hängt Isabell der Frage nach, wieso ein Langzeitgast mit dem Betriebsablauf besser vertraut ist als die Pensionswirtin, doch eine plausible Antwort will ihr nicht einfallen.

»Wir haben zehn Zimmer im ersten Stock«, erklärt Peggy, während sie die knarzenden Stufen hochstapft. »Für meinen Geschmack sind das neun zu viel.«

Oha. Isabell hält unwillkürlich inne. »Und was ist mit dem zehnten?«, erkundigt sie sich.

»Da wohnt der Dichter. Der stört nicht weiter.«

»Ein Schriftsteller?«

»Was sich so Schriftsteller nennt.« Peggy hat den oberen Treppenabsatz erreicht und bleibt einen Moment stehen. »Gelesen habe ich noch nichts von ihm, aber das muss nichts heißen. Jedenfalls ist er ein Stammgast. Betreibt so 'ne Art Homeoffice hier. ›Dichterklause mit WLAN-Anschluss‹, sag ich immer.« Sie geht weiter und schließt die erste Tür auf. »Bitte sehr!«

Isabell betritt erwartungsvoll das Zimmer. Zuerst springt ihr das riesige Doppelbett ins Auge, das von zwei altmodischen Nachttischchen flankiert wird. Gegenüber vom Bett steht ein wuchtiger Schrank, daneben ein Sekretär, scheinbar geradewegs einem Billigmöbelprospekt entsprungen, ebenso wie die beiden unbequem aussehenden Stühle. Eine scheußliche Deckenlampe. Rüschengardinen. Dazu dicke Vorhänge in einem rostigen Orangeton. Mamma mia!

»Die Betten sind gut«, hört sie Peggy sagen. »Die Gäste behaupten immer, sie schlafen wie die Babys darin.«

»Ist das so?« Isabell tritt ans Fenster, zieht die Gardine zurück und lässt den Blick über einen grasbewachsenen Hügel schweifen, der perfekt gerundet ist wie die Kuppe eines riesigen Eis. Eine Herde Schafe weidet darauf. Oder sind es Ziegen? In einiger Entfernung erkennt sie das Gatter wieder, an dem sie vorbeigefahren ist, auch die Obstbäume auf der gegenüberliegenden Seite. Seitlich der Kuppe erhebt sich ein Nadelwäldchen. Das rostrote Laub einer jungen Buche leuchtet wie eine Feuerkugel daraus hervor. Hinter dem Wäldchen sind weitere Wiesen und Weiden zu erkennen, die in der Ferne vom dunklen Grün der Tannenwälder abgelöst werden. Unwillkürlich atmet Isabell tief durch.

»Wie gefällt dir das Zimmer?«, erkundigt sich Peggy in ihrem Rücken.

»Darf ich ehrlich sein?« Isabell dreht sich wieder zu der Bäuerin um.

»Nur zu! Ich werd's verschmerzen.«

»Der Ausblick ist wunderbar, das Zimmer leider weniger. Der Raum ist gut geschnitten und nicht zu klein. Das Bett ist eine Antiquität und passt zum Ambiente. Aber die Bettwäsche geht gar nicht. Dieses wirre orange-braune Muster – wie aus den Siebzigern des letzten Jahrhunderts. Und dann diese Leuchten!« Sie tritt vor und knipst eine der Nachttischlampen an. Nichts tut sich. »Das hatte ich befürchtet«, seufzt sie und blickt wieder zum Fenster. »Die Vorhänge …« Sie schüttelt den Kopf.

»Dann die Gardinen. Kein Mensch braucht Gardinen bei dieser Aussicht!«

»Was du nicht sagst.« Peggy mustert sie, als würde sie sie zum ersten Mal richtig wahrnehmen. »Vielen Dank jedenfalls für die offenen Worte.«

»Bitte sehr.« Isabell hält ihrem bohrenden Blick stand. »Darf ich auch die anderen Zimmer sehen?«

»Klar. Aber erwarte nicht zu viel Abwechslung.«

Die Warnung ist berechtigt. Teppiche, Vorhänge und Bettwäsche variieren in Rostbraun, Schlammbraun und einem todmüden Beigebraun. Das ist alles.

»Dieser Kalender da.« Isabell deutet auf eine Wand in Zimmer acht. Hier hängt das gleiche Motiv wie in allen anderen Zimmern: eine grasende Lämmerherde, die sich in der Unschärfe verliert. Im Vordergrund dagegen prangt gestochen scharf eine Arzneiflasche mit blauweißem Etikett, dazu der Slogan: ›Kokzidiose war gestern‹.

»Anni hat immer darauf geachtet, dass der richtige Monat angezeigt wird«, verkündet Peggy stolz, bevor sie Isabells skeptischen Blick auffängt. »Was denn, der Kalender gefällt dir auch nicht? Der ist doch ganz hübsch, dachte ich. Den gab's beim Futtergroßhandel umsonst, da hab ich gleich ein Dutzend mitgenommen.«

Isabell unterdrückt ein neuerliches Seufzen.

»Wir sollten uns darüber unterhalten, welche Pflichten Anni hatte«, erklärt sie ausweichend. »Die werde ich dann ja übernehmen müssen.«

»Pflichten? Ja, also …« Peggy fährt sich grübelnd

durchs Haar. »Unsere Anni hat den Laden geschmissen. Aber sie fällt nun leider für längere Zeit aus. Bandscheibenvorfall.«

»Das tut mir leid.«

»Mir auch.« Peggy tritt ans Fenster und späht erwartungsvoll nach draußen. »Sie war eine sehr fleißige Person«, fährt sie mit abgewandtem Blick fort. »Hat die Zimmer in Ordnung gehalten, die Bäder gemacht, für die Wäsche gesorgt, die Gäste in Empfang genommen und sich gekümmert, wenn irgendwas los war.« Sie schaut wieder zu Isabell hinüber. »Das wären dann jetzt so ungefähr deine Aufgaben.«

»Okay. Und wer unterstützt mich dabei?«

»Wer dich unterstützt?« Peggy zieht die Augenbrauen hoch. »Anni hat das alles allein geschafft. Sie hat sogar zwischendurch beim Melken geholfen, wenn Not am Mann war.«

Kein Wunder, dass sie einen Bandscheibenvorfall hat, denkt Isabell im Stillen. Ihre erwartungsfrohe Stimmung verflüchtigt sich zusehends.

»Deshalb hatten wir ja ›Allrounderin‹ geschrieben«, ergänzt Peggy, während ihr Blick wieder aus dem Fenster gleitet.

»Von Stallarbeit war nicht die Rede«, erklärt Isabell sachlich.

»Tierlieb sollte man schon sein, wenn man hier arbeitet. Das stand ganz klar in der Anzeige«, behauptet Peggy und gibt ihren Fensterplatz auf. Isabell ist sich sicher, dass davon nichts in der Anzeige stand. Dabei betrachtet sie sich durchaus als tierlieb, wenngleich es bisher immer eine Liebe auf Abstand war.

»Hey, Mädchen, guck nicht so!« Die Bäuerin stößt einen kehligen Lacher aus. »Das mit der Stallarbeit war ein Scherz. Und mit dem Gästefrühstück hast du auch nichts zu tun. Dafür ist Phil zuständig.« Sie schickt sich an, das Zimmer zu verlassen, und Isabell folgt ihr. »Ansonsten gibt's hier keine Küche«, berichtet sie, während sie die Tür hinter sich zuzieht. »Dafür steht unten ein großer Kühlschrank. Der ist immer gut gefüllt, und alle dürfen sich bedienen. Ich hatte vergessen, ihn dir zu zeigen. Aber was man nicht im Kopf hat, muss man eben in den Beinen haben, wie's so schön heißt.« Wieder geht es treppab, durch die Diele und den langen Flur, vorbei an der Gaststube.

»Hier steht unser Prachtstück!« Peggy öffnet schwungvoll die Tür des Kühlgeräts, das mit seiner Wuchtigkeit den halben Weg versperrt. Ein strenger Käsegeruch schlägt Isabell entgegen. »Milch, Butter, Wurst … alles da.« Peggy greift nach einem Töpfchen Quark und hält es ihr hin. »Hier, schau! Überall kleben Schildchen drauf mit dem Haltbarkeitsdatum, zur Orientierung. Alles, was abgelaufen ist, esse dann ich.« Sie schaut auf und scheint Isabells befremdeten Blick geradezu zu genießen. »Man merkt doch, wenn etwas verdorben ist. Riechen, anschauen … und du weißt Bescheid. Was nicht schlecht ist, ist noch gut. Also kann man's essen«, doziert sie. »Das mach ich schon mein Leben lang so, und es hat mir nie geschadet.«

Wer weiß, denkt Isabell ein wenig amüsiert, sagt aber nichts.

»Keine Sorge, du kannst das anders handhaben«, beruhigt Peggy sie jetzt. »Deswegen ja die Schildchen. Der Preis steht auch drauf. Die Gäste rechnen alles zusammen und tun das Geld in die Dose da oben.« Sie streckt sich, greift nach einer alten Keksdose und schüttelt sie kurz. Das metallische Scheppern zaubert ihr ein zufriedenes Lächeln ins Gesicht. Dann stellt sie die Dose wieder zurück. »Das hätten wir also auch geklärt. Jetzt zeige ich dir deine Unterkunft.« Sie deutet auf eine Stiege am Ende des Flurs, die in den zweiten Stock hinaufführt. »Da müssen wir rauf!«

Mit heimlicher Sorge fragt sich Isabell, welche neuerlichen Überraschungen sie dort oben erwarten werden, und rechnet mit dem Schlimmsten. Der Aufstieg ist einigermaßen beschwerlich, denn die Stiege ist sehr steil und die Stufen sind schmal. Als sie oben angelangt sind, muss Peggy einen Moment verschnaufen, dann drückt sie die Klinke einer grob gezimmerten Tür. »Bitte, nach dir!«

Isabell betritt einen nahezu quadratischen Raum, dessen Zentrum ein wuchtiger Pfeiler aus Eichenholz bildet. Unter das Fenster in der Schräge wurde ein einfaches hölzernes Bett geschoben, daneben steht eine hübsche Weichholzkommode. In der Ecke zwischen Dach und Stirnwand steht ein gusseiserner Ofen, davor ein Ohrensessel, über den ein Schaffell gebreitet ist.

Staunend schaut Isabell sich um. Dieser Raum hat etwas, was den übrigen Gästezimmern komplett fehlt: Er hat Charakter und vermittelt Geborgenheit.

»Ein schönes Zimmer«, lobt sie.

»Es wäre meins, wenn die vielen Stufen nicht wären«, entgegnet Peggy schmunzelnd. »Leider haben meine Knie das Treppensteigen nicht mehr so gern. Dabei hatte ich extra das Fenster einbauen lassen. Und die Holzpaneele weiß zu streichen, war eine Heidenarbeit.« Sie deutet auf die hellen Schrägen. »Der Raum war früher mal ein Teil des Getreidespeichers. Es gab kaum Licht. In den anderen Wohnräumen allerdings auch nicht.«

»So wie im Flur unten?«, erkundigt sich Isabell interessiert.

»So ungefähr. Diese Finsternis hält heute niemand mehr aus.«

Isabell sieht sich noch einmal um. Sie kann keine weitere Tür entdecken. »Wo ist das Bad?«

»Unten. Gleich die erste Tür rechts«, erwidert Peggy prompt.

»Was denn, es gibt keine Toilette hier oben?« Isabell sieht sie ungläubig an.

»Entschuldige, Mädel. Aber dieses Haus ist über dreihundert Jahre alt. Damals gab es kein fließend Wasser, keine Dusche und kein Spülklosett. Die Leute haben sich trotzdem sauber gehalten … und sie wussten sich zu helfen.«

»Sie wussten sich zu helfen?«

»Genau! So ein Nachttopf ist eine simple, aber recht praktische Erfindung.«

Ein Nachttopf? Isabell verspürt keine Lust, sich schon wieder auf den Arm nehmen zu lassen. »Hat Anni hier gewohnt?«, wechselt sie das Thema.

»Anni? Nein, die wohnt oben in Filzach. Sie kam jeden Morgen um sechs Uhr rauf und ist mittags wieder gefahren, wenn nichts Besonderes anstand.«

»Und wer hat sich anschließend um die Gäste gekümmert?«

»Unsere Gäste sind erwachsene Menschen, die braucht man nicht ständig zu betüddeln«, erwidert Peggy kurz angebunden. »Katastrophen sind bisher jedenfalls ausgeblieben.« Isabell atmet tief durch.

»So ganz verstehe ich die Formulierungen in der Stellenanzeige nicht«, erklärt sie nach kurzem Schweigen. »Von wegen ankommen und sich wohlfühlen und so weiter.«

»Verbiete ich meinen Gästen etwa, sich wohlzufühlen?«, kontert Peggy ironisch. »Das bleibt doch wohl jedem selbst überlassen.«

»Herzlichkeit wird bei uns großgeschrieben«, zitiert Isabell weiter aus dem Gedächtnis.

»Ach, das!« Peggy winkt ab. »Das hat Ludwig geschrieben. Er meinte, das muss so.«

Isabell hat keine Ahnung, wer Ludwig ist.

»Alles muss heutzutage authentisch und bodenständig sein und vor Herzblut triefen«, beschwert Peggy sich jetzt. »Ich find's albern, ehrlich gesagt. Wer sich nichts

Tolleres vorstellen kann, als anderen die Frühstückseier zu servieren, mit dem stimmt doch was nicht, oder?« Sie schüttelt den Kopf.

Für einen Moment verschlägt es Isabell die Sprache. Sie liebt ihren Beruf. Ihren Gästen eine gute Zeit zu bereiten und in glückliche, zufriedene Gesichter zu schauen, ist für sie das Schönste überhaupt. Diese Frau namens Peggy Haller scheint nun wirklich keine einzige Eigenschaft zu besitzen, die für eine Pensionswirtin von Vorteil wäre.

»Weshalb gibt man dann eine solche Anzeige auf?« Dieses Mal gibt Isabell sich keine Mühe, ihre Kränkung zu verhehlen.

»Na, weil wir jemanden finden mussten!«, entgegnet Peggy mit entwaffnender Ehrlichkeit. Isabell weiß nicht, was sie darauf erwidern soll, doch lautes Gänsegeschnatter entbindet sie vorerst von diesem Problem.

Sofort steuert Peggy auf das Fenster zu und späht hinaus. »Da kommt Jenny mit der neuen Stallhilfe!«, verkündet sie erleichtert. »Entschuldige, aber ich muss da jetzt mal ganz fix hin. Wir sehen uns später!« Und damit ist sie auch schon aus der Tür.

3.

Was für ein Tag! Isabell lässt sich auf das Bett sinken, das nun bis Neujahr ihres sein wird. Oder bis morgen früh. Sie hat sich noch nicht entschieden.

Von ihrem neuen Leben trennen sie nur drei Monate. Drei Monate, in denen sie irgendwo unterkommen muss. Eine Art Arbeitsurlaub, so hat sie sich die Sache vorgestellt. Ein kleines Schwarzwaldabenteuer. Danach wartet ein wunderbares Hotel in der Schweiz auf sie, dazu gute Bezahlung und Entwicklungsmöglichkeiten bis rauf ins Management der Kette. Ein echter Neuanfang.

Sie ist fest gewillt, das Beste draus zu machen. Drei Monate. Eine überschaubare Zeit. Aber auch nicht gerade mit einem Augenwischen vorbei. Was nun?

Sie wälzt sich auf die andere Seite, rechnet mit Federnquietschen oder einer durchgelegenen Kuhle. Aber nein. Die Matratze ist in Ordnung. Sie streckt den linken Arm aus und knipst die Nachttischlampe an. Sie streicht über die rot-weiß karierte Bettwäsche, schnuppert daran. Der Duft von altem, frisch gewaschenem Leinen steigt ihr in die Nase, dazu ein Hauch Lavendel.

Sie verschränkt die Arme hinter dem Kopf und starrt an die Decke. Das imposante Gebälk über ihr erinnert sie an einen Glockenturm. Dem Himmel so nah. Sie fühlt sich plötzlich sehr verloren.

Ein Nachttopf! Wie kann man nur! Sie beugt sich vor und späht unter das Bett. Nichts. Natürlich nicht! Diese Peggy hat sie auf die Schippe genommen. Sie stemmt sich wieder nach oben und ihr Blick streift unweigerlich den mächtigen Eichenholzpfeiler, der das Deckengebälk trägt. Schräg hinter dem Pfeiler steht etwas auf dem Dielenboden. Keine Frage, was es ist. Und wenn schon! Plötzlich ist ihr alles egal.

Sie hat eben kein Glück gehabt. Mal wieder nicht. Aber das Problem wird sich schon irgendwie lösen lassen. Ihre vielen beruflich bedingten Aufenthalte an fremden Orten haben Isabell eines gelehrt: Es ist nicht gut, sich in Verlorenheitsgefühlen zu ergehen. Was am besten dagegen hilft, ist Schlaf. Nur ein einziges Mal hat ihr der Schlaf nicht geholfen, aber genau genommen war es da auch keine berufliche Reise gewesen. Ganz im Gegenteil, es war eher …

Stopp! Keine Grübeleien mehr. Entschlossen rückt sie ihr Kissen zurecht, löscht das Licht und zieht die Decke bis ans Kinn. Von irgendwoher ruft ein Käuzchen. In der Ferne bellt ein Hund. Eine Windböe streicht ums Haus. Balkenknarzen. Dann nichts mehr.

4.

Isabell ist pünktlich. Um acht Uhr erwarte dieser Phil-wer-auch-immer sie in der Gaststube, hatte Peggy ihr am Vorabend noch ausgerichtet.

Als sie die Gaststube betritt, flutet ihr wohlige Wärme entgegen. Der grüne Kachelofen bollert und die tief hängenden Lampenschirme über den Tischen tauchen den Raum in weiches Licht. Auf einem der beiden eingedeckten Tische brennt eine rote Stabkerze. Ein Gedeck für eine Person. Brötchen. Butter. Marmelade. Käse und Aufschnitt. Räucherforelle. Ein Glas Orangensaft.

»Guten Morgen!« Ein älterer Herr betritt den Raum und kommt mit freudigem Lächeln auf sie zu. Er ist groß und schlank, beinahe hager, seine knochigen Schultern sind beim Gehen leicht nach vorn gebeugt.

»Isabell Melchior«, stellt sie sich rasch vor, um Verwechslungen mit irgendwelchen Stallhilfen vorzubeugen.

Sie reichen einander die Hände.

»Philip Wagner. Schön, Sie kennenzulernen!« Er deutet auf den gedeckten Tisch mit der brennenden Kerze. »Bitte, setzen Sie sich!«

»Entschuldigen Sie, aber ich fürchte, ich kann nicht bleiben.« Sie lächelt bedauernd.

»Nanu?« Verwundert hebt er die Augenbrauen. »Keine Sorge, das müssen Sie auch nicht. Ich halte Sie nicht fest«, erklärt er nach kurzer Überlegung. »Aber frühstücken müssen Sie. Also bitte, nehmen Sie Platz!« Er rückt ihr den Stuhl zurecht, ein rustikales, hölzernes Exemplar mit herzförmiger Lehne, wie alle hier im Raum, wiederholt die einladende Geste. Wie soll sie sich gegen so viel Freundlichkeit wehren?

»Kaffee oder Tee?«

»Kaffee wäre wunderbar.«

»Kommt sofort.« Philip Wagner verschwindet durch die Tür, durch die er gekommen ist.

Isabells Blick wandert wieder im Raum umher. Gestern hat sie ihn als düsteres Loch empfunden. Heute wirkt er wie eine warme Höhle, wie ein schützendes Nest. Es muss die Beleuchtung gewesen sein, überlegt sie. Grelles Neonlicht tilgt jeden Charme. Aber jetzt …

Philip Wagner kehrt mit dem Kaffee zurück und serviert ihr ein Frühstücksei. Das Ei ist grün. »Gefärbt?«, erkundigt Isabell sich verwundert.

»Nein, das ist die natürliche Farbe.«

»Sind die Hühner auch grün?«, scherzt sie.

»Finden Sie es selbst heraus.« Philip Wagner zwinkert ihr zu, wünscht ihr einen guten Appetit und lässt sie allein.

»Das Frühstück war sehr gut«, lobt sie eine Weile später.

»So soll es sein!« Der alte Mann schenkt ihr ein gewinnendes Lächeln. »Lorbeeren einer Frau vom Fach freuen mich natürlich besonders. Dazu von einer mit Ihren Referenzen …«

»Sie haben meine Unterlagen gelesen?«, fragt sie erstaunt.

»Aber sicher! Irgendjemand musste es ja tun, wo Sie sich schon die Mühe gemacht haben. Darf ich mich übrigens setzen?«

»Gern.«

Philip Wagner nimmt Platz, schiebt den Käseteller zur Seite und mustert sie mit unverhohlener Neugier. »Wenn ich fragen darf: Was hat Sie an dieser Stelle hier gereizt?«

»Es ist für den Übergang gedacht«, beeilt sie sich zu sagen. »Im nächsten Jahr trete ich eine Stelle in der Schweiz an.«

»Ja, das hatten Sie geschrieben. Herzlichen Glückwunsch übrigens.« Wieder dieses einnehmende Lächeln. Dieser Mann ist einfach sympathisch. »Aber warum die Pension Archehof Sonnentau?«

»Ich wollte etwas Sinnvolles tun«, beantwortet sie seine Frage und fühlt sich plötzlich unbehaglich. »Vielleicht war's auch ein bisschen Abenteuerlust. Der Hof, die vielen Tiere … Aber bitte … wird das ein Vorstellungsgespräch? Es hieß, das sei nicht nötig, obwohl ich es angeboten hatte. Jetzt ist es dafür zu spät, fürchte ich.«

»Himmel, nein!« Philip Wagner hebt abwehrend die Hände. »Es war reine Neugier. Aber Sie haben recht: Es geht mich nichts an. Entschuldigen Sie bitte meine Neugier.« Er schiebt den Käseteller noch ein Stückchen weiter von sich. »Mich wundert es nicht, dass Sie enttäuscht sind. Die Zimmer, der Service: Sie hatten sich bestimmt etwas anderes vorgestellt. Und Peggy …« Er hält einen Moment inne. »Sie tut, was sie kann, aber sie hat ihre Grenzen. Das Archeprojekt, die Tiere: in dieser Arbeit geht sie auf, hundertprozentig. Aber die Hotellerie ist nicht ihr Ding.«

»Und deshalb kümmern Sie sich um das Gästefrühstück?«, hakt Isabell nun ihrerseits nach. Es fällt ihr leichter, nicht über sich selbst sprechen zu müssen.

Philip Wagner schaut auf. »Das ist ein Arrangement zwischen Peggy und mir. Mir macht es nichts aus, und sie hat eine Sorge weniger.«

»Wie ungewöhnlich! Peggy erzählte mir, Sie seien ein Langzeitgast.«

»Ein Langzeitgast. So hat sie mich also genannt.« Er lächelt versonnen. »Nun ja. In gewisser Weise trifft es das wohl auch.«

»Den Frühstücksservice bekommen Sie jedenfalls fabelhaft hin«, lobt sie erneut, um ihren Abgang positiv zu gestalten.

»Sehen Sie es als eine Art Bestechungsversuch«, erwidert er schmunzelnd, legt die Hände vor sich auf die Tischplatte und beugt sich ein klein wenig vor. »Ich möchte nämlich, dass Sie bleiben.« Er hält einen Moment inne. »Mir ist klar, dass das hier allenfalls Jugendherbergsniveau hat und eigentlich nicht einmal das«, fährt er schließlich fort. »Aber Sie suchten das Abenteuer, und wir können hier mit einigen Dingen punkten, die Sie woanders nicht erleben werden.«

Isabell seufzt. »Das mag sein, Herr Wagner. Aber das Ganze ist einfach nichts für mich. Ich habe mich geirrt, es tut mir leid.«

Er senkt den Blick, sagt nichts darauf.

»Ich bitte Sie … ein Nachttopf!«, entfährt es ihr. Sie hat die Sache nicht zur Sprache bringen wollen, aber jetzt ist es heraus. Noch immer kann sie nicht fassen, dass diese Peggy es ernst damit gemeint hat.

»Der Nachttopf!« Urplötzlich bricht Philip Wagner in schallendes Gelächter aus. »Hat Peggy den etwa erwähnt?« Er schüttelt amüsiert den Kopf. »Vergessen Sie's einfach! Wenn Sie eine schwache Blase haben, können Sie jederzeit ein anderes Zimmer bekommen. An Räumlichkeiten mangelt es uns nun wahrlich nicht.«

»Ich habe keine schwache Blase!«, widerspricht sie empört. »Und selbst wenn: Es ist —«

»Es ist meine Schuld«, unterbricht er sie mit beschwichtigender Geste. »Ich hatte versprochen, Sie in Empfang zu nehmen und hier einzuführen, aber dann …« Er zögert einen Moment. »Mir ist etwas dazwischengekommen. Bitte! Geben Sie uns eine Chance. Bleiben Sie ein, zwei Wochen und entscheiden dann. Sie haben doch keinen Zeitdruck, wie Sie sagten.«

Ihr zögerliches Schweigen wird von jähem Uhrengeläut durchbrochen. Überrascht dreht Isabell den Kopf zu der bunten Kuckucksuhr, die neben dem Kachelofen hängt. Ein kleiner, blauweißer Vogel kündigt laut rufend die halbe Stunde an.

»Sagte ich nicht, wir können hier mit einigen Dingen punkten, die Ihnen woanders nicht begegnen werden?«, scherzt Philip Wagner. »Lassen Sie uns noch einmal von vorn anfangen!« Er schiebt seinen Stuhl zurück und steht auf. »Ich führe Sie herum und zeige Ihnen das Haus.«

Sie erhebt sich ebenfalls, noch immer unschlüssig. »Frühstückt denn niemand mehr?«, erkundigt sie sich ausweichend.

»Das Ehepaar aus Zimmer sechs ist schon fertig. Sie kommen regelmäßig zum Wandern und sind bereits unterwegs. Dann haben wir noch einen Gast. Er ist gestern Abend angekommen. Aber er frühstückt in der Regel sehr spät. Und er weiß, wo alles steht, falls ich gerade nicht da bin.«

Zwei Zimmer belegt. Der Laden brummt ja geradezu!

»Fürs Wochenende hat sich eine Wandergruppe angesagt«, verkündet Phil Wagner, als hätte er ihre Gedanken gelesen. »Dann können wir jede Unterstützung brauchen.«

»Wie groß ist die Gruppe?«

»Acht Leute.«

»Wow!« Sie stößt einen leisen Pfiff aus.

»Ich weiß, wie das in Ihren Ohren klingen muss«, räumt er ein.

»O, ich glaube, das wissen Sie nicht«, erwidert sie lächelnd. Tatsächlich klingt das für sie nach einem faulen Lenz, für den sie sich gerade zu erwärmen beginnt. Auf ihrer Liste stehen unzählige Bücher, die gelesen werden wollen, und mit dem Malen würde sie auch gern wieder anfangen. Aber das geht diesen Wagner nichts an.

»Schauen Sie: Dort ist die Küche.« Er führt sie in den Raum hinter der Gaststube. »Gekocht wird nicht. Wir sind kein Restaurant. Hier bereite ich nur das Frühstück zu und die Vesperpakete. Und vielleicht schiebe ich auch mal einen Flammkuchen in den Ofen.« Wieder dieses Zwinkern. »Einfach, aber für die Zwecke ausreichend.«

Dem hat Isabell nichts entgegenzusetzen. Es ist alles da: eine breite Spüle, eine Industriespülmaschine, ein Ofen, ein Herd.

Philip Wagner geleitet sie wieder hinaus in den Flur, wo ihnen ein Dackel schwanzwedelnd entgegenflitzt.

»Ja, wer bist denn du?« Sie beugt sich herunter und streichelt über den Kopf des Hundes.

»Das ist Hans«, erklärt Wagner. »Ich hab mich schon gewundert, wo er steckt. Normalerweise ist er sofort zur Stelle, wenn ein neues Gesicht auftaucht.« Er lächelt wieder sein warmes Lächeln, fügt hinzu: »Dieser Hund ist noch neugieriger als ich.«

»Hans …«, überlegt Isabell. »Ist das nicht der Freund von Ernst, dem Wollschwein?« Sie muss über ihre eigenen Worte lachen.

»Sie haben's erfasst! Die beiden sind wie ein altes Ehepaar. Wenn der eine mal nicht da ist, wird der andere gleich nervös. Aber kommen Sie!« Wagner geht weiter und führt sie in den Wirtschaftsraum. Handtücher, Bett- und Tischwäsche lagern hier, dazu Staubsauger, diverse Besen, Putz- und Reinigungsmittel. Sogar einen Karton mit Glühbirnen entdeckt sie.

»Die Wäsche wird von der Wäscherei abgeholt«, erklärt er. »Ihre Privatwäsche können Sie dort waschen.« Er deutet auf Waschmaschine und Trockner. »Im Notfall dürfen auch die Gäste die Maschinen benutzen. Ich muss eingestehen: Dieser Notfall tritt ziemlich häufig ein. Die Möglichkeiten, sich von Kopf bis Fuß einzusauen, sind auf diesem Hof schier unerschöpflich.«

Sie treten wieder hinaus auf den Flur. Vor dem großen Kühlgerät bleibt Phil Wagner erneut stehen.

»Ich denke, über den Kühlschrank bin ich bereits hinreichend informiert«, beeilt sie sich zu sagen. »Einschließlich darüber, was mit den abgelaufenen Lebensmitteln passiert.« Die kleine Spitze kann sie sich nicht verkneifen.

»Oha! Peggy hat Ihnen also auch gleich einen ihrer berühmten Vorträge über Lebensmittelverschwendung gehalten.«

»Eigentlich nicht«, widerspricht Isabell und schürzt die Lippen. »In diesem Haus wird ja offenbar nichts verschwendet.«

Wagner zieht verwundert eine Augenbraue hoch, grinst dann in sich hinein, hält es aber offenbar für klüger, das Thema nicht zu vertiefen.

»Ich zeige Ihnen jetzt das Büro.« Wieder geht er voran

und sperrt eine weitere Tür auf. Isabell und Hans folgen. Der Raum, den sie betreten, ist recht klein und besitzt nur ein winziges Fenster. Den geringen Lichteinfall machen zwei grelle Leuchtstoffröhren wett. An den Wänden stehen Kellerregale, in denen Aktenordner und Papierstapel lagern. Nahezu mittig im Raum ist ein Schreibtisch platziert: ein wuchtiges, düsteres Monstrum, vermutlich aus dem vorletzten Jahrhundert, über und über mit Zetteln, aufgerissenen Briefumschlägen, Rechnungen, Kugelschreibern und Kaffeetassen bedeckt. Auf einem Stapel Kataloge thront eine leere Bierflasche.

»Es ist immer wieder erstaunlich.« Philip Wagner deutet mit dem Kinn in Richtung Schreibtisch. »Man denkt, das Ganze müsste jeden Moment ins Rutschen kommen und eine Lawine auslösen. Aber es passiert nicht.«

Wahrscheinlich klebt alles fest, denkt Isabell und schüttelt sich innerlich. »Dieses Chaos ... sind das etwa die Unterlagen der Gästepension?« Sie ahnt Schlimmstes.

»O nein! Da kann ich Sie beruhigen. Alles rund um die Pension wird dort drüben erledigt.« Er wendet sich halb um und zeigt auf einen kleinen Tisch neben der Tür, den sie noch gar nicht bemerkt hat. Lediglich ein Laptop und eine Leselampe befinden sich darauf. »Aber um diese Dinge kümmern wir uns später. Ich würde vorschlagen, wir ...« Er hält inne. Vom Flur her ruft ihn jemand beim Vornamen. »Entschuldigen Sie mich bitte für einen Augenblick. Ich glaube, unser Gast hat einen Wunsch.«

»Nur zu!« Isabell findet es durchaus beruhigend, dass jemand auf die Wünsche der Gäste reagiert. »Wenn Sie vielleicht den Hund rauslassen würden?« Wagner deutet auf Hans, der leise zu winseln begonnen hat. Wie auf Kommando flitzt der Dackel los.

Während Philip Wagner sich in Richtung Gaststube begibt, folgt Isabell dem Dackel in die Eingangsdiele mit den roten Sesseln und öffnet ihm bereitwillig die Tür. Unvermittelt flutet die Morgensonne herein. Sie tritt auf die Schwelle, atmet die kühle, klare Luft, sucht Hans mit den Augen. Er hockt jetzt ein paar Schritte entfernt vor dem Haus und schaut erwartungsvoll zu ihr hinauf.

Direkt neben ihm steht Ernst, das Wollschwein.

»Möchtest du mir deinen Freund vorstellen?« Sie wagt sich zögerlich die drei Stufen hinunter. »Hallo, Ernst! Wie geht's, wie steht's?«

Die Antwort ist ein freundliches Grunzen. Sie staunt ein wenig darüber, mit welch zierlichen Trippelschritt-chen das Schwein seinen massigen Leib vorwärts be-wegt. Genau in ihre Richtung. Es reckt jetzt seine Schnauze vor, schnüffelt an ihrer Hand. Tapfer wider-steht sie der Versuchung, ins Haus zurück zu rennen. Ernst kommt noch näher, dreht sich unversehens seit-wärts und lehnt sich gegen ihr linkes Bein. Durch den dünnen Stoff ihrer Hose spürt sie die kompakte Wärme seines Körpers.

Die Hose ist schwarz. Das Schwein ist es nicht. Wenn das mal keine Flecken gibt! Ihr schießt Wagners Bemerkung über die Waschmaschine in den Sinn. Der Druck wird stärker und stärker; bald scheint Ernst sich mit einem nicht unbeträchtlichen Teil seines Gewichts gegen sie zu lehnen.

»Du bist mir einer!« Sie klopft seinen Rücken, tätschelt seinen Nacken. Der Druck lässt ein wenig nach. Sie krault seine Stirn, landet unweigerlich bei den wolligen Ohren. Es fühlt sich an, als würde man Holzwolle streicheln. *Wir können mit einigen Dingen punkten, die Ihnen woanders nicht begegnen werden,* hat Philip Wagner vorhin gesagt. Dieses Schwein ist zwar kein Ding, aber es punktet zweifelsohne.

Isabell beugt sich ein wenig zu ihm herab. »Was meinst du: Wollen wir Freunde werden?«

Ernst grunzt. Sie tut es auch. Die Freundschaft scheint besiegelt zu sein.

5.

Um kurz vor eins erscheint Peggy im Büro. »Schon fleißig, wie ich sehe!«

Isabell schaut von dem Bildschirm auf. »Herr Wagner hat mir eben das Buchungssystem gezeigt. Ich prüfe gerade den Belegungsplan für die nächsten Wochen.«

»Sehr schön.« Peggy tritt hinter den großen Schreibtisch und wühlt lustlos in einem Stapel Papiere herum. »Man müsste mal wieder aufräumen. Aber wer Ordnung hält, ist zu faul zum Suchen. Du kennst den Spruch.«

»Ich kenne ihn«, bestätigt Isabell. »Allerdings halte ich ihn nicht für sonderlich hilfreich, wenn ich ehrlich bin.«

»Eben. Der Spruch ist Blödsinn«, bestätigt Peggy und klopft mit der flachen Hand auf die Tischkante. Besorgt starrt Isabell auf die Bierflasche.

»Du weißt, was passiert, wenn du zwanghaft versuchst, Ordnung zu halten«, doziert die Bäuerin weiter. »Stundenlang sortierst du alles von Hü nach Hott und findest anschließend nichts wieder. Da ist mir mein kreatives Chaos lieber.« Ihre ausladende Geste umfasst sowohl den Tisch als auch die Regalwände, vielleicht sogar Haus und Hof. »So weiß ich wenigstens, dass der Brief vom Veterinäramt noch irgendwo auf dem Tisch liegen muss. Die Futtermittelrechnungen sind höchstwahrscheinlich in dem Schuhkarton dort drüben. Und die Schreiben vom Finanzamt beschwere ich grundsätzlich mit den dicksten Katalogen, die wir haben.«

»Ein interessantes Konzept«, findet Isabell. »Das Problem daran dürfte allerdings sein, dass sich keine andere Person zurechtfindet.«

Peggy wirft ihr einen Blick zu, der nicht leicht zu deuten ist. Fast scheint es so, als hätte sie sich noch nie mit diesem Argument befasst.

»Was die Unterlagen der Pension betrifft, würde ich es gern anders handhaben«, erklärt Isabell. »Solange ich hier bin, zumindest.«

»Du bleibst also? Phil hat gesagt, das wäre noch nicht raus.«

Isabell spürt, dass sie puterrot anläuft. »Also, ehrlich gesagt ...«

»Ehrlich gesagt hatten wir einen Haufen Bewerbungen«, fällt Peggy ihr ins Wort. »Aber wir haben uns für dich entschieden. Es wäre nicht fair, wenn du uns jetzt im Stich lässt.« Sie zieht eine Grimasse, kratzt sich am Hals. »Wie auch immer: Ich bin gekommen, um dich abzuholen. Wir essen mittags zusammen. Also alle, die hier arbeiten.« Sie schnappt sich die leere Bierflasche und gibt Isabell einen Wink, ihr zu folgen. »Gekocht wird reihum. Jeder ist mal dran«, verkündet sie, während sie voranmarschiert. »Wer kocht, kauft auch ein.

Oder erntet sein Zeugs im Gemüsegarten, je nachdem. Allerdings gibt's jetzt nicht mehr viel zu ernten. Egal. Normalerweise müssen sich alle am Küchendienst beteiligen.« Sie schaut kurz über ihre Schulter. »In deinem Fall wär's mir allerdings nicht so wichtig, da du ja sowieso nicht lange bleiben wirst.«

»Wenn alle mitmachen, will ich mich nicht drücken«, beeilt sich Isabell zu sagen. Dabei erinnert sie sich nicht einmal mehr genau, wann sie zuletzt gekocht hat. Normalerweise isst sie im Hotel, auf der Arbeit. Hat sie gegessen. Häufig sind sie auch zu Michalis gegangen oder in die Tapas-Bar um die Ecke. Oder Timo hat irgendwas gebrutzelt. Hin und wieder. Nein, sie kann nicht behaupten, eine sonderlich versierte Köchin zu sein. Aber diese Peggy ist auch nicht gerade eine versierte Pensionswirtin. Im Gegenteil.

Als sie die Küche betreten, sitzt bereits ein halbes Dutzend Leute am Tisch. Im ersten Moment fragt sich Isabell, wo sie noch Platz finden soll, aber sofort rücken alle zusammen, und es tut sich eine Lücke für sie auf.

»Das ist Isabell, unser zweiter Neuzugang«, stellt Peggy vor. »Sie wird sich um die Gästepension kümmern, bis Anna wieder fit ist.« Ein freundliches Begrüßungsgemurmel setzt ein. »Unseren Frühstücksspezialisten kennst du ja schon.« Peggy deutet auf Philip Wagner, der ihr freundlich zunickt. »Hier haben wir unsere Jenny. Meine rechte Hand sozusagen und Fachfrau für alles, was auch nur die entfernteste Ähnlichkeit mit einem Pferd hat.«

»Hallo, Isabell!« Jenny wirft ihren braunen Zopf zurück und hebt die Hand zum Gruß.

»Der fesche Kerl hier ist Tomek, unser Mann fürs Grobe.« Peggy stößt einen kehligen Lacher aus. »Nein, ernsthaft: Er kümmert sich vorzugsweise um die Technik. Was Tomek nicht reparieren kann, kannst du getrost auf den Müll schmeißen, sag ich immer.«

Tomek grinst eine Spur verlegen.

»Das ist Emma, unsere Schulpraktikantin.« Peggy tritt hinter das Mädchen und legt ihm beide Hände auf die Schultern.

»Hi, Isabell!«, grüßt die blonde Emma mit hoher Glockenstimme. Ihr Lächeln lässt eine feste Zahnspange aufblitzen.

»Emma schafft ordentlich was weg. Aber heute ist leider ihr letzter Tag.« Peggy stößt einen lauten Seufzer aus. »Wieder eine billige Arbeitskraft weniger!« Sie wuschelt Emma übers Haar, klopft ihr noch mal auf die Schulter und tritt einen Schritt nach links. »Und diese junge Frau hier ist Caro. Sie ist auch neu im Geschäft, sozusagen. Eigentlich sollte sie gestern schon kommen, aber dann hat sie ihren Zug verpasst und … lassen wir das. Caro hilft uns bei der Arbeit mit den Tieren, vor allem im Stall.«

Isabell horcht auf. Das ist sie also, die heiß ersehnte Stallhilfe, denkt sie amüsiert. Caro ist schätzungsweise siebzehn Jahre alt, vielleicht auch achtzehn oder neunzehn. Höchstens. Und sonderlich zupackend sieht sie nicht gerade aus.

»Hi!« Caro hebt lahm die Hand. Ihr spitzes, blasses Gesicht zeigt kaum Regung.

»Setz dich zu mir!«, meldet sich Jenny zu Wort und klopft auf den freien Platz neben sich. Sie lächelt so einladend, dass Isabell der Aufforderung gern nachkommt.

Peggy füllt einen Teller, reicht ihn ihr, nimmt sich selbst und setzt sich ebenfalls.

Das Essen geht weiter. Während sie ihren Eintopf löffelt, lauscht Isabell mit gespitzten Ohren den Tischgesprächen.

»Frau Strohmeyer hat mir erzählt, du kennst alle Katzen in der Nachbarschaft«, wendet sich Jenny an Caro.

»Sagt sie das?« Caros Miene bleibt ausdruckslos.

»Den Hund einer alten Dame hättest du auch oft ausgeführt.« Jenny schaut Caro an, doch die erwidert nichts darauf.

»Hast du schon mal auf einem Bauernhof ausgeholfen?«, lässt Jenny nicht locker.

»Nee.« Die junge Frau schüttelt den Kopf. »Doch«, fällt ihr plötzlich ein. »Wir haben mal eine Klassenfahrt auf einen Hof gemacht. Da gab's Kühe, Schweine und Hühner. Und Schwäne, glaube ich.«

»Du meinst sicher Enten oder Gänse«, korrigiert Peggy.

»Ich meinte Schwäne«, gibt Caro zurück, ohne von ihrem Teller aufzusehen.

Betretenes Schweigen macht sich breit.

»Meldet noch jemand Ansprüche an?«, durchbricht Tomek die Stille und deutet auf die übrig gebliebene Portion.

»Iss, damit du groß und stark wirst!« Jenny reicht ihm grinsend den Topf. Anschließend bringt sie anstehende Zahnkontrollen zur Sprache. Doch erst, als von Hobeln und Feilen die Rede ist, begreift Isabell, dass es sich wohl um die Pflege tierischer Gebisse handeln muss.

»Wo kommt der hin?« Caro ist aufgestanden, ihren Teller in Händen.

»In die Spülmaschine.« Peggy deutet auf die Küchenzeile im hinteren Teil des Raumes. Die junge Frau räumt den Teller weg, dann verlässt sie wortlos die Küche.

»Wo will sie denn hin?«, wundert sich Jenny.

»Keine Ahnung.« Peggy steht auf und tritt ans Fenster, das zum rückwärtigen Hof hinausgeht, späht hinaus. »Hat man Töne! Das geht ja nun gar nicht!«

»Was geht nicht?«

»Sie steht draußen und raucht.«

»Lass sie doch«, schaltet Philip Wagner sich ein. »Tomek raucht auch.«

»Aber Tomek ist umsichtig«, gibt Peggy wütend zurück. »Dieses junge Ding ist es ganz bestimmt nicht!«

»Ich bin umsichtig, habt ihr gehört?« Tomek deutet mit beiden Zeigefingern auf sich und grinst in die Runde.

»Macht euch nur lustig!«, knurrt Peggy. »Wir haben hier jede Menge Tiere, dazu Heu und Stroh bis unters Dach! Das brennt alles wie Zunder.« Sie steuert bereits auf die Tür zu. »Ich sag ihr jetzt, dass das nicht geht. Sonst kann sie gleich wieder einpacken.«

»Wie wär's mit ein bisschen Diplomatie?«, schlägt

Philip Wagner vor. »Führe sie herum und zeige ihr alles. Bei der Gelegenheit kannst du das Thema ja ansprechen.«

Peggy hält einen Augenblick inne, lässt sich den Rat durch den Kopf gehen, zupft an ihrem Hosenbund, wendet sich nochmals um. »Also gut.« Sie deutet auf Isabell. »Du kannst mitkommen! Dann wäre das gleich in einem Aufwasch erledigt.«

»Liebend gern«, gibt Isabell betont freundlich zurück. »Wenn ich mir nur schnell etwas überziehen dürfte?«

6.

In von Jenny ausgeborgten Gummistiefeln und dicker Winterjacke stapft Isabell in den Hof, wo Peggy und Caro bereits auf sie warten.

»Du solltest dir auch etwas Wärmeres anziehen«, rät Peggy mit Blick auf Caros labberigen Pullover, unter dem sich magere Schultern abzeichnen.

»Mir ist nicht kalt«, behauptet Caro, ohne aufzublicken.

»Na, dann.« Peggy bahnt sich ihren Weg durch einen Pulk von Hühnern.

»Ist das das Huhn, das die grünen Eier legt?«, erkundigt sich Isabell und deutet auf ein höchst merkwürdig aussehendes Exemplar.

»Das ist der Hahn«, gibt Peggy nach einem kurzen Seitenblick zurück.

»Wie? Der Hahn legt die Eier?« Isabell bleibt verblüfft stehen.

»Unsinn! Das ist ein Araucana-Hahn. Die dicken Damen da vorn, das sind auch Araucanas. Denen fehlt die Bürzeldrüse, und Schwanzfedern haben sie auch nicht. Dafür legen sie schöne bunte Eier.«

»Bekommen sie besonderes Futter dafür?«, erkundigt sich Isabell und denkt dabei an Rote Bete, Kurkuma oder Blaukraut.

»Nein.« Peggy schüttelt den Kopf. »Die Eierfarbe ist genetisch bedingt, sie kommt durch Pigmenteinlagerungen in der Kalkschale zustande. Willst du noch mehr wissen?«

»Unbedingt!«

»Also gut. Hühner besitzen eine spezielle Schalendrüse, in der auch die Pigmente entstehen. Welche das jeweils sind, kann sich das Huhn nicht aussuchen. Entweder so oder so. Rote Pigmente entstammen dem Blut, gelbe der Galle. Vermischt sich beides, ergibt das einen Braunton. Dann gibt's noch das Pigment Biliverdin. Es ist ein Abbauprodukt des Blutes, also des roten Blutfarbstoffs Hämoglobin, um genau zu sein. Ihr kennt das von blauen Flecken: erst blau, dann grün, dann gelb. Alles das ist Biliverdin. Wie in den grünen Eiern.«

»Verunfallte Eier, sozusagen.« Isabell grinst. Caro rümpft die Nase.

»Wir züchten hier aber vor allem die Deutschen Sperber«, fährt Peggy fort. »Das sind die mit dem schönen Gefieder da drüben.« Sie deutet auf ein paar schwarzweiß gesprenkelte Hühner, die etwas weiter entfernt im Matsch picken. »Die Sperber sind vom Aussterben bedroht, und das wollen wir verhindern. »Wozu habt ihr dann auch noch all die anderen?«, meldet sich Caro zu Wort.

»Weil sie schön sind?«, gibt Peggy mit leisem Spott in

der Stimme zurück. »Weil wir bunte Eier cool finden?«
Sie zwinkert Caro zu. »Wir haben sogar Hühner, die
legen rosa Eier. Hübsch, nicht? Und Geld bringt's auch.
Na ja, ein bisschen jedenfalls. Die Leute haben Spaß an
so was. Des Geldes wegen haben wir auch noch Hybrid-
hühner. Die sind legefreudiger als unsere Künstlerhüh-
ner hier, und sie machen keine Winterpause. Sie finan-
zieren sozusagen die bedrohten Rassen mit.«

»Der Kollege da, ist der auch vom Aussterben bedroht?« Caro deutet auf das Wollschwein Ernst, das urplötzlich hinter dem Geländewagen auftaucht, begleitet
von seinem fröhlich schwanzwedelnden Freund Hans.
Ernst steuert geradewegs auf Caro zu, doch diese zuckt
nicht einmal mit der Wimper. Schneid hat sie, muss
Isabell ihr zugestehen und spürt einen freudigen Stich,
als Ernst Caro nur vage beschnuppert und sich dann ihr
zuwendet. »Wollschweine zählen nicht«, erklärt Peggy.
»Sie gehören nicht zu den einheimischen Arten.«

»Und weshalb ist er dann hier?« Caros chronisch lei-
ernder Tonfall hat etwas Genervtes, beinahe Vorwurfs-
volles, doch Peggy scheint darüber hinwegzuhören.

»Wohl deshalb, weil viele Menschen meinen, wir
wären so eine Art Tierasyl«, beantwortet sie die Frage.
»Du kannst dir nicht vorstellen, was uns hier schon alles
angeschleppt wurde: Fledermäuse, Igel, Frischlinge, einmal sogar ein Leguan. Und eines schönen Tages auch
unser Ernst. Da war er noch ein abgemagertes Ferkel in
miserablem Zustand. Jemand hat ihn irgendwo am Straßenrand entdeckt und hergebracht. Leider haben wir nie

herausgefunden, woher er stammt. Normalerweise vermitteln wir solche Fälle weiter ans Tierheim oder an die Wildstation. Die Leute dort päppeln sie auf und wildern sie anschließend aus. Aber so ein Wollschwein auszuwildern wäre in etwa dasselbe, als würdest du 'ne zahnlose Oma im Wald aussetzen. Das geht nicht. Leider wollte niemand Ernst aufnehmen, also ist er hier hängengeblieben. Tja, und was soll ich sagen? Wir haben ihn richtig liebgewonnen. Ernst ist sehr schlau, müsst ihr wissen. Schweine sind überhaupt schlaue Tiere. Zum Beispiel rauchen sie nicht. Das machen nur Idioten.« Peggy beugt sich vor und klopft Ernsts Nacken, dass es nur so staubt. »Ja, mein Guter! Du würdest uns niemals leichtsinnig die Hütte in Brand stecken, nicht wahr?«

Verstohlen lugt Isabell zu Caro hinüber, doch die zeigt keine Reaktion.

Glücklicherweise erhält Peggy keine Gelegenheit, das Thema zu vertiefen, denn in diesem Moment biegt ein Wagen in den Hof ein und kommt mit einem abrupten Bremsmanöver zum Stehen. Ein grüner Mercedes. Älteres Modell. Ein *sehr* altes Modell. Wie die Dame hinter dem Steuer. Sie scheint kaum über das Lenkrad hinwegschauen zu können. Isabell erinnert sich plötzlich. Das ist die Todesfahrerin!

»Die hat mir gerade noch zu meinem Glück gefehlt«, murmelt Peggy, stapft auf den Wagen zu und reißt die Fahrertür auf. »Tag, Frau Weidle! Mittagsschlaf beendet?«

»Ich halte nie Mittagsschlaf«, gibt diese zurück, ohne sich mit Begrüßungsfloskeln aufzuhalten. »Wäre auch

48

bedenklich in Anbetracht der Tatsache, dass ich erst um halb elf aufstehe.« Mühsam hebt sie zwei steckendürre Beine aus dem Wagen.

Peggy schnappt sich einen Gehstock vom Beifahrersitz und hilft der Dame dann beim Aussteigen. »Schön vorsichtig! Es ist nass heute!«

»Was du nicht sagst, Peggy! Und bitte, du brauchst nicht so zu schreien. Mein Hörgerät funktioniert einwandfrei.«

Peggy hakt die Dame unter, reicht ihr den Gehstock und begleitet sie ein Stück weit über den Hof, bis sie in einem der Ställe verschwindet.

»Was macht die jetzt?«, will Caro wissen, als Peggy wieder bei ihnen ist.

»Sie besucht Clarissa, unsere alte Eselin. Seniorenkaffee, sozusagen.« Peggys Mundwinkel kräuseln sich zu einem Lächeln. »Aber kommen wir zu unserem Thema zurück: Sicher habt ihr euch schon gefragt, was ein Archehof ist. Viele Leute glauben ja, das sei so ein Ding aus der Bibel. Von jeder Art ein Pärchen. Ein biblischer Zoo, sozusagen. Aber das ist Unsinn. Für die Erhaltung der Art oder Rasse wäre es total ineffektiv, jeweils nur ein Paar zu retten. Ihr könnt euch denken: Das gäbe die schönste Inzucht. Es stimmt zwar, dass wir eine Menge unterschiedliche Tiere hier haben. Aber das macht noch keinen Archehof aus. Archehof darfst du dich nur nennen, wenn du mindestens drei bedrohte Nutztierrassen züchtest. Das kann Geflügel sein, ich habe die Sperberhühner ja bereits erwähnt, Schafe, Ziegen oder Rinder.

Bestimmte Schweinerassen auch, ebenso wie Esel. Und Pferde natürlich.« Sie deutet auf zwei dunkle Füchse, die über die halb geöffnete Boxentür aufmerksam zu ihnen herüberschauen. »Das sind Vorderwälder Kaltblutpferde. Mona und Walli«, erklärt Peggy, tritt auf sie zu und streichelt beiden den Kopf. »Eigentlich gehören sie Jenny. Sie träumt davon, eines Tages eine richtige Zucht aufzumachen. Die Wälderpferde sind tolle Tiere, treu und fleißig. Man kann wunderbar mit ihnen arbeiten. Ich liebe sie einfach.« Ein abschließendes Halsklopfen, dann marschiert Peggy weiter. »Außerdem haben wir eine Herde Brillenziegen«, fährt sie fort. »Die geben sehr gute Milch. Und dann die Landschafe.«

»Das sind mehr als drei«, bemerkt Caro und erntet einen verständnislosen Blick.

»Drei was?«

»Drei Rassen beziehungsweise Arten.«

»Richtig!« Peggy lacht, und ihre Augen blitzen. »Cleveres Mädchen!«

Caro lässt sich von dem Lob nicht beeindrucken. »Warum machst du das alles?«, fragt sie ungerührt.

»Tja, warum mache ich das?« Peggy schaut sich nach allen Seiten um und breitet die Arme aus, als wolle sie den ganzen Hof umarmen. »Schaut euch doch um! All die wunderbaren Geschöpfe! Wäre es nicht jammerschade, wenn es sie nicht gäbe?« In dem Moment spürt Isabell, wie sehr die sonst so spröde und grobschlächtig daherkommende Bäuerin für ihre Arbeit brennt. »Weiter geht's! Wir haben ein strammes Programm.«

1.

Isabell atmet tief durch. Noch immer maunzt und meckert, bellt und blökt, gackert und grunzt es in ihrem Kopf, als hätte sich dort ein Zoo einquartiert. Nein, kein Zoo. Ein Archehof.

Morgen früh kommen neue Gäste an, und wie abgemacht wird sie Phil – so nennt sie Philip Wagner inzwischen – bei der Zubereitung des Frühstücks behilflich sein. Zeit, ins Bett zu gehen.

Während sie die Reise zum Bad im Parterre antritt, fällt ihr ein, dass sie keine Flasche Wasser mehr auf dem Zimmer hat. Also tappt sie durch den langen stillen Flur in Richtung Kühlschrank. Und erschrickt. War da eine Stimme? Aber nein, es ist nur der grau gescheckte Kater, der ihr um die Beine streicht. Wie hieß er noch gleich? Sie weiß es nicht mehr. An ihrem Ziel angelangt bleibt sie stehen, spürt die Flanken des Katers an ihren Waden, genießt jetzt die Wärme seines seidigen Fells. Dieser Flur ist eiskalt. Schnell öffnet sie die Kühlschranktür und holt das Wasser heraus. Unversehens fällt ihr Blick auf einen Schokopudding. Nach kurzem Zögern nimmt sie ihn heraus, prüft das Haltbarkeitsdatum. Peggy wird sich nicht so bald opfern müssen. Mitnehmen oder zurückstellen? Die Entscheidung ist noch nicht gefällt, als plötzlich eine Tür aufgeht. Gleichzeitig steigt Isabell der Geruch von gebratenem Spiegelei in die Nase. Eine Männerstimme sagt etwas, eine zweite antwortet. Dann Schritte. Sie kommen näher. Isabell schiebt die Katze mit dem Fuß beiseite, will sich aus dem Staub machen, weiß nicht, wohin. Die Treppe zu ihrer Kammer liegt in derselben Richtung, aus der sich jetzt jemand nähert. Mist.

Da ist er auch schon: ein schlanker, sehr schlanker Mann, weder alt noch jung, mittelgroß, dunkelhaarig. Als er sie erblickt, bleibt er wie angewurzelt stehen.

»Kommen Sie ruhig näher, ich beiße nicht!«, fordert sie ihn freundlich auf.

Der Fremde wagt sich ein paar Schritte vor, wünscht ihr verhalten einen guten Abend. Er hat ein schmales Gesicht und eine scharf geschnittene Nase.

»Auch noch Lust auf einen Nachtisch bekommen?« Lächelnd hebt sie die Hand, die den Pudding hält.

»Ich wollte nur Bier holen«, antwortet er, sichtbar verlegen.

»Bitte sehr!« Sie tut einen kleinen Hüpfer zur Seite, um ihm Platz zu machen. Der Fremde greift sich zwei Flaschen, wendet sich wortlos wieder ab und will im Flur verschwinden.

»Zum Wohlsein!«, ruft sie ihm nach. »Oder wie sagt man hier?«

»Broscht«, antwortet er mit dem Rücken zu ihr, dreht

sich dann aber doch noch einmal um. »Sind Sie der Ersatz für Anna?«

»Ich glaube, so ist es gedacht.« Wieder lächelt sie.

»Mein Freund Phil hat gerade von Ihnen erzählt.«

»O ja, Phil!« Sie nickt eifrig. »Netter Mann.«

»Hotelmanagerin sind Sie, sagte er.«

»Sieht man das nicht?« Sie deutet schwungvoll an sich herab: blaues Nachthemd, rosarot gestreifter Morgenmantel.

»Wollen Sie sich vielleicht zu uns setzen?« Hand und Bierflasche schwenken in Richtung Gaststube.

»Ähm … vielen Dank für das Angebot. Aber ich fürchte, ich bin *underdressed.*« Sie streckt den linken Fuß ein wenig vor, bewegt ihn leicht hin und her.

In diesem Moment krallt sich etwas an ihr Bein, und ein scharfer Schmerz fährt ihr die Wade hinab. Sie schreit auf, und der Fremde zuckt erschrocken zusammen.

»Was ist passiert?« Ehe sie antworten kann, hat er den Übeltäter bereits ausfindig gemacht. »Was ist nur wieder in dich gefahren, Fred!« Er macht ein paar schnelle Schritte auf sie zu, stampft auf den Boden. »Ab mit dir!« Die Katze duckt sich fauchend, vollführt einen kantigen Luftsprung und fegt davon.

Sogleich macht der Fremde ein paar Schritte rückwärts, wobei sein Blick flüchtig ihre Beine streift. »Alles in Ordnung?«

»Ja, ja, ist nichts weiter passiert«, beeilt sie sich zu sagen. Sie lächelt tapfer und hofft, dass sich zu ihren

Füßen erst eine Blutlache bildet, nachdem er verschwunden ist. »Alles bestens«, wiederholt sie eindringlich, und er versteht den Wink.

»Dieser Kater ist gemeingefährlich«, merkt er an. »Sie sollten ihm aus dem Weg gehen … oder zumindest Schutzkleidung tragen.«

Sie stößt ein pflichtschuldiges kleines Lachen aus und schluckt die Bemerkung herunter, dass diese Bestie sie verfolgt hat, sie ihr also gar nicht aus dem Weg gehen konnte. »Tja also … Servus!« Phils Gast nickt ihr noch einmal zu, dann tritt er eilig den Rückzug an.

Sie tut, als studiere sie interessiert die Inhaltsliste ihres Puddings, wartet, bis er in der Schankstube verschwunden ist. Dann besieht sie sich die Bescherung und zieht dabei scharf die Luft durch die zusammengebissenen Zähne: ein etwa zehn Zentimeter langer, heftig blutender Kratzer ziert ihre Wade. Parallel dazu ein zweiter, aus dem jedoch nur ein paar rote Perlentröpfchen sickern. Nur schnell zurück auf ihr Zimmer!

Sie durchquert eiligst den Flur und hofft, keine Blutspur am Boden zu hinterlassen, die womöglich weitere Raubtiere anlockt. Dann hechtet sie die Stiege hinauf, schließt schnell die Tür hinter sich und lehnt sich schwer atmend dagegen. Was für ein Auftritt!

Die Wunde an der Wade beginnt zu brennen. Isabell beißt sich auf die Lippen, zieht ihren Koffer unter dem Bett hervor, holt das Medizintäschchen heraus, das sie gar nicht erst ausgepackt hat. Auf der Kante ihres Stuhls hockend, tupft sie mit einem Papiertaschentuch das

Blut weg, und unversehens schlägt ihre Scham in Ärger um. Von wegen Frühstück und sonst nichts! Dieser Phil hat ihr etwas vorgemacht: In Wahrheit handelt es sich hier um eine heimliche Spelunke. Hätte sie das gewusst, hätte sie sich niemals in diese peinliche Situation begeben. Außerdem hat ihr niemand gesagt, dass dieser vermaledeite Kühlschrank von einer Bestie bewacht wird. Und, ja, sie ist enttäuscht: Einen Archehof hat sie sich, allen Reden Peggys zum Trotz, als einen Ort vorgestellt, an dem Löwen und Lämmer friedlich beieinanderliegen. Oder vielmehr Kühe und Katzen, Esel und Enten, Hühner, Hunde und was da sonst noch kreucht und fleucht, Menschen mit eingeschlossen. Stattdessen nun Monsterschweine und Killerkatzen. Das muss verkraftet werden. Vom Verarzten ganz zu schweigen.

8.

Holger

»Du hättest mich ruhig vorwarnen können«, beschwert sich Holger Uhland und lässt den Kronkorken von der mitgebrachten Bierflasche schnellen. »Hätte ich gewusst, dass hier halbnackte Frauen über den Flur tanzen, hätte ich dich geschickt.«

»Halbnackte Frauen tanzen über den Flur?« Phil lacht auf. »Warum hast du das nicht gleich gesagt? Ich wäre liebend gern gegangen!«

»Wohl einen Clown gefrühstückt«, brummelt Holger und wirft sich in seinem Stuhl zurück. »Wie muss die sich gefühlt haben? Steht da im Negligé … und plötzlich tauche ich auf!«

»Ich habe den Schreckensschrei gehört«, scherzt Phil und nippt an seinem Wein.

»Der Schrei galt dem Kater. Das gemeingefährliche Viech ist auf sie losgegangen.«

»Auf die Frau im Negligé«, wiederholt Phil mit hochgezogenen Augenbrauen. »Du meinst nicht Peggy, nehme ich an.«

»Doch.« Holger nimmt einen Schluck Bier und wischt sich mit dem Handrücken über den Mund.

Schließlich kann er sein Grinsen nicht mehr unterdrücken.

»Jetzt hättest du mich fast drangekriegt, mein Junge!« Phil lacht gutmütig.

»Es war eure neue Kraft für die Gästepension«, klärt Holger ihn auf. »Wir haben uns am Kühlschrank getroffen.«

»Isabell Melchior.«

»Keine Ahnung, wie sie heißt.«

»Nun, jetzt weißt du's.« Noch immer lächelt Phil. »Wie fandest du sie denn, unsere Managerin?«

Holger denkt einen Augenblick nach, nimmt einen Schluck Bier, beugt sich ein wenig vor. »Ich glaube, die hat euch reingelegt«, erklärt er bedeutungsvoll.

»Reingelegt?« Phil drückt ungläubig das Kinn an die Brust.

»Überleg doch mal! Wenn diese Frau Managerin wäre, würde sie doch nicht hier ...« Holger stockt. »'tschuldige, Phil. Aber jetzt mal ehrlich: Das ist nicht das Vier Jahreszeiten hier oben. Sie muss auf der Karriereleiter ganz schön weit rückwärts runtergepurzelt sein, wenn du mich fragst.«

»Sie geht bald in die Schweiz«, entgegnet Phil.

»Ich geh auch bald in die Schweiz.«

»Tust du nicht.«

»Nein, tu ich nicht. Aber behaupten kann ich's.«

»Du meinst, sie ist eine Blenderin?«

»Keine Ahnung. Vielleicht musste sie sich einfach was ausdenken.«

»Hm.« Phil wiegt nachdenklich den Kopf hin und her. »Sie hat eine Zwischenlösung gesucht. Etwas zeitlich Begrenztes.«

»Wann fängt sie denn an, bei den lieben Eidgenossen?«

»In drei Monaten.«

»Und was stand in eurer Anzeige, für wie lange ihr jemanden sucht?«

»Für drei Monate.«

»Na, welch ein Zufall!« Holger klatscht mit der flachen Hand auf die Tischplatte. »Wer weiß, vielleicht hat sie sogar was auf dem Kerbholz.« Er verschränkt die Arme und schaut grimmig drein.

»Ich glaube, jetzt geht die Fantasie mit dir durch, alter Freund.« Phil greift nach seinem Weinglas. »Na ja, du bist Dichter. Was soll man da erwarten.«

Holger nimmt seine Brille ab, reibt sich die Augen, setzt sie wieder auf. »Lass es dir gesagt sein: Den Frauen ist nicht zu trauen«, raunt er. »Man sollte sich von ihnen fernhalten.«

»Das gelingt dir ja gewöhnlich ganz gut«, erwidert Phil schmunzelnd, worauf sich eine tiefe, v-förmige Falte auf Holgers Stirn bildet.

»Wie jetzt?«

»Sagen wir's mal so: Du bist hier nicht gerade als Schürzenjäger verschrien.« Phil blickt auf seine Hände.

»Ich weiß selbst, dass Frauen nicht sonderlich auf mich stehen. Das brauchst du mir nicht noch unter die Nase zu reiben.« Holger beginnt, ärgerlich mit dem Stuhl zu kippeln.

»Sei still und trink dein Bier aus«, mahnt Phil gutmütig, greift zur Weinflasche und schwenkt sie leicht. »Willst du danach noch ein Schlückchen Wein?«

»Danke, ich bleib beim Gerstensaft«, wehrt sein Gast ab. »Wobei mir einfällt, dass ich kein Geld in die Dose getan habe.«

»Zechprellerei!« Phil spielt den Empörten. »Aber freu dich nicht zu früh, ich werd's auf meine Strichliste setzen.«

»Welche Strichliste?«

»Die in meinem Kopf.« Phil tippt sich an die Schläfe.

»Eine gute Idee.« Holger nimmt einen weiteren Schluck und setzt eine nachdenkliche Miene auf. »Sind noch Erdnüsse da?«

»Ich müsste noch welche in meinem eigenen Vorrat haben.« Phil schwenkt vage den Kopf, und Holger versteht den Wink sofort. Er steht auf, steuert das unscheinbare Sideboard an und kommt mit dem Gewünschten wieder. »Setz die Nüsse auch auf deine Liste.« Grinsend tippt er sich an die Stirn.

Phil geht nicht darauf ein, sondern hebt ihm sein Glas entgegen. »Broscht! Auf uns!«

Sie stoßen an und verfallen in einvernehmliches Schweigen, bis Phil den Gesprächsfaden wieder aufnimmt.

»Wie kommst du mit der Arbeit voran?«

»Mal besser, mal schlechter.« Holger schüttet sich noch eine Portion Erdnüsse in die hohle Hand und wirft sie sich in den Mund.

»Bleibst du länger?«

»Bis Sonntag, denke ich. Montag habe ich eine Besprechung in Freiburg.«

»Dichterrunde«, kommentiert Phil und betont jede Silbe des Wortes.

»Mir graut jetzt schon davor«, grummelt Holger kauend, spült dann die Nüsse mit einem letzten Schluck Bier herunter.

»Noch mal was von deiner Tochter gehört?«

»Von Luna?« Er schaut kurz auf. »Wir haben telefoniert. Ein *Videocall*.«

»Schön.«

»Na ja.«

»Nicht schön?«

»Ich komme mir vor, als würde ich auf dem Mars leben.« Holger greift erneut zu der Erdnusstüte, legt sie aber wieder hin. »Immer diese digitalen Treffen, als wären wir Millionen Kilometer entfernt. Dabei sind es gerade einmal fünfzig.«

»Ich verstehe dein Problem.« Phil nickt mitleidig. »Wann kommt sie mal wieder her? Sie ist doch immer gern hier.«

»Das schon. Aber sie hat nie Zeit.«

Phil stutzt. »Sie ist ein Kind, Holger.«

»Eben. Schule, Sportwettbewerbe, Klaviervorspiel. Was weiß ich. Alles ist wichtiger, wenn's nach Dorit geht.«

»Aber da hast du doch auch ein Wörtchen mitzureden.«

»Sag das Dorit.« Holger schiebt seine Brille hoch und zieht die Nase kraus.

»Bitte Jenny, Luna ein paar Reitstunden zu geben«, schlägt Phil vor. »Dann verkaufst du die Sache als Reiterferien.«

»Jenny?«

»Ganz recht. Brauner Pferdeschwanz, Holzfällerhemd, Reitstiefel. Klingelt's bei dir?« Natürlich weiß Holger, wer Jenny ist. Sie gehört zum Archehof wie die Tiere. Und er mag sie. Sehr sogar. »Ich werd's mir überlegen«, wiegelt er ab und wechselt das Thema. »Wie sieht's eigentlich bei dir aus? Bist irgendwie blass um die Nase in letzter Zeit.«

»Muss das Licht sein.«

»Hmpf«, macht Holger.

»Für mich wird's langsam Zeit, an der Matratze zu horchen. Ich muss schließlich einen guten Eindruck machen auf unsere neue Servicekraft.« Phil erhebt sich schwerfällig, zwinkert Holger zu und klopft mit dem Knöchel auf die Tischplatte ab. »A guats Nächtle.«

»Ich schau ihr genau auf die Finger!«, ruft Holger ihm nach und steht ebenfalls auf. »Von so einer lassen wir uns nicht verschaukeln!« Er fegt die Erdnusskrümel vom Tisch, trägt die Gläser in die Küche und löscht das Licht.

9.

Isabell

»Ich dachte immer, auf dem Land wird man vom ersten Hahnenschrei geweckt«, bemerkt Isabell, während sie die Tische eindeckt. »Nach einem Hahn klang mir das allerdings nicht heute früh.«

»Das war unsere Clarissa«, erklärt Phil lächelnd. »Sie denkt, sie ist eine Lerche.«

»Sind alle Esel Frühaufsteher?«

»Keine Ahnung, da musst du Peggy fragen. Apropos fragen.« Phil hält kurz inne und schaut sie direkt an. »Worum ich dich bitten wollte: Kannst du hier später Klarschiff machen, wenn alle Gäste fertig sind? Ich habe einen Termin.«

»Kein Problem. Dazu bin ich ja da.«

»Danke, Isabell. Wenn du auch auf den Ofen achten würdest?«

»Klar, Phil. Du musst mir nur zeigen, wie. Leider bin ich kein Schwarzwaldmädel.«

»Oh, die würden heutzutage auch nicht unbedingt wissen, wie man so ein Ding befeuert«, lacht er. »Aber keine Angst, das kriegen wir schon hin.«

Eine Stunde später haben die meisten Gäste bereits

gefrühstückt – es sind nur drei an der Zahl –, und Phil ist fort. Isabell räumt gerade das benutzte Geschirr in die Spülmaschine, als sie draußen die Tür hört. Das muss der letzte Frühstücksgast sein. Der Dichter aus Nummer sieben kommt immer erst, nachdem die anderen weg sind, hat Phil sie gewarnt. Der Mann muss gestern Abend eingetroffen sein.

Isabell glättet ihre Schürze, streicht sich eine Haarsträhne aus dem Gesicht und legt ihr professionelles Lächeln auf, bevor sie die Gaststube betritt. Doch das Lächeln gefriert ihr auf den Lippen, als sie die Person am einzigen noch eingedeckten Tisch erblickt: Es ist ihre Kühlschrankbegegnung. Phils Saufkumpan.

Sie hält kurz die Luft an, dann strafft sie die Schultern und tritt auf ihn zu. »Einen schönen guten Morgen, Herr Uhland.«

Er räuspert sich. »Morgen«, erwidert er knapp und bringt ein schüchternes Lächeln zustande.

Ihr fallen tausend dumme Sprüche ein, die er anbringen könnte, nachdem sie ihm eine solche Steilvorlage am Kühlschrank geboten hat. Dass er sie sich spart, stimmt sie ein wenig milder.

»Kaffee, Tee?«

Der Dichter ist Teetrinker. Es wundert sie nicht. Warum sollte auch ein Feingeist nicht hin und wieder ein gepflegtes Bier mit einem Freund trinken? Spelunke? Saufkumpan? Womöglich hat sie die Lage völlig falsch eingeschätzt. »Ich bin übrigens Isabell Melchior, falls Phil es noch nicht erwähnt hat«, stellt sie sich vor.

Holger Uhlands Lächeln wirkt aufrichtig. Zu sagen hat er wenig – ein Ei, sehr gern, am liebsten weich gekocht – sonst nichts weiter. Also lässt sie ihn allein.

»Servus«, hört sie ihn nach einer Weile rufen. Doch ehe sie bei ihm ist, ist er bereits gegangen.

Am Nachmittag macht sie sich auf die Suche nach Peggy. Es ist eine Buchungsanfrage über die Weihnachtsfeiertage hereingekommen – die einzige bisher –, und Isabell weiß nicht, wie sie damit verfahren soll. Während sie vom Büro in Richtung Küche läuft, hört sie bereits Peggys tönende Stimme.

»Wie oft soll ich's der Weidle noch sagen? Sie kann nicht immer so in den Hof brettern. Neulich hat sie ein Huhn überfahren und es nicht mal gemerkt. Also wirklich! Ich habe keine Lust, ständig Hühnersuppe zu kochen, wenn sie hier reingerauscht ist.«

»Vielleicht sollte Phil mal mit ihr sprechen.« Jennys Stimme ist gedämpfter. »Auf den hört sie eigentlich immer.«

»Die anderen Gäste dürfen auch nicht im Hof parken. Ich hab's ihr nur erlaubt, weil sie so schlecht zu Fuß ist.«

Isabell pocht mit dem Fingerknöchel gegen die Tür und tritt ein. »'tschuldigung, aber ich hätte etwas zu klären.«

»Was hast du auf dem Herzen?« Peggy wendet sich ihr zu, versucht es mit einem Lächeln.

»Soll die Pension über die Weihnachtsfeiertage geöffnet bleiben? Wir haben eine Anfrage hereinbekommen.«

»Weihnachten ...« Peggy kratzt sich am Kopf, als müsste sie erst überlegen, welche genaue Bedeutung dieses Wort hat. »Stimmt. Das blüht uns ja auch noch ...«

»Ich bin ohnehin hier«, erklärt Isabell schnell. »Der Pensionsbetrieb wäre also kein Problem. Wenn diese Leute allerdings die einzigen Gäste bleiben, könnte es eine traurige Angelegenheit werden.«

»Wieso das?«

»Überleg doch mal, Peggy: Weihnachten! Das Fest der Feste! So etwas will entsprechend vorbereitet sein.«

»Von mir aus kannst du in der Diele einen Tannenbaum aufstellen«, räumt die Bäuerin großmütig ein. »Vielleicht wollen diese Leute ja auch gar kein großes Tamtam.«

Da ist Isabell sich keineswegs sicher. Die Website des Archehofs sieht professionell und einladend aus, wer auch immer dafür verantwortlich ist. Zwar wird der Pension und insbesondere den Gästezimmern wenig Raum eingeräumt – man erkennt sie auf den Fotos so gut wie nicht wieder –, die Tiere sind dafür umso hübscher porträtiert. Dazu dieses fotogene Schwarzwaldhaus – wie geschaffen für romantische Weihnachtsfantasien.

»Ist ja noch eine Weile hin«, meint Peggy jetzt. »Wir klären das später.« Offenkundig will sie sich das Thema vom Hals schaffen. Sie greift nach ihrer Strickjacke über der Stuhllehne, tritt in den Flur hinaus und schickt sich an, das Haus zu verlassen.

Doch Isabell ist nicht gewillt, so schnell klein beizugeben, und folgt ihr. »Es sind noch knapp drei Monate. Das ist nicht gerade ein langer Zeitraum in der Hotellerie.«

»Also gut«, lenkt Peggy seufzend ein. »Wir sprechen mit Phil darüber.«

In diesem Moment fällt Isabell ein handgeschriebener Zettel ins Auge. *TÜR ZU!* steht in fetten Lettern darauf. Sie schüttelt den Kopf. »Das ist nicht gut, Peggy.«

»Was ist nicht gut?«

»Dieser Zettel.«

»Warum nicht, zum Kuckuck? Du weißt, was passiert, wenn die Tür offen steht. Die Hühner kacken mir den Flur voll, und Ernst marschiert in die Küche, frisst ein Riesenglas Erdnussbutter und kriegt anschließend Dünnschiss.«

»Der Ton macht die Musik«, erwidert Isabell sanft. »Was sollen die Gäste denken?«

»Hör zu, Fräulein Knigge!«, mahnt Peggy ungehalten. »Das ist meine Wohnung: Hintereingang, Küche, Wohnzimmer, Schlafzimmer, alles meins. Der Gesindetrakt, sozusagen. Die Gäste haben die Belétage für sich und dazu die schöne Aussicht. Das muss reichen. Hier im Hof gelten meine Regeln. Und Tür zu bedeutet Tür zu. Wie Schritttempo auch Schritttempo bedeutet«, ergänzt sie mit Blick auf den grünen Mercedes, der mitten auf dem Hof parkt. »Ich werd's der Weidle jetzt ein letztes Mal verklickern. Wenn das dann immer noch nicht klappt, kann sie demnächst zu Fuß herkommen!«

Als hätte sie den Weckruf gehört, tritt die alte Dame just in diesem Moment aus Clarissas Stall und stakst wacklig über den Hof. »Ihr seid mir ja welche!«, ruft sie mit brüchiger Stimme, den Blick auf ihren Mercedes gerichtet. »Wie zwei alte Saufkumpane, die nachts aus der Kneipe heimtorkeln.«

Isabell hebt die Augenbrauen, sucht Peggys Blick.

Diese wischt mit der flachen Hand vor ihrer Stirn hin und her. »Die isch wohl nemme ganz bache«, flüstert sie, und Isabell begreift, was gemeint ist, ohne die Wörter im Einzelnen zu verstehen. Balla-balla. Plemplem. Nicht ganz dicht im Oberstübchen.

»Mit wem sprechen Sie?«, fragt Peggy jetzt laut und tritt an die alte Dame heran.

»Mit dem Dackel und deinem Schweinchen *Babe* da drüben.« Frau Weidle reckt das Kinn vor, und richtig: Hinter dem grünen Wagen tauchen jetzt Hans und Ernst auf. In der Tat benehmen sich die beiden merkwürdig. Hans schwankt beträchtlich und versucht, sich an Ernsts kurze Haxen anzulehnen. Ernst wiederum wirft grunzend den Kopf hin und her, als wolle er etwas abschütteln.

»Da stimmt was nicht!« Im Stechschritt eilt Peggy auf die beiden zu, bückt sich zu Hans hinunter. Ein Moment verstreicht, dann winkt sie aufgeregt. »Alle mal herkommen!«

Isabell gehorcht sofort. Peggy dreht den Kopf, ruft laut nach Jenny.

»Wo brennt's?« Die Gerufene tritt aus dem Stall. Auf

einen Blick hat sie die Situation erfasst und eilt sofort zu Hilfe. »Was ist los mit denen?«

»Ich weiß es nicht.« Peggy ertastet die Innenseite von Hans' Hinterbein, zählt mit lautlosen Lippenbewegungen den Puls. »Sein Herz rast«, verkündet sie. »War heute Nachmittag jemand Fremdes hier?«

»Nicht, dass ich wüsste. Warum fragst du?«

»Ich glaube, die beiden wurden vergiftet.«

»Vergiftet?«

»Sieht so aus.«

»Ich rufe Theo an.« Schon hat Jenny ihr Smartphone gezückt.

Peggy schaut auf und blickt Ruth Weidle streng an. »Haben Sie Ihnen etwas gegeben?«

»Was sollte ich Ihnen denn gegeben haben?« Ruth Weidle blickt hilflos drein.

»Keine Ahnung. Aber ich weiß, dass Sie Clarissa weiter mit Zimtschnecken füttern, obwohl ich Ihnen das verboten hatte.«

»Ich habe die Tiere nicht mit Zimtschnecken gefüttert«, weist die alte Dame den Vorwurf zurück. »Und selbst wenn, sie würden davon wohl kaum betrunken über den Hof torkeln.«

»Schon gut.« Peggy winkt ab.

»Ich sehe, ich bin hier keine große Hilfe.« Ruth Weidle zückt ihren Wagenschlüssel. Isabell tritt schnell zu ihr und hilft ihr zu ihrem Mercedes hinüber. Kurz darauf rollt der Wagen vom Hof.

»Es geht noch immer niemand ran«, verkündet Jenny

ärgerlich. Dann spricht sie eine Nachricht auf die Mailbox des Tierarztes.

»Wo steckt der Kerl wieder?« Peggy richtet sich ächzend auf. »Helft mir mal! Wir müssen die zwei aus der Kälte schaffen.« Sie hebt Hans hoch und bettet ihn in ihre Arme, während Isabell und Jenny den wankenden Ernst mit vereinten Kräften in seinen Stall bugsieren.

»Warst du über Mittag weg?«, erkundigt sich Peggy erneut bei Jenny.

»Nein. Ich hab mit Caro die Ställe ausgemistet und anschließend die Scheiben des Geländewagens geputzt. Die waren voller Schlammspritzer«, gibt Jenny ein wenig ungehalten zurück. »Wischwasser habe ich auch aufgefüllt, und dann habe ich …«

»Hans, bitte!«, unterbricht sie Peggy. »Mach mir jetzt nicht schlapp!« Sie bettet den Hund auf einen dicken Haufen Stroh und hält seinen Kopf. Die Anspannung steht ihr ins Gesicht geschrieben. In diesem Moment lässt sich Ernst mit einem dumpfen Klatscher auf die Seite fallen. »Du nicht auch noch, Ernst!«

»Ich rufe noch mal an.« Jenny eilt nach draußen, um besseren Empfang zu haben.

»Kann ich etwas tun?«, erkundigt sich Isabell besorgt, kniet sich ins Stroh und tätschelt Ernsts Rücken. Er liegt ausgestreckt da, mit offenen Äuglein. Sie kann das Weiße darin sehen. Soweit sie es beurteilen kann, scheint es ihm allerdings nicht ganz so schlecht zu gehen wie Hans. Vermutlich liegt es an seinem Gewicht.

»Wie sagte die Weidle eben?«, überlegt Peggy laut. »… Alte Saufkumpane, die nachts aus der Kneipe heimtorkeln. Saufkumpane … Alkohol, Ethanol, Ethyl … Frostschutz!«, stößt sie plötzlich hervor und brüllt: »Jenny, hast du Frostschutz reingetan?«

»Ja, hab ich. Die Nächte sind verdammt kalt.« Ihr Smartphone am Ohr, wirft Jenny von draußen einen kurzen Blick in den Stall.

»Wo ist der Kanister?«, blafft Peggy.

»Den hab ich rüber in den …« Jenny bricht mitten im Satz ab und stürmt plötzlich davon. »O nein! Hier liegt er«, hört man sie rufen. »Es ist was rausgelaufen. Das Ding ist nicht mehr dicht!«

»Ethylenglykol«, murmelt Peggy. »Dachte ich's mir doch. Die zwei haben sich tatsächlich vergiftet.« Jenny erscheint wieder in der Stalltür, jetzt den Tränen nahe. »Ich hab's vergessen, ich Idiotin! Ich hab einfach nicht aufgepasst!«

»Hör schon auf«, mahnt Peggy erstaunlich ruhig. »Räum den Kanister weg und spritz den Boden mit dem Schlauch sauber. Aber vorher ruf bitte Theo zu Hause an.«

»Das habe ich schon versucht«, entgegnet Jenny kleinlaut. »Er ist nicht da.«

»Herrschaftszeiten!« Peggy stöhnt auf. »Wieso wird einer Tierarzt, wenn er keine Lust hat zu arbeiten?« Sie schaut auf den Hund, dann wieder hoch. »Ethylen, Ethanol …«, murmelt sie vor sich hin. »Wodka!«, ruft sie plötzlich. »Wir müssen die weitere Absorption des

Ethylenglykols verhindern.« Sie schaut zu Jenny hoch. »Am besten geht das mit Ethanol, also Alkohol. Lauf schnell, hol den Schnaps aus meinem Wohnzimmer! Er steht in der …«

»Schon gut. Ich weiß, wo er steht.« Jenny rennt los.

»Und einen Messbecher und zwei Spritzen!«, ruft Peggy ihr hinterher. »Du findest die Spritzen …«

»Ich weiß schon!«

»Wie viel wiegt Hans? Was glaubst du? Im Vergleich zu Ernst, meine ich.« Peggy sieht jetzt Isabell an, doch die zuckt nur hilflos die Achseln. Sie bedauert es sehr, dass sie nicht wirklich helfen kann. Sie hat Angst um die Tiere. Ernst darf nicht sterben. Und Hans auch nicht.

Endlich taucht Jenny wieder auf.

»Alles dabei?«

»Ja, alles da.«

»Dann lass uns starten.« Peggy greift nach der Wodkaflasche und überprüft mit schnellem Blick den Füllpegel. »Hoffen wir, dass es reicht.« Sie gießt etwas Wodka in den Messbecher, schüttet Wasser dazu, zieht die Spritze auf. »Normalerweise wird das über einen Tropf gemacht. Aber bis wir in der Tierklinik sind, dürfte es zu spät sein.«

Jenny gibt einen merkwürdigen Laut von sich, fängt sich jedoch gleich wieder.

»Kopf hoch, Hans! Nur ein Schlückchen …« Peggy spritzt ihm eine winzige Menge Wodka ins Maul. Der Hund leistet keinen Widerstand. »Ja, so ist es gut!« Die

11

Prozedur wiederholt sich, und auch Ernst bekommt seine Dosis.

»Isabell, du kannst gehen«, erklärt Peggy nach einer Weile. »Die Party wird noch ein paar Stunden dauern.«

Zögernd zieht sie sich zurück.

Der Nachmittag geht in den Abend über, der Abend in die Nacht. Peggy ist noch immer in Ernsts Stall. Isabell bringt ihr ein paar Brote, einen heißen Tee und eine Decke für Hans. Dann verabschiedet sie sich.

10.

Der Wecker erweist sich wieder als überflüssig, denn Clarissa erledigt diese Aufgabe sehr gewissenhaft. Doch bevor Isabell sich an die Vorbereitung des Gästefrühstücks macht, wirft sie sich in ihre Stallklamotten und eilt kurz darauf aus dem Haus. Draußen ist es noch immer dunkel, im Hof geht der Bewegungsmelder an. Sie zieht den Reißverschluss ihrer Windjacke höher und läuft hinüber in den Stall zu Ernsts Verschlag. Das Bild, das sich ihr bietet, pflanzt sich ihr tief ins Herz: In einem dicken, blauen Schlafsack liegt Peggy zusammengerollt neben Ernst, über den jetzt die Pferdedecke gebreitet ist. Neben ihrem grauen Lockenkopf lugt eine Dackelschnauze aus dem Schlafsack hervor.

»Peggy?« Isabell berührt sie sanft an der Schulter.

»Was ist?« Die Bäuerin schreckt hoch. Dann öffnet sie ein wenig ihren Schlafsack, setzt sich auf, reibt sich die Augen.

»Leg dich ins Bett, Peggy! Ich passe auf die beiden auf. Sie scheinen über den Berg zu sein.«

Peggy rauft sich durchs Haar, betrachtet dabei Hund und Schwein, als müsste sie sich erst wieder an das Geschehene erinnern. »Wie friedlich sie schnarchen«, sagt sie mit belegter Stimme. »Sind sie nicht allerliebst?«

»Ja, das sind sie.« Isabell lächelt ihr zu. »Aber jetzt steh auf, dein Bett ruft.«

»In zwei Stunden brauchen sie noch mal einen ordentlichen Schluck«, murmelt Peggy. »Ich habe mir den Timer gestellt.«

»In Ordnung. Bis dahin kannst du dich ausruhen.« Isabell fasst Peggy beim Arm und hilft ihr auf.

In diesem Moment betritt Jenny den Stall. »Ich habe Theo endlich erreicht«, berichtet sie außer Atem. »Er kommt gleich.«

»Sicher könnt ihr alle einen Kaffee vertragen. Ich koche euch welchen«, bietet Isabell an. Sie verlässt den Stall wieder und geht hinüber in Peggys Küche. Während der Kaffee durch den Filter läuft – einen Vollautomaten wie drüben in der Küche der Gaststube besitzt Peggy nicht –, fährt draußen ein Wagen vor. Isabell späht aus dem Küchenfenster, sieht einen Mann aussteigen. Es muss der Tierarzt sein. Schnell schenkt sie Kaffee ein und verlässt mit einem Tablett die Küche. Noch bevor sie erneut den Stall betritt, schallt ihr bereits Peggys Stimme entgegen.

»Warum gehst du nicht ans Telefon?«

»Ich bin zum Gut Schwabenland gerufen worden«, antwortet der Tierarzt ruhig.

»Sieh an! Für Graf Koks und Konsorten stehst du allzeit bereit. Da müssen wir hinten anstehen!«

»Bei einer Zuchtstute bestand Kolik-Verdacht«, entgegnet der Mann mit bewundernswerter Gelassenheit. »Du weißt, was das bedeutet.«

»Was ist mit Christina? Die hätte auch kommen können.«

»Christina ist auf einer Tagung in Nürnberg.« Die angenehm tiefe Stimme klingt jetzt eine Spur unterkühlt. Kein Wunder.

»Tagung!« Peggy spuckt das Wort aus, als würde ihm etwas Anrüchiges anhaften. »Nachdem du zurück warst vom Schwabenhof, hättest du zumindest den Anrufbeantworter abhören können. Wäre ja möglich, dass noch jemand anders in Todesgefahr schwebt.«

»Ich habe auf dem Display deine Nummer gesehen.«

»Na, also! Warum rufst du dann nicht zurück?«

»Nicht um halb elf in der Nacht. Ich dachte, du wolltest mich nur noch einmal an die Moderhinke-Auffrischungsimpfung erinnern oder daran, dass ich mich schon seit zweieinhalb Tagen nicht mehr gemeldet habe. Oder was dir gewöhnlich sonst so vorm Schlafengehen einfällt.«

»Würde ich dich in diesen Fällen etwa in der Praxis anrufen?«, entgegnet Peggy scharf.

Die Antwort ist ein tiefes Seufzen, dann, leiser:

»Du rufst mich überall an, wenn's dir gerade in den Sinn kommt, Mama.«

Mama. Jetzt wird Isabell die Sache klar. Natürlich! Der Tierarzt ist Peggys Sohn. Theo.

»Es ging um Leben und Tod!«, echauffiert diese sich jetzt.

»Ich war unglaublich müde«, gibt Theo zurück. »Bin schon die letzten drei Nächte raus wegen … ist ja auch egal. Ich dachte, es hätte Zeit, sonst wäre ich natürlich gekommen. Tut mir leid. Wenn du mich jetzt bitte meine Arbeit machen lassen würdest?«

»Guten Morgen!« Isabell tut so, als wäre sie gerade erst dazugestoßen. Sie angelt mit dem Fuß nach einem Melkschemel, stellt ihr Tablett darauf ab. »Ich habe Kaffee mitgebracht. Peggy, Milch und Zucker für dich, wie immer?« Sie schenkt ein und reicht Peggy eine Tasse. »Sie auch?«, wendet sie sich etwas zögerlicher an den Tierarzt, weil sie ihn nicht stören möchte. Jetzt, wo er endlich da ist.

»Schwarz und drei Stück Zucker«, antwortet Peggy für ihn.

Isabell nickt.

Sie füllt einen weiteren Becher, reicht ihn Jenny. Beide treten einen Schritt vor, um einen Blick auf Ernst und Hans zu erspähen … und auf Theo, den Tierarzt.

»Wie sieht's aus, Doktor? Kommen sie durch?«

»Ich denke schon«, antwortet der Arzt. »Der Schnaps hat ihnen sicher das Leben gerettet. Insofern habt ihr genau das Richtige getan.« Er richtet sich auf und klopft seine Hosenbeine ab. »Oh, ein fremdes Gesicht!« Jetzt hat er Isabell entdeckt. »Sind Sie die neue …«

»Nein, nicht die Stallhilfe«, fällt sie ihm ins Wort. »Ich bin für die Pension zuständig.«

»Genau das wollte ich gerade fragen«, gibt er lächelnd zurück. »Wie eine Jahrespraktikantin aus diesem Sozialprojekt sehen Sie nämlich nicht aus.«

»Theo!«, meckert Peggy. »Pass auf, was du sagst!« Er überhört das und streckt Isabell die Hand hin. »Theo Haller.«

»Isabell Melchior.« Seine Hände sind wie Pranken, breit, mit kurzen, stumpfen Fingern und sehr viel Kraft. Sie schaut ihm ins Gesicht und stellt fest, dass er die braunen Augen seiner Mutter geerbt hat.

»Ich höre, den Tieren geht es besser«, sagt sie. »Da bin ich sehr froh.«

»Und ich erst!«, gibt er grinsend zurück. »Andernfalls käme ich nicht mehr lebend vom Hof runter!«

»Schwätz Konz Seich!«, murrt Peggy. Doch ihr Sohn lacht nur, und auch sie lächelt jetzt widerwillig.

11.

Den Nachmittag verbringt Isabell damit, das Zimmer Nummer sechs herzurichten, die klemmende Nachttischschublade in Zimmer zwei zu reparieren und den Läufer im Flur mit Teppichschaum zu behandeln. Anschließend geht sie in die Frühstücksküche hinunter, um eine Kanne Tee für ihr geplantes Lektürestündchen aufzusetzen.

Phil ist gerade dabei, die Einkäufe zu verstauen, die er für das Pensionsfrühstück getätigt hat.

»Auch einen Tee, Phil?«

»Gern. Sofern du mir beim Trinken Gesellschaft leistest.« Er stellt einige Packungen Haferflocken in den Vorratsschrank.

Für ein gemütliches Plauderstündchen mit Phil nimmt Isabell sich gern Zeit: Ein paar Minuten später sitzen sie an Tisch vier, nah am Kaminofen, der noch immer Wärme vom morgendlichen Einheizen abstrahlt. Während Isabell einschenkt, holt Phil eine Dose Kekse aus einem Sideboard in einem stillen Winkel des Raumes.

»Sag mal, bist du eigentlich wirklich Gast hier?«, erkundigt sie sich. »Du weißt, wo die Kekse versteckt sind?«

»Hier sagt man nicht Kekse, sondern Gutsle«, korrigiert er sie augenzwinkernd.

»Okay«, lacht Isabell, »du kennst die Gutsle-Verstecke, du kümmerst dich um das Frühstück, kaufst ein. Das ist schon recht ungewöhnlich, finde ich.«

»Glaubst du?« In seiner Stimme schwingt sanfte Ironie.

»Ja, durchaus.« Sie denkt einen Augenblick nach. »Du und Peggy, ihr wirkt irgendwie sehr vertraut«, erklärt sie dann. »Ich habe mich schon gefragt, ob ihr vielleicht verwandt seid. Ob du ihr Onkel bist oder so.«

Phil lacht sein typisches, warmes Lachen. »Nein, ich bin nicht ihr Onkel. Aber du hast recht, wir haben eine sehr besondere Beziehung zueinander.« Isabell will gerade ihre Tasse zum Mund führen, hält jedoch plötzlich inne. »Sag nicht, du bist ihr Vater!«, platzt sie heraus.

»Peggys Vater?« Nun ist es an Phil, überrascht dreinzuschauen. »Junge Frau!« Er deutet mit dem Zeigefinger auf sie. »Ich bin siebzig Jahre alt, Peggy ist siebenundfünfzig. Nun überleg mal!«

»Autsch!« Sie zieht geräuschvoll die Luft durch die Zähne. »Sorry, Phil! Mit dreizehn kannst du unmöglich Vater geworden sein.«

»Gut, dass du wenigstens rechnen kannst«, spöttelt er. »Beenden wir das Ratespiel: Peggy war meine Frau.«

»Wie bitte?« Isabell bemerkt sofort, dass ihre verblüffte Nachfrage jede Höflichkeit vermissen lässt. »Entschuldige, es ist mir so herausgerutscht«, korrigiert sie sich sofort.

»Schon gut.« Wieder winkt er ab. »Ist ja auch eine absurde Vorstellung.«

»So absurd nun auch wieder nicht«, erwidert sie nach kurzer Überlegung und setzt ihre Tasse ab, ohne getrunken zu haben. »Mit meiner Vermutung habe ich also gar nicht mal sooo falschgelegen. Heißt das, du bist Theos Vater?«

»Nein, bin ich nicht.« Phil greift demonstrativ nach einem Gutsle-Keks und beißt hinein.

Sie nimmt sich ebenfalls einen. »Verrätst du mir mehr?«

»Das Ganze ist schon so lange her, dass es eigentlich gar nicht mehr wahr ist«, wiegelt er ab und rührt in seiner Tasse, trinkt einen Schluck. »Also gut. Wir haben uns an der Uni kennengelernt. Ich war Dozent, sie Studentin. Wir dachten natürlich, unsere Beziehung wäre etwas ganz Besonders, Einmaliges. Aber das war sie nicht. Es war die übliche Geschichte: Älterer Mann, junges Mädchen. Peggy war vielleicht nicht der gewöhnliche Typ, das war sie nie, aber … na ja. Wir haben sehr schnell beschlossen zu heiraten, wohl um uns und der Welt zu zeigen, wie ernst es uns war. Leider haben wir dann fast ebenso schnell gemerkt, dass wir einen Fehler gemacht hatten. Also haben wir uns wieder getrennt. *Sie* hat sich getrennt.«

»Warum hat es mit euch nicht geklappt?«, erkundigt sich Isabell. Ihr ist bewusst, wie intim diese Frage ist, aber sie kann nicht anders.

Phil macht eine unbestimmte Geste, sagt dann: »Du hast Peggy schon ein wenig kennengelernt: Es ist nicht einfach, mit ihr auszukommen. Das war es noch nie. Aber ich will ihr nicht die Schuld in die Schuhe schieben. Ich bin auch nicht ohne. Ein Wolf im Schafspelz, sozusagen.« Er setzt ein schelmisches Grinsen auf und zwinkert Isabell zu.

»Ein Wolf? Das kann ich mir nicht vorstellen.« Sie lacht.

»So? Warum nicht?«

»Du bist weder Wolf noch Schaf, sondern einfach ein unheimlich netter Kerl.«

»Ich bin ein alter Mann«, widerspricht er, doch sie merkt ihm an, dass er sich über ihr Kompliment freut. »Wir passten einfach nicht zusammen«, greift er den Faden wieder auf. »Der Liebeskummer hielt sich auch in Grenzen, denn bald nach unserer Trennung habe ich Elke getroffen. Meine richtige Frau, wie ich sie immer nenne. Im Grunde war's ein großes Glück für mich, dass es so gekommen ist.«

»Was ist aus deiner Elke geworden?«, erkundigt sich Isabell mit leisem Zögern.

»Sie ist gestorben, vor sieben Jahren. Brustkrebs.«

»Das tut mir sehr leid, Phil!«

»Mir auch.« Er schaut auf seine Hände, verschränkt seine Finger wie zum Gebet, öffnet sie wieder. »Nach Elkes Tod hat Peggy mir eine sehr nette Karte geschrieben«, erzählt er. »Wir hatten eigentlich kaum noch Kontakt, aber ganz aus den Augen verloren haben wir uns merkwürdigerweise nie. Sie schrieb mir also und lud mich zu sich ein, hierher, auf den Archehof.«

»Und du bist gekommen«, ergänzt Isabell.

»Nein, bin ich nicht. Das heißt, erst nicht. Genau ein Jahr später hat sie mir noch einmal geschrieben und ihre Einladung wiederholt, und dieses Mal nahm ich an. Aber ich wollte keine Last sein, also habe ich mich für ein paar Wochen als Gast in der Pension eingebucht. Auf Urlaub, sozusagen. In Wahrheit war ich am Ende damals. Auch nach einem Jahr hatte ich es nicht geschafft, wieder halbwegs auf die Beine zu kommen. Ich war ein Wrack, dazu inzwischen frühpensioniert. Nun ja. Elke und ich hatten immer davon geträumt, frei und unabhängig zu sein«, erklärt er mit traurigem Lächeln. »Vom Joch der Arbeit befreit, sozusagen. Und das war ich nun: befreit. Von allem und jedem. Ich hatte nichts mehr, wofür es sich gelohnt hätte, morgens aufzustehen. Es war, als gäbe es auf dieser Welt keine einzige Aufgabe mehr für mich. Als wäre ich nur noch eine Last. Hier auf dem Archehof war das anders. Ich habe gespürt, dass ich noch von Nutzen sein kann, und das war wohl der Grund, weshalb ich geblieben bin. Peggy hat es nicht einfach hier, weißt du. Das Archeprojekt, die Tiere, das ist ihr Leben. Aber Geld verdient man damit nicht. Ich konnte sie zumindest ein bisschen unterstützen.«

»Da hat sie Glück gehabt«, bemerkt Isabell.

»Es war auch mein Glück.« Phil lächelt versonnen.

»Ihr zwei seid also doch etwas ganz Besonderes.«

»Als Paar vielleicht nicht. Aber als Freunde ... schon möglich.« Phil lehnt sich in seinem Stuhl zurück.

»Wie ging es damals mit Peggy weiter?« Isabell schiebt sich das Gebäck in den Mund und beißt nun endlich ab.

»Einige Zeit, nachdem unsere Ehe damals gescheitert war, hat Peggy Friedhelm kennengelernt«, antwortet Phil. »Ihren richtigen Mann, wenn du so willst. Sie haben geheiratet und Kinder bekommen.«

»Und dieser Friedhelm, ist der auch gestorben?«

»Nein, ist er nicht. Die Ehe hat nicht gehalten.«

»Das Übliche also.«

Phil erwidert nichts darauf.

»Du und deine Elke ... das klingt so traurig.« Sie seufzt. »Aber eure Geschichte hat auch etwas sehr Schönes. Bis dass der Tod euch scheidet ... Wer schafft so etwas heutzutage noch?« Plötzlich bricht ihre Stimme. Sie wendet den Blick ab, schaut zu Boden.

»Isabell, Isabell, ich habe das Gefühl, du hast etwas auf dem Herzen«, erwidert Phil sanft.

Sie sagt eine Weile nichts, spürt nur seinen Blick auf ihr ruhen. »Ich wäre nie in die Schweiz gegangen«, gesteht sie plötzlich. »Ich hätte meinen Job in Hamburg nicht aufgegeben, meine Wohnung nicht, unsere Freunde nicht ... und schon gar nicht meinen Partner. Nichts von alledem!«

»Du hattest jemanden?«

»Ja.«

»Aber jetzt nicht mehr?«

»Nein. Er war … er hatte …«

»Du musst nicht darüber reden.«

»Vielleicht wär's richtig, die Dinge einmal auszusprechen«, entgegnet sie. »Sofern du sie hören möchtest.«

»Aber ja.« Er nickt gelassen. »Ich wüsste gern, was passiert ist.«

»Phil?« Peggys Stimme. »Phil!« Sie stürmt in die Gaststube. »Ah, hier steckst du!« Ihr Blick fliegt zwischen Isabell und ihm hin und her.

»Was ist los?«

»Du musst kommen! Georg hat angerufen. Die Schafe sind wieder ausgebüxt. Er hat sie auf der Wiese oberhalb von Fechtners Acker gesehen.«

»Kein Problem«, antwortet Phil. »Ich wollte mir sowieso die Beine vertreten. Du doch auch, Isabell, oder nicht?«

»Oh, ja. Natürlich.« Sofort springt sie auf.

»Wir reden irgendwann später«, sagt er leise zu ihr.

Sie nickt, dann schluckt sie den dicken Kloß in ihrem Hals herunter.

12.

Keine fünf Minuten später hocken sie zu dritt auf der Rückbank des Geländewagens: Isabell, Phil und Caro. Vorn sitzen Peggy und der Dichter, der spontan seine Hilfe angeboten hat. Peggy tritt aufs Gas, und sie rumpeln vom Hof.

An der Schafweide hält sie an und inspiziert das Gatter. »Sieht aus, als hätte sich jemand am Tor zu schaffen gemacht«, verkündet sie grimmig. »Ich werde mir die Sache später genauer anschauen.« Sie lässt sich wieder auf den Fahrersitz plumpsen. »Herrje! Wenn jetzt Kalinka noch da wäre!«

»Wer ist Kalinka?«, erkundigt sich Caro und schaut dabei aus dem Seitenfenster.

»Kalinka war mein Hütehund«, antwortet Peggy. »Sie ist gestorben, letzten Sommer.«

»Warum schaffst du dir keinen neuen an?« Caros unbeteiligter Tonfall hat wie immer etwas Provozierendes.

»Kalinka war die beste Freundin, die ich je hatte«, gibt Peggy beherrscht zurück. »Die ersetzt man nicht einfach durch irgendeinen anderen Hund.« Sie gibt Gas.

»Da oben.« Caro deutet aus dem Fenster.

»Hast du noch was gesagt?« Peggy wirft einen kurzen Blick in den Rückspiegel.

»Da oben«, wiederholt Caro. »Neben dem Gebüsch. Da steht ein Schaf, glaube ich.«

Peggy tritt hart auf die Bremse.

Alle drehen die Köpfe.

»Wo?«

Sie folgen Caros ausgestrecktem Arm mit den Augen. Tatsächlich. Hinter einer Weißdornhecke ist ein heller Fleck auszumachen.

Peggy würgt den Motor ab. »Komm mit, Caro!« Sie springt aus dem Wagen, und die junge Frau folgt ihr. Beide kriechen durch einen Zaun, stapfen gemeinsam den Hang hoch.

»Sollen wir auch?«, erkundigt sich Isabell unsicher.

»Vielleicht ist's bloß falscher Alarm.« Phil macht keine Anstalten, auszusteigen. »Ich spare mir meine Kräfte für den Ernstfall.«

»Passiert es öfter, dass die Schafe abhauen?«

»Eigentlich nicht. Aber vor drei Wochen ungefähr waren sie schon mal unterwegs.«

»Merkwürdig.«

»Die Gänse waren neulich auch draußen«, schaltet sich der Dichter in das Gespräch ein. »Peggy meint, da hilft jemand nach.«

»Und, glaubt ihr das auch?« Isabell schaut von einem zum anderen.

»Ich glaube nicht, dass diese Schafe schlau genug sind,

um das Gatter selbst zu öffnen«, erwidert Phil ruhig. »Was meinst du, Holger?«

»Ich bin kein Schaf, also weiß ich's nicht«, gibt dieser zurück.

»Eine geradezu philosophische Antwort«, spöttelt Phil, öffnet die Tür und beugt sich aus dem Wagen. »Was gefunden da oben?«

»Hier sind drei von den älteren Lämmern. Der Rest ist nicht da.« Peggy eilt bereits wieder den Hang hinunter. »Das ist Lindners Wiese. Der wird schon nichts dagegen haben, wenn ich sie später abhole.« Sie klemmt sich wieder hinters Lenkrad und rollt bis zum Gatter vor, während Caro dem Wagen hinterherjoggt. Gemeinsam sperren sie den Zaun zu, dann geht die Fahrt weiter.

»Ich hoffe, Georg hat sie irgendwie aufhalten können«, sagt Peggy und bremst nach wenigen Minuten erneut.

Tatsächlich: Keine dreißig Meter entfernt, am unteren Ende einer abschüssigen Wiese, grast eine kleine Herde Schafe. Neben ihnen steht ein Mann mit Cowboyhut, der ihnen gelassen zuwinkt. Das muss Georg sein. Isabell erinnert sich, ihn bereits das ein oder andere Mal auf dem Archehof gesehen zu haben.

»Gott sei Dank!« Peggy ist schon wieder draußen und knallt die Fahrertür zu.

»Dann woll'n wir mal.« Auch Phil steigt nun aus.

»Salli, Georg!« Er hebt die Hand zum Gruß.

Die anderen klettern ebenfalls aus dem Wagen und stapfen den Hang hinunter.

Bald darauf treten alle den Heimweg an. Isabell und der Dichter treiben die Herde vor sich her, während Peggy und Caro sie von den Seiten flankieren. Phil rollt im Geländewagen und mit eingeschalteter Warnblinkanlange hinterher. Isabells anfängliche Nervosität legt sich, als sie merkt, dass die Tiere sich willig führen lassen.

»Ich hätte nicht gedacht, dass aus mir mal eine Schafhirtin wird«, wendet sie sich halb im Scherz an Holger Uhland, der schweigend neben ihr hermarschiert.

»Ich wäge gerade ab, ob das eine Option für mich sein könnte«, gibt er ernsthaft zurück.

Bestimmt soll das ein Scherz sein, aber sie ist sich nicht ganz sicher. »Sie sind also Schriftsteller?«, weicht sie aus und wirft ihm einen Blick von der Seite zu.

»Ich?« Er deutet verwundert auf seine Brust.

»Ja, Sie«, wiederholt sie lächelnd. »Weil Peggy Sie immer den Dichter nennt.«

»Schön wär's.« Er winkt ab.

»Aber es ist wahr, oder?«, beharrt Isabell. Sie hat Respekt vor Menschen, die sich ganz und gar aussichtslosen Projekten verschreiben. Solchen Mut hätte sie nie. »Was speziell schreiben Sie? Gedichte? Romane?« Er antwortet nicht. »Ich bin nicht sonderlich bewandert in diesen Dingen«, räumt sie ein. »Ich lese zwar gern, aber ich kann mich vermutlich nicht auf Ihrem Niveau über Literatur unterhalten.«

»Dann lassen wir es besser«, gibt er unvermittelt zurück, ohne sie anzusehen.

Sie muss schlucken über diese unverblümte Abfuhr und braucht ein paar Sekunden, um sich wieder im Griff zu haben. Der Gast ist König. So ist es nun einmal. »Entschuldigen Sie, ich wollte mich nicht aufdrängen.« Sie rückt ein Stück von ihm ab und treibt die Schafe einen Tick schneller vor sich her.

»Ich wollte Sie nicht beleidigen.« Uhland hat seine Unhöflichkeit offenbar bemerkt. »Ich wollte sagen, dass auch ich nicht viel dazu beitragen kann. Zur Diskussion über hohe Literatur, meine ich. Ich schreibe, ja, und wenn Sie mich fragen, worüber, dann würde ich antworten: Über die Dinge des Lebens.« Er hält leise schnaufend inne, als sei das Reden eine Kraftanstrengung. Aber vermutlich ist es nur der Berg.

»Über die Dinge des Lebens«, wiederholt sie. »Im Allgemeinen oder im Besonderen?«

»Sowohl als auch.«

»Aha, verstehe. Aber was ich nicht verstehe: Peggy nennt Sie Ludwig, Phil dagegen Holger. Was gilt denn nun?«

»Ich hatte einen Großvater namens Ludwig. Alte Familientradition. Aber mein zweiter Vorname ist Holger. Den bevorzuge ich eigentlich.« Er will noch etwas hinzufügen, wird aber von Motorengeräuschen abgelenkt. Auch Isabell schaut sich um und erblickt einen grünen Mercedes, der sich in schneller Fahrt nähert. Die alte Frau Weidle. Sie bremst abrupt und tuckert dann brav hinter dem Geländewagen her. Einige Minuten später kommt der Hof in Sicht. Peggy schwenkt nach rechts, treibt die Herde mit lauten Rufen auf die Weide und schließt das Gatter. Geschafft.

Mit einem Gefühl der Zufriedenheit kehrt Isabell in die Pension zurück: Wieder ein Punkt auf der Liste der Dinge, die sie woanders nicht erleben würde.

13.

Caro

Caro schlägt die Augen auf. Stockfinstere Nacht. Oder doch nicht? Sie dreht den Kopf zur Seite, will einen Blick auf die digitale Anzeige ihres Weckers werfen, aber da ist nichts. Stimmt. Sie ist ja auch nicht im Haus Pauline, sondern auf dem Archehof. Und das seit fast drei Wochen.

Sie streckt den Arm aus, tastet nach ihrem Smartphone. Viertel nach sechs. Geht ja noch. Nur fünfzehn Minuten zu spät. Besser als gestern, da war's halb sieben. Wenn ihr das Aufstehen nur nicht so schwerfallen würde!

»Wenn das nicht aufhört, müssen wir uns trennen.« Peggys Worte. Aber Caro glaubt ihr nicht wirklich. Wer soll sonst die Arbeit machen? Wäre die Auswahl so groß, hätte Peggy sich ganz bestimmt nicht für sie entschieden. Ein klein wenig beunruhigt ist sie dennoch. Eigentlich gefällt's ihr ganz gut hier zwischen all den Tieren. Ihr Traum wäre eine Arbeit im Zoo gewesen, aber da hat man sie nicht genommen. Nicht vertrauenswürdig genug, wahrscheinlich. Das haben sie nicht gesagt – wer spricht so etwas schon laut aus? –, aber daran liegt's gewöhnlich immer. Also los jetzt! Sie schwingt die Beine aus dem Bett. Wenn sie sich beeilt, kann sie es noch rechtzeitig schaffen. Auf das gemeinsame Frühstück mit Peggy legt sie ohnehin keinen großen Wert, weder auf die Stulle noch auf die Gesellschaft. Und einen Kaffee darf man sich hier zwischendurch immer holen. Es steht sogar eine Thermoskanne im kleinen Flur bereit, damit man sich nicht extra die Schuhe ausziehen muss. Den Teil kann sie also getrost überspringen.

Durch den Wegfall des Frühstücks hat sie sogar noch ein paar Minuten Zeit. Sie greift nach ihren Zigaretten, zündet sich eine an. Rauchen verboten. Schon klar. Aber hier in ihrem winzigen Zimmer merkt es ja niemand. Sie pafft ein paar Züge, angelt nach der Getränkedose unter ihrem Bett, ascht hinein. Dann balanciert sie die Kippe auf dem Rand des Nachttischchens, schlüpft in Unterwäsche und Jeans. T-Shirt, Pullover – fertig. Duschen ist nicht nötig. Nach der Stallarbeit stinkt man ohnehin wie ein Elch. Außerdem müsste sie dazu rüber ins Haupthaus, und dazu hat sie morgens keine Lust. Noch ein letzter Zug, dann lässt sie die Kippe in die Dose fallen. Es zischt. Ein Rest Cola sorgt dafür, dass es nicht qualmt. Sie geht und öffnet das Fenster, spürt die belebende Kälte auf ihren Wangen, atmet tief durch.

Um halb sieben Uhr geht's los mit der Arbeit. Dieses Mal wird sie pünktlich sein.

Draußen ist Jenny vorgefahren. Heute sind die Esel dran, verkündet sie wenig später, während Caro in Stiefel und

Stalljacke schlüpft. Sie nimmt noch einen Schluck von ihrem Kaffee und setzt die Tasse auf der Bank vorm Haus ab, dann gehen sie gemeinsam zu Clarissa und Ben hinüber.

»Guten Morgen, ihr zwei! Gut geschlafen?«, begrüßt Jenny die Tiere und entriegelt die Boxentür. »Esel mögen eine höfliche Begrüßung«, erklärt sie und klopft Clarissas Hals. »Überhaupt wissen sie Höflichkeit und Respekt zu schätzen.« Sie lächelt. »Das Vertrauen eines Esels muss man sich verdienen, heißt es. Wen er nicht mag, den ignoriert er. Oder boykottiert ihn. Ohne Vertrauen und Zuneigung geht nichts.« Sie wendet sich von Clarissa ab und geht auf den anderen Esel zu, der sich bei ihrem Erscheinen sofort in die hinterste Ecke zurückgezogen hat. »Unser Ben hier ist noch etwas zurückhaltend. Aber er macht sich. Ich hoffe, wir haben ihn bald so weit, dass er von selbst auf uns zukommt.«

»Was ist mit ihm?«, erkundigt sich Caro.

Jenny schaut auf. »Er hat in seinem Leben nicht die besten Erfahrungen gemacht. Im Gegenteil. Als wir ihn aufgenommen haben, stand er auf der Schwelle des Todes.«

Caro lacht auf.

»Warum lachst du denn jetzt?« Jenny wirft ihr einen ärgerlichen Blick zu.

»Du sagst immer so komische Sachen. Als wärst du hundert Jahre alt oder so. Auf der Schwelle des Todes!« Caro schüttelt amüsiert den Kopf.

»Aber so war es!«, verteidigt sich Jenny. »Wir wussten

nicht, ob wir ihn durchkriegen. Hufrehe, Parasiten, Dehydrierung – er hatte so ziemlich alles, was ein Esel nicht haben sollte. Aber Ben ist jung und zäh.«

»Was haben sie mit ihm gemacht?« In Caros Stimme schwingt ein Hauch mitfühlender Sorge.

»Eine Tierschutzgruppe hat ihn auf einem völlig verwahrlosten Grundstück gefunden. Niemand hat sich mehr um ihn gekümmert. Er hat von Brennnesseln und Regenwasser gelebt. Seine Mutter war bereits gestorben. Die Eselin lag …« Jenny unterbricht sich. »Lassen wir das. Ben hatte Glück im Unglück. Das Veterinäramt hat ihn hierhergebracht, weil Peggy und Theo Erfahrung mit todkranken Eseln haben. Aber reden wir ein anderes Mal. Jetzt geht's darum, unsere Langohren gut zu versorgen. Und es wäre schön, wenn du das in Zukunft übernehmen könntest.« Sie schenkt Caro ein zuversichtliches Lächeln.

»Das traust du mir zu?«

»Natürlich! Du musst dir nur ein paar Sachen merken, aber nach ein paar Tagen sind sie dir in Fleisch und Blut übergegangen, glaub mir. Wichtig ist, dass du am Ball bleibst und einen regelmäßigen Rhythmus aufrechterhältst. Damit die Tiere sich darauf einstellen können. Das hilft Ben enorm dabei, Vertrauen zu fassen. Verstehst du?«

Caro versteht sehr gut, was gemeint ist, sagt aber nichts.

Jenny übergeht ihr Schweigen. »Nach der Begrüßung legen wir beiden ihre Halfter an, damit wir sie später nach draußen bringen können«, fährt sie fort. »Im Stall bleiben sie nur bei Dauerregen oder Schnee. Bei Ben ist die Sache mit dem Halfter ein bisschen heikel. Er mag es nicht, am Kopf berührt zu werden. Wahrscheinlich hat er früher üble Schläge bekommen. Du brauchst Geduld mit ihm.«

»Braucht er das Halfter denn überhaupt?«, fragt Caro skeptisch.

»Ja, schon. Sonst müssten wir ihn am Schwanz nach draußen ziehen. Oder an der Mähne.« Jenny grinst. »Schau, ich zeige dir bei Clarissa, wie's geht.« Sie greift nach dem Halfter, das neben der Stalltür hängt, und streift es der Eselin über. Dann nimmt sie es wieder ab und reicht es Caro, die den Bogen schnell raus hat. Clarissa nimmt alles gelassen hin, ohne mit der Wimper zu zucken.

»Sehr gut«, lobt Jenny. »Jetzt schauen wir uns die Tiere an und prüfen, ob alles in Ordnung ist: keine Verletzungen, Entzündungen oder Ähnliches. Esel sind sehr hart im Nehmen und können eine Menge einstecken. Sie zeigen uns nicht, wenn sie Schmerzen haben. Oder jedenfalls erst sehr spät. Aber das muss ja nicht sein. Gib mir mal bitte eins von den Papiertüchern rüber.« Sie deutet auf das Regal neben der Stalltür und Caro reicht ihr ein Tuch. »Also, beginnen wir am Kopf. Mit dem Papiertuch wischen wir das Sekret aus den Augen. Siehst du, so. Mit ein bisschen Gefühl. Danach ist Bürsten angesagt. In dieser Putztasche hier findest du alles, was du dafür brauchst.« Sie bückt sich und nimmt die Utensilien aus der Tasche. »Striegel, Kardätsche.« Sie zeigt Caro beides, dann striegelt sie mit kreisenden Bewegungen über Clarissas Fell, geht mit der Bürste nach. »Beim Putzen sieht man gleich, ob irgendwo etwas nicht stimmt«, erklärt sie. »Außerdem schafft es Nähe und Vertrauen.« Sie hält inne und reicht die Bürsten an Caro weiter, die keine Schwierigkeiten hat, mit der Arbeit fortzufahren.

»Kommen wir zur Hufpflege. Sie ist bei Eseln mit das Wichtigste überhaupt.« Jenny tritt wieder nahe an Clarissa heran. »Richtig gründlich nehmen wir sie uns vor, wenn die Tiere abends von der Weide kommen. Aber ich zeige dir jetzt schon einmal, wie wir's machen.« Sie klopft leicht gegen Clarissas linken Vorderhuf, die ihn bereitwillig anhebt. »Man muss ein Gefühl dafür bekommen«, sagt sie, während sie den Huf mit einem Kratzer ausschabt. Dann nimmt sie den Hinterhuf auf. »Esel sind eigentlich Wüstentiere. Der Boden dort ist trocken und fest. Unser Klima mit seinen feuchten Böden und dem fetten Gras ist eigentlich nichts für sie. Ihre Hufe sind recht weich, viel weicher als die von Pferden und entsprechend anfällig. Wir müssen also sehr sorgfältig alles entfernen, was dort nicht hingehört: Matsch, Kot, Steinchen und so weiter.« Sie stellt den Hinterhuf ab und reicht Caro den Kratzer. »Bitte schön. Du bist dran.«

Auch jetzt hat Caro keine Mühe, es ihr nachzutun.

»Bist ja ein richtiges Naturtalent«, lobt Jenny. »Kommen wir zum Futter: Wenn Clarissa sprechen könnte, würde sie dir sagen, dass das nun das Allerwichtigste ist. Die alte Dame hat kaum noch Zähne, und die übrig gebliebenen sind auch nicht mehr in exzellentem Zustand. Deshalb bekommt sie eingeweichtes Heu, mit etwas Kraftfutter vermischt. Zwei bis drei Portionen täglich, wenn sie im Stall steht.« Sie gehen hinüber in die Futterkammer, wo Jenny Caro zeigt, wie die Zubereitung funktioniert. »Mit dem Futter werden auch die Medikamente verabreicht«, erklärt sie.

»Medikamente?«

»Klar. Clarissa bekommt ein Mittel zur Herzstärkung, wie alte Leutchen das nun mal so kriegen. Die Tablette schmuggeln wir in eine halbe Banane. Dann merkt sie's nicht. Unser Benny bekommt ein Pulver für seine Hufe. Die waren wirklich schlimm dran, und er hat noch immer Probleme damit. Das Pulver mische ich in einen Futterbrei und mache eine Art Frikadelle draus. Siehst du, so.« Sie nimmt einen Löffel Pulver, mischt ihn unter den zähen Brei und formt ihn zu einer Kugel. Dann bringen sie alles hinüber zu den Tieren.

Nach der Fütterung füllen sie an einem Hahn im Hof mehrere Eimer mit Wasser und tragen sie in den Stall. »Jetzt geht's ab nach draußen, in den Paddock.« Jenny drückt Caro Clarissas Führstrick in die Hand und tritt an Bens Seite. »Geh du mit Clarissa vor, sonst geht er nicht mit.«

Wenige Minuten später ist die Mission erfolgreich beendet. »Prima!«, freut sich Jenny. »Und jetzt ist Ausmisten angesagt.«

Nicht nur bei den Eseln. Auch bei den Pferden, Rindern, Hühnern, den Schweinen und den Kaninchen.

Das alles kennt Caro schon. Gegen Mittag kommt es ihr regelmäßig so vor, als sei der Archehof ein einziger großer Misthaufen. Aber die Arbeit macht ihr weniger aus, als sie vermutet hätte. Die Tiere müssen ja gepflegt werden. Sie können sich nicht selbst helfen. Der Esel Ben geht ihr nicht aus dem Sinn. Diese traurigen Augen. Sie weiß nicht, was ihm passiert ist. Sie hat keine Bilder im Kopf. Nur ein Gefühl.

Als sie endlich mit der Stallarbeit fertig ist, läuft sie hinüber zum Paddock, öffnet das doppelt gesicherte Gatter, tritt ein. Immer darauf achten, dass alles gut verschlossen ist, hat Jenny sie ermahnt. Ben sei ein wahrer Ausbrecherkönig. Caro schiebt sorgfältig beide Riegel zurück, dreht sich um. Langsam. Sie hat es nicht eilig. Das hat sie nie. Sie versteht nicht, warum alle immer so hektisch sind. Die Dinge dauern so lange, wie sie eben dauern. Sie tritt ein paar Schritte vor, streckt die Hand aus. Langsam. Wie zufällig. Wendet den Blick ab. Lässt die Hand da, wo sie ist. Sie spürt Bens warmen Atem. Sein samtweiches Maul gleitet sacht über ihre Haut. Es kitzelt. Mit geblähten Nüstern saugt er die Luft ein, schnuppert an ihr. Sie lässt ihm Zeit. Und sich selbst auch. Niemals schließt sie Freundschaften auf die Schnelle. Niemals vertraut sie jemandem blindlings. Sie trifft auf Menschen. Menschen treffen auf sie. Als träfe Stein auf Stein, so fühlt es sich für sie an. In den meisten Fällen zumindest. Wie hat Jenny gesagt? Das Vertrauen eines Esels muss man sich verdienen. Sie selbst vertraut niemandem. Und dieses Tier tut es auch nicht. Sie spürt es. Weiß es. Er stemmt die Beine in den Boden, wenn's brenzlig wird. Wird bockig. Weil es klüger ist, erst einmal innezuhalten und sich die Situation zu vergegenwärtigen. Die Lage einzuschätzen. Ausharren und abwarten. Ihre Taktik. Dieser Esel ist wie sie. »Wir beide wissen, wie's läuft, nicht wahr?« Sie sagt das ganz leise, flüstert fast.

Eine Weile stehen sie einfach so da. Schließlich setzt sie sich in Bewegung, geht langsam los. Der Esel folgt ihr. Sie läuft eine Weile im Kreis. Ben tut es auch. Sie bleibt stehen. Der Esel steht jetzt neben ihr. Sie geht wieder los. Ben weicht nicht von ihrer Seite. Wieder bleibt sie stehen, legt ihm ganz langsam die Hand auf die Kruppe. Er lässt sie gewähren.

Etwas brandet in ihr auf, wogt ihr bis zum Herzen. Eine Welle des Glücks.

14.

Isabell

»Die ist echt schräg, die Alte. Thront im Sessel und redet mit einem Esel!« Tomek stapft kopfschüttelnd in die Küche. In seinem dunklen Haar glitzern Tropfen, denn draußen regnet es in Strömen.

»Du meinst Frau Weidle?«, erkundigt sich Jenny, während sie sich ihre nassen Socken von den Füßen puhlt.

»Gibt's hier etwa noch mehr von der Sorte?« Tomek lässt sich grinsend auf einen Stuhl fallen.

»Die Weidle ist so alt wie Methusalem«, schaltet Peggy sich ein. »Sie darf in einem Sessel hocken und sich mit einem Esel unterhalten.«

»Wie kam's zu dieser innigen Freundschaft?«, erkundigt sich Isabell, die gerade fürs Mittagessen eindeckt.

»Lasst euch die Geschichte von Jenny erzählen.« Peggy gibt ein weiteres Ei in ihren Pfannkuchenteig und verschlägt es.

»So vor zwei, drei Jahren hat Frau Weidle eine unserer Gruppenführungen mitgemacht«, erklärt Jenny bereitwillig. »Am Ende verteilen wir immer diese Patenschaftszettel, ihr wisst schon. Darauf sind all unsere

Tiere aufgelistet, und für eine bestimmte Summe, die man monatlich zahlt, kann man sich eines aussuchen und Pate oder Patin werden. Der jeweilige Betrag orientiert sich an den Unterhaltungskosten, auch wenn er sie natürlich nicht komplett abdeckt. Großtiere sind logischerweise teurer als Kleintiere. Jedenfalls warf Frau Weidle damals nur einen ganz kurzen Blick auf den Zettel und sagte: ›Ich nehme den Esel und zahle zehn Euro.‹ Für Clarissa standen schätzungsweise achtzig Euro da, so genau weiß ich das jetzt nicht mehr. Peggy hatte Mitleid mit der Frau, von wegen arme Rentnerin und so, also ist sie auf fünfzig oder sechzig Euro runtergegangen. Aber Frau Weidle hat auf Durchzug gestellt. ›Ich nehme den Esel und zahle zehn Euro‹, hat sie immer nur stur wiederholt, und so ist es dann auch gekommen. Seitdem besucht sie Clarissa fast jeden Tag. Im Sommer steht ihr Korbsessel draußen, im Winter bei Clarissa und Ben im Stall.«

»Eine rührende Geschichte«, findet Isabell.

»Ja, irgendwie schon.« Jenny hängt ihre Socken auf die Heizung, beugt sich vor und begutachtet ihre bleichen Zehen.

»Jedenfalls lässt die Alte sich nicht die Butter vom Brot nehmen«, meldet Peggy sich wieder zu Wort. »Und sie hat Haare auf den Zähnen.« Sie knallt eine Pfanne auf den Herd und stellt die Platte an. »Behagt dir das etwa nicht?« Phils Stimme. Er hat gerade die Küche betreten. »Dabei heißt es doch immer: Gleich und gleich gesellt sich gern«, bemerkt er mit spitzbübischem Grinsen.

»Heb au d'Gosch, du Dotsch!«, erwidert Peggy nicht unfreundlich, gießt Öl in die Pfanne und wirft einen Blick auf die Küchenuhr. »Die Besuchszeit ist um, würde ich sagen. Länger als eine halbe Stunde bleibt die Weidle nie. Geht mal einer von euch raus und hilft ihr zurück zum Auto. Nicht, dass sie noch ausrutscht und wir sie anschließend pflegen müssen.« Sie schaut zu Caro hinüber. »Wie steht's mit dir?«

»Ich glaub nicht, dass sie mich leiden kann.«

»Und ich glaub mich daran zu erinnern, dass das dein Problem ist«, erwidert Peggy trocken. »Du sollst an deinen Sozialkompetenzen feilen, oder wie's sie's gesagt haben.«

»Da bist du natürlich das beste Vorbild«, gibt Caro mit aufreizender Gelassenheit zurück.

Isabell zieht scharf die Luft ein. »Ich geh schon!«, beeilt sie sich zu sagen und ist bereits auf dem Weg nach draußen. Schnell schlüpft sie in ihre bunt geblümten Gummistiefel, die sie sich in Mühlach gekauft hat, und ist auch schon aus der Tür.

»Ja, ja, ja, Clärchen«, hört sie die alte Dame sagen, als sie den Stall betritt. »Es geht doch nichts über eine gute Verdauung.«

Isabell verkneift sich ein Kichern und tritt näher. »Guten Tag, Frau Weidle! Mein Name ist Isabell Melchior. Ich kümmere mich für eine Weile um die Gästepension.«

»Guten Tag, junge Frau.« Ruth Weidle dreht nur ein ganz klein wenig den Kopf. Dicht neben ihrem Sessel steht die Eselin. Es sieht aus, als hätten die beiden gerade miteinander geflüstert. Ben steht weiter hinten in der Ecke, als würde ihn der Weiberkram nicht interessieren.

»Sie verstehen sich wohl sehr gut mit Clarissa?«, fragt Isabell.

»Ja, wir haben viel gemeinsam.« Die alte Frau nickt. »Clarissa ist mein Patenkind. Wobei Kind es nicht mehr so ganz trifft, wir sind ja eigentlich beide Omas.« Sie kichert. »Ich zahle ihre Eselrente, sozusagen. Kost und Logis, wie es so schön heißt.«

»Das ist sehr nett von Ihnen. Wie ich sehe, kommen Sie sie auch sehr oft besuchen.«

Die alte Weidle rückt nun ein wenig herum, um Isabell besser im Blick zu haben. »Ja, das tue ich«, antwortet sie. »Sofern mich niemand davon abhält. Aber inzwischen gibt's nicht mehr viele, die mich von irgendwas abhalten könnten«, ergänzt sie nüchtern.

Isabell schluckt. Die flüchtige Vorstellung, all ihre Bekannten und Freunde könnten bereits tot sein, wenn sie noch lebt, verursacht ihr ein flaues Gefühl im Magen. »Wie schade«, formuliert sie vorsichtig. »Das ist sicher nicht leicht für Sie.«

»Nicht der Rede wert.« Ruth Weidle macht eine wegwerfende Handbewegung. »Die meisten sind mir sowieso nur auf die Nerven gegangen.« Sie erhebt sich umständlich aus ihrem Sessel, greift nach ihrem Schirm. »Ich muss jetzt los. Wenn Sie die Güte hätten, mich zu meinem Wagen zu begleiten?«

15.

Es tut mir leid, dass unser Gespräch neulich so jäh unterbrochen wurde«, entschuldigt sich Phil und bedeutet Isabell, sich zu setzen. Er holt zwei Gläser, entkorkt die Flasche Wein, die bereits auf dem Tisch steht, und schenkt ein. Dann nimmt er ebenfalls Platz. »Auf eine strahlende Zukunft!« Er hebt ihr sein Glas entgegen, und sie stoßen an.

»Der Wein ist gut«, lobt Isabell nach dem ersten Schluck.

»Wenn wir was können, dann einen guten Spätburgunder machen«, erwidert Phil. »Du sitzt hier sozusagen an der Quelle. Das solltest du ausnutzen.«

»Ich werde mich bemühen.« Isabell betrachtet wohlwollend den Inhalt ihres Glases.

»Magst du noch darüber reden?«, fragt Phil nach einer Weile.

»Worüber noch mal? Ich hab's vergessen«, behauptet sie mit dem Anflug eines Lächelns.

»Über die Liebe? Über den Kummer? Über die Gründe, aus denen du niemals in die Schweiz gegangen wärst?«

»Die zählen jetzt nicht mehr.« Sie winkt ab.

»Sie hätten mich trotzdem interessiert.« Phil legt den Kopf ein wenig schräg, hebt die Brauen. Als sie nicht antwortet, greift er wieder zu seinem Glas. »Das Schöne am Wein ist, dass man gar nicht reden muss. Man kann auch so seinen Spaß haben.«

»Dann brauche ich ja nichts über meinen ehemaligen Partner zu erzählen«, erwidert Isabell mit leiser Ironie und schiebt zwei Finger unter ihr Halskettchen. »Partner ... das klingt so nach Geschäft. Freund dagegen, nun ja, nach jugendlicher Tändelei.«

»Wie wär's mit Geliebter?«, schlägt Phil vor. »Für mich hört es sich an, als hättest du ihn geliebt.«

»Geliebter«, wiederholt sie spöttelnd. »Das ist mir zu pathetisch.«

»Aber Liebe war's schon?«

»Liebe ...« Sie holt tief Luft, bläst die Backen auf, stößt hörbar die Luft wieder aus. »Ich würde gern sagen, dass es eigentlich gar keine richtige Liebe war, dass ich mich getäuscht habe.« Sie hält inne, nimmt einen Schluck Wein, dann noch einen. »Die Sache hat mein ganzes Leben auf den Kopf gestellt«, erklärt sie unvermittelt. »Nichts ist mehr so, wie es mal war. Und nichts ist, wie ich es mir vorgestellt habe. Deshalb kann ich auch nicht sagen: Hallo Schweiz! Endlich bin ich am Ziel meiner Wünsche. Denn ich wollte ja gar nicht hin, verstehst du?«

»Aber sicher.«

»Darum beneide ich dich und Peggy, ganz ehrlich. Ihr wisst, wo ihr hingehört.«

»Hm«, macht Phil nur, hebt leicht die Hände, dreht die Handflächen nach oben.

Sie nimmt noch einen Schluck Wein, so spricht es sich leichter. »Wir waren acht Jahre lang zusammen. Gemeinsame Wohnung, gemeinsame Freunde, gemeinsamer Job.«

»Gemeinsamer Job?«

»Wir arbeiteten im selben Hotel. In denselben Hotels, genauer gesagt. Wir haben immer alles zusammen gemacht. Arbeit, Freizeit, so hatten wir's entschieden. Und es war in Ordnung. Dachte ich zumindest. Ich hatte nie das Gefühl, dass mir irgendetwas fehlt. Innerhalb der Beziehung, meine ich. Und genau aus diesem Grund wollte ich mit Timo eine Familie gründen. Ich wollte Kinder. Er war nicht begeistert von der Idee, also haben wir das Thema erst mal auf Eis gelegt. Aber ich … ich konnte nicht aufhören damit. Ich dachte, wenn er mich liebt, dann muss er es auch wollen. Das war wohl der Fehler. Jedenfalls sagte er mir vor paar Monaten, dass eine Familie für ihn definitiv nicht infrage käme. Er würde nicht zurückstecken wollen, seine Freiheiten nicht aufgeben. Er sagte …« Sie stockt. »Er sagte, dass er mich wohl einfach nicht mehr genug lieben würde, um diesen Schritt mit mir gemeinsam zu gehen.« Sie hält erneut inne, greift nach ihrem Glas, setzt es wieder ab, ohne zu trinken. »Es war, als hätte er mir einen Eimer Eiswasser über den Kopf geschüttet. Ich konnte es nicht glauben. Und schon gar nicht akzeptieren. Dann habe ich Dummheiten gemacht. Fürchterliche

Dummheiten.« Sie starrt vor sich auf die Tischplatte. »Ich glaubte natürlich, es steckt eine andere Frau dahinter, und habe so ziemlich jede verdächtigt, mit der wir irgendwie in Kontakt standen, beruflich wie privat. Das hat die Sache nicht besser gemacht.«

»Aber ihr habt weiter zusammengewohnt?«, erkundigt sich Phil in sanftem Tonfall. »Warum ist er nicht ausgezogen?«

Isabell lacht auf und lehnt sich weit in ihrem Stuhl zurück, rückt aber gleich wieder nach vorn.

»Wir dachten, wir regeln das wie erwachsene Menschen. Warum uns übereilt ins Elend stürzen?« Wieder lacht sie, dieses Mal über ihre eigenen Worte. »Das war natürlich Bullshit. Ein riesengroßer Haufen Bullshit. Ich bildete mir ein, wir bekämen das geregelt. In Wahrheit wollte ich nur nicht, dass er den endgültigen Schritt macht. Ich Idiotin wollte ihn für mich behalten.«

»Das ist doch nur allzu verständlich«, beschwichtigt Phil, schweigt einen Moment. »Und was geschah dann?«

»Ich habe weiter meine Forschungen betrieben.« Sie lächelt bitter. »In unserem direkten Umfeld habe ich niemanden gefunden, also dachte ich, es müsste eine Frau von außerhalb sein. Von irgendwoher. Eine ferne Liebe. Vor ungefähr drei Monaten fuhr Timo dann zu einem Kongress nach Kiel. O Gott, es ist mir peinlich, nur daran zu denken.«

»Du musst nicht …

»Ich wäre dankbar, wenn ich es aussprechen darf«,

unterbricht sie Phil ungewohnt harsch und wundert sich über sich selbst.

Er erwidert nichts, öffnet nur die Finger seiner rechten Hand, eine einladende Geste.

Sie nimmt noch einen Schluck Wein. »Ich bin ihm hinterhergereist, in dieses Kongresshotel. Das Hotel ist groß, also fiel es nicht weiter auf. Aber ich wusste, dass einige der Kongressteilnehmerinnen und -teilnehmer sich abends zum Essen in einem bestimmten Restaurant treffen würden. Dort habe ich für mich einen Tisch reserviert. Timo kam in einem großen Pulk von Leuten. Sie setzten sich, bestellten, machten ziemlich viel Lärm … und plötzlich hat er mich entdeckt.« Sie blickt zu Boden, kämpft mit den Tränen. »Niemals im Leben habe ich einen solchen Blick ertragen müssen. Diese Verachtung. Es war niederschmetternd.« Sie schluckt hart, um nicht schluchzen zu müssen. »Timo ist kein schlechter Mensch, das ist das Schlimmste. Ich habe ihm nicht wirklich etwas vorzuwerfen.« Sie schaut auf und sucht Phils Blick. »Es wäre einfacher für mich, wenn ich ihn hassen könnte. Manchmal gelingt mir das, aber in ruhigen Minuten wird mir immer wieder klar, dass er nichts dafür kann. Es ist meine Unzulänglichkeit. Er hat recht mit allem.« Sie presst die Lippen zusammen, schließt für einen Moment die Augen.

»Wenn ich etwas dazu sagen darf, Isabell«, sagt Phil. »Deine Geschichte hat nichts mit Recht oder Unrecht zu tun. Die Liebe kommt, die Liebe geht. Und das nicht immer gleichzeitig. Leider.« Er ergreift ihre Hand und drückt sie, lächelt dazu. »Du bist eine tolle Frau. Wenn du dreißig Jahre älter wärst ...« Er grinst spitzbübisch. »Nein, im Ernst, der Typ ist ein Blödmann, eine gute Partie wie dich sausen zu lassen. Schön, schlau und fleißig, wie du bist!«

Sie ringt sich ein Lächeln ab, nach dem ihr nicht ist.

»Aber warum die Schweiz?«

»Die Schweiz ist ein tolles Land. Und ich habe mir gesagt, wenn ich die Dinge schon nicht ungeschehen machen kann, dann will ich das Beste für mich rausschlagen. Dann will ich etwas ganz Neues anfangen. Eine Herausforderung, die mich von allem ablenkt.«

»Der Plan war gut.«

»Danke, dass du das sagst. Meine Freunde empfinden das nicht so. Ich lasse sie im Stich.«

Phil winkt ab. »Purer Egoismus. Ich bewundere deine Stärke. Du hast das Richtige getan. Ich frage mich nur, wie in dieses Konzept jetzt unser Archehof reinpasst.«

»Der Archehof ... nun ja. Nach der Sache mit dem Kieler Restaurant bin ich aus unserer gemeinsamen Wohnung ausgezogen. Es blieb mir gar keine andere Möglichkeit. Die Zusage aus der Schweiz hatte ich damals schon. Blieben drei Monate. Und da fiel mir diese Stelle ins Auge. Es war so ... Es klang so simpel und heimelig. Ich wollte den Winter nicht allein in der Großstadt verbringen. Ich wollte ... Ach, ich weiß auch nicht. Tiere, Kerzenschein, eine geborgene Atmosphäre. Einen Ort, an dem ich mich verkriechen und meine

Wunden lecken kann. Ich fühlte mich so ausgepowert, kraftlos. Wie eine Versagerin eben.«

»Also hör mal! Erst der Schwarzwald, dann die Schweiz! Wenn da nicht jemand seinen Kummer in Energie umgewandelt hat!«

»Du meinst, es ist noch nicht Hopfen und Malz verloren?« Sie lächelt traurig.

Doch Phil schüttelt den Kopf. »So darfst du nicht reden. Komm, ich zeig dir etwas! Zieh deine Jacke an!« Er steht auf, führt sie aus dem Haus, über den Hof und in den Ziegenstall.

»Es sind die Tiere«, erklärt er und streicht einer braun gescheckten Ziege über den Rücken. »Sie haben mir geholfen. Sehr sogar. Manchmal saß ich nur da und habe sie beobachtet, stundenlang. Sie strahlen eine solche Ruhe aus. Schau sie dir an! Mal wandern sie hierhin, mal dahin. Mal zupfen sie hier, mal rupfen sie dort. Mal spielen sie miteinander, mal balgen sie sich. Und den halben Tag schlafen sie sowieso. Sie sind einfach da und genießen ihre Existenz. Eines Tages sind sie nicht mehr da, und das ist auch in Ordnung.« Er beugt sich vor und tätschelt einem vorwitzigen jungen Bock den Kopf. »Es ist in Ordnung.«

Isabell wundert sich ein wenig über seine Rede, spürt aber das Tröstliche darin.

»Tiere haben so viel zu geben«, fährt Phil fort. »Schau in diese Augen! Sie sagen dir alles über das Leben. Ihr Blick sagt: Sei da. Sei aufmerksam. Bleibe neugierig. Und vertraue deinem Instinkt.«

Sie beugt sich vor und starrt die erstbeste Ziege an. Ihre Augen erinnern sie an angelutschte Malzbonbons. »Vertraue deinem Instinkt«, wiederholt sie gedanken-verloren und streckt ihre Hand vor.

Die Zicke leckt an ihrer Handfläche. Es kitzelt. Isabell zieht die Hand weg, streichelt über das hell glänzende Fell.

Sei da. Sei aufmerksam. Lebe.

Genau das tut sie gerade. Und es ist gut so.

16.

Caro

Es ist Mittagszeit. Alle haben sich zum Essen versammelt. Tomek schöpft Erbsensuppe aus einem großen Topf und tut allen auf.

»Ist das Fleisch?« Caro blickt angewidert auf ihren Teller.

»Es ist ein Mettwürstel«, präzisiert Peggy.

»Ekelhaft. Ich esse kein Fleisch.«

»Brauchst du auch nicht. Fisch's raus und gib's mir.« Peggy hält ihr ihren Teller hin.

»Es ist widerlich«, beharrt Caro, ohne auf sie einzugehen.

Kurzerhand langt Peggy über den Tisch und bringt das Würstchen mit einem gezielten Gabelstoß an sich. Dann legt sie das Besteck beiseite und schaut Caro an. »Hör zu, junge Dame! Ich respektiere deine Meinung und habe Verständnis dafür. Aber wir retten hier nicht nur Tiere, wir züchten sie auch. Und zwar heimische Nutztierrassen, die vom Aussterben bedroht sind, wie ich schon mehrfach erklärt habe. Das tun wir, weil sie mal eine große Bedeutung für die Menschheit hatten und es jammerschade wäre, wenn es sie nicht mehr gäbe. Unsere

Hinterwälder Rinder, die Schwarzwälder Füchse, unsere Schafe und Ziegen, die Hühner da draußen. Aber … und jetzt hör bitte gut zu! Es sind Nutztierrassen, die Betonung liegt auf Nutzung. Die muss aufrechterhalten werden, sonst ist das Ganze ein Fall für den Zoo. Wir wollen aber kein Zoo sein.« Sie hält inne und schaut zu dem ein wenig ratlos dreinblickenden Tomek hin. »Setz dich ruhig«, fordert sie ihn auf und wendet sich dann wieder Caro zu. »Wir wollen zeigen, dass diese Tiere wieder in unser Leben integriert werden können, dass sie eine wichtige Bedeutung haben«, fährt sie fort. »Es geht um Vielfältigkeit und Qualität. Die Qualität ihrer Milch, ihres Fleisches oder eben andere hervorstechende Eigenschaften. Wir müssen den Prozess auch vom Ende her denken, sonst funktioniert es nicht, verstehst du? Das Fortleben dieser Rassen ist auf Dauer nur gesichert, wenn sie den Menschen ein Auskommen liefern. Noch einmal: Wir sind kein Zoo. Ich weiß, das ist für Tierliebhaber schwer zu verstehen. Aber ich glaube sagen zu dürfen, dass es nicht viele gibt, denen das Wohl ihrer Tiere so sehr am Herzen liegt wie mir. Ich tue mein Bestes, um ihnen ein schönes Leben zu bieten.«

»Bis sie unters Messer kommen«, fügt Caro biestig hinzu.

»Unters Messer kommt hier kein Tier, zumindest nicht lebendig.«

Doch auch dieses Argument kann Caro nicht überzeugen. »Das klingt irgendwie alles, als hättest du's auswendig gelernt«, murmelt sie.

»Habe ich auch«, erwidert Peggy prompt. »Sonst wäre ich nicht so gelassen, glaub mir. Ich habe diese Debatte schon unzählige Male mit unseren Gästen geführt. Du bist nicht die Erste, die an einigen Dingen Anstoß nimmt.« Sie sucht Caros Blick und bringt sogar ein nachsichtiges Lächeln zustande.

»Aber Clarissa oder Ernst schlachtest du nicht«, entgegnet Caro und empfindet Genugtuung über diesen unwiderlegbaren Widerspruch. Triumphierend schaut sie in die Runde.

Die Hotelierin lächelt ihr zu, aber das hat nichts zu sagen. Die würde auch lächeln, wenn man ihr einen Zeh abhackt. Das Grinsen des Polen gefällt ihr schon eher.

»Nein, ich schlachte sie nicht«, muss Peggy zugeben. »Clarissa erhält hier ihr Gnadenbrot, wie auch unser Ernst und eine ganze Reihe anderer Tiere. Aber das Leben ist voller Widersprüche, und ich kann sie nicht alle lösen. Wir müssen uns damit arrangieren.« Sie steht halb auf, angelt nach einer schlaufenförmigen Dauerwurst, die an einem Wandhaken hängt, hält sie in die Höhe. »Das hier ist übrigens Wildschweinsalami.«

»Auch das noch! Wehrlose Tiere im Wald totschießen!«, giftet Caro.

»Sie nehmen überhand, wenn sich niemand um den Bestand kümmert.« Peggy hängt die Wurst an den Haken zurück, setzt sich wieder. »Ich diskutiere gern mit dir, Caro. Deine Argumente sind durchaus stichhaltig, und du liegst nicht grundsätzlich falsch. Durchaus nicht. Aber wenn du hier arbeiten möchtest, musst du die Regeln akzeptieren. Sonst geht's nicht.«

»Hugh! Die Chefin hat gesprochen!«, mischt Jenny sich ein. »Können wir jetzt endlich essen? Ich muss wieder raus in den Stall.«

»Habe ich euch etwa davon abgehalten?« Peggy grinst in die Runde, doch niemand geht darauf ein. »Tut mir leid, ich weiß es ja: Jeder, der länger als drei Tage an diesem Tisch sitzt, hat die Predigt schon x-mal gehört. Aber jetzt haben wir uns zumindest das Pusten gespart.« Sie taucht ihren Löffel in die Erbsensuppe und führt ihn zum Mund. Auch Caro beginnt zu essen, schaut dabei demonstrativ zum Fenster hinaus.

Draußen fährt ein Wagen vor. Es ist Peggys Sohn Theo, der Tierarzt. Caro hat ihn bereits kennengelernt. Er scheint ganz in Ordnung zu sein.

»Ä Guede.« Theo Haller betritt die Küche und hebt die Hand zum Gruß.

»Kommst g'rad recht.« Seine Mutter steht auf, klatscht eine Portion Erbseneintopf in einen Teller und reicht ihn samt Löffel ihrem Sohn.

»Lasst uns ein bisschen aufrücken, dann passt er auch noch an den Tisch.« Jenny rutscht gutwillig ein Stückchen zur Seite.

Doch Theo wehrt ab. »Nur keine Mühe! Ich futtere im Stehen. Bin's ohnehin so gewohnt.« Er lehnt sich gegen die Arbeitsplatte und beginnt zu essen. Caro staunt. Sie hat noch nie jemanden gesehen, der so schnell Suppe in sich hineinlöffeln kann.

»Lernt man bei der Feuerwehr«, erklärt er unvermittelt und schaut Caro dabei an, als hätte er ihre Gedanken gelesen.

Sie spürt, dass sie rot wird. Mist.

»Außerdem hab ich jemanden mitgebracht.« Hat er ihr da gerade zugezwinkert? Mein Gott, das muss doch jetzt nicht auch noch sein! Theo Haller stellt seinen Teller ab und stapft aus dem Raum.

»Was der nur wieder hat!« Auch Peggy schaut ihm kopfschüttelnd nach.

Caro hat keine Ahnung, was gerade vorgeht, doch Jennys mühsam unterdrücktes Schmunzeln verrät ihr, dass irgendetwas im Busch ist.

Und tatsächlich: Wenige Augenblicke später steht der Tierarzt wieder in der Tür, ein schwarzes Wollknäuel in den Armen. »Liebe Mama«, hebt er an. »Ich weiß ja, dass dir nichts an Geburtstagsfeiern liegt – zumindest nicht an den eigenen – und deshalb dachte ich, wir greifen ein bisschen vor. Kalinka ist zwar nicht mehr da, aber das Leben geht weiter. Hier ist der Beweis.« Er tritt auf Peggy zu und legt ihr den Welpen in den Arm. »Ein waschechter Strobel, wie du siehst.«

»Ein Strubbel?« Caro lacht auf.

»Ein Strobel«, korrigiert Theo freundlich. »Das ist ein altdeutscher Hütehund.«

»So alt sieht er gar nicht aus«, murmelt Caro, die spürt, dass sie schon wieder rot wird. Aber das bemerkt ohnehin niemand, da alle Augen auf Peggy und den Hund gerichtet sind.

»Es ist übrigens ein Mädchen«, verrät der Tierarzt. »Ihr Name ist Bella.«

»Aber ich wollte doch keinen.« Peggy versagt fast die Stimme. Beinahe hilflos schaut sie in die Runde.

»Manchmal müssen eben andere für einen selbst entscheiden«, entgegnet Theo und legt seiner Mutter die Hand auf die Schulter.

Wie es wohl ist, ein so wunderbares Geschenk zu bekommen? Peggys Augen glänzen verdächtig. Auch Caro spürt, wie ihr die Tränen kommen. Was soll das jetzt wieder? Manchmal versteht sie sich selbst nicht. Sie legt die Hände vors Gesicht, reibt sich die Stirn.

»Den Nachmittag hast du frei«, hört sie Jenny sagen, doch gemeint ist nicht sie, sondern Peggy. »Du kannst dich also ganz entspannt deinem Nachwuchs widmen.«

»Ah! Ihr steckt unter einer Decke, oder?« Peggy klingt heiser. Wieder wandert ihr Blick von einem zum andern. Sogar Isabell lächelt verhalten, als wüsste sie Bescheid. Scheinbar ist sie, Caro, die Einzige, die nicht eingeweiht wurde. Sie spürt einen leisen Stich.

»Und deine Kuscheldecke hast du auch gleich mitgebracht, was?« Peggy hebt den Welpen aus der blassrosa Fleecedecke, aus der er sich ohnehin halb herausgekämpft hat, und drückt ihre Nase an seine Schnauze.

»Und das hier hätten wir auch noch!« Theo hält einen Plüschhasen an den Ohren hoch.

»Wo hast du den denn erlegt?«

»Im Second-Hand-Laden in der Zimmergasse«, antwortet Theo seiner Mutter, verlässt erneut die Küche und kommt mit einem großen Hundekorb wieder. »Bitte sehr, ein Geschenk von Christines Eltern.«

»Ach!« Mehr bekommt Peggy nicht heraus.

Theo trägt den Korb in die hintere rechte Ecke der Küche, die seltsam leer wirkt. Caro vermutet, dass dort früher einmal ein anderer Hundekorb gestanden hat. Kalinkas, wahrscheinlich.

Der junge Hund beginnt heftig zu zappeln. Peggy lacht. »Ja, wo willst du denn hin, du kleiner Racker?«

Caro verdreht die Augen. Erblickt jetzt den Dackel Hans, der steifbeinig zur Tür hereingewackelt kommt, um zu sehen, was los ist. Er hebt seinen Kopf, sieht den fremden Hund.

»Komm einmal her, Hansi!« Peggy beugt sich herab, mit Bella auf ihrem Arm, hält den Welpen Hans vor die Nase. »Schau einmal, wen wir hier haben!«

Caro weiß nicht genau, was der Dackel fühlt, aber Begeisterung ist es nicht. Ohne irgendwelche weiteren Anstrengungen zu unternehmen, dreht er sich um und trollt sich wieder. Seine Krallen machen Kratzgeräusche auf den Dielen.

»Der gute alte Junge wird's nicht leicht haben«, seufzt Jenny. »Ich glaube, ich nehme ihn mal mit runter nach Mühlach, solange hier der Bär steppt. Ich muss noch Clarissas Tabletten abholen.«

Caro sieht ihre Chance gekommen. Ihr wird hier gerade alles zu viel. »Nimmst du mich mit?«

»Aber gern.« Keine zehn Minuten später sind sie bereits unterwegs.

»Möchtest du einkaufen?«, erkundigt sich Jenny, ohne den Blick von der Straße zu nehmen.

»Nein.« Caro nagt an ihrer Unterlippe. »Ich muss einfach mal normale Menschen sehen.«

»Wie?« Jenny lacht verblüfft auf. »Findest du uns nicht normal?«

»Geht so. Dich vielleicht schon. Trotz deiner komischen Sprüche.« Mehr sagt sie nicht. Sie kann Jenny ja wohl schlecht erzählen, dass sie diese Peggy ziemlich durchgeknallt findet. Nicht so schlimm wie manch andere, die ihr bisher begegnet sind, aber schon reichlich schräg. Dann diese Isabell. Dieses überfreundliche Lächeln immerzu. Man wird ganz kirre davon. Der Pole ... über den kann sie nichts sagen. Mit ihm hat sie nichts weiter zu tun. Bleibt dieser Opa. Phil. Er scheint ganz in Ordnung zu sein.

»Und wo willst du hin?«, wechselt Jenny das Thema und wirft ihr einen schnellen Seitenblick zu.

»Keine Ahnung.«

»Wie auch, wenn du dich nicht auskennst, oder?« Sie schickt ihr ein Lächeln herüber. »Sonderlich groß ist Mühlach nicht. Es besteht also keine Gefahr, dass du dich verläufst. Die Kirche ist recht hübsch. Und das Rathaus am Markt. Dort gibt es auch ein nettes Eiscafé.«

»Eiscafé«, wiederholt Caro betont gelangweilt und schaut dabei aus dem Fenster. »Wird vielleicht auch für dich mal Zeit, dass du hier rauskommst.«

Wieder lacht Jenny. »Das musst du mir erklären.«

»Du bist zu viel mit alten Leuten zusammen. Kirche, Rathaus, Eiscafé: Das klingt gruftig.«

»Ich bin zufrieden«, widerspricht Jenny demonstrativ und schaltet einen Gang herunter. »Woanders könnte ich meine Arbeit nicht machen. Jedenfalls nicht so wie auf dem Archehof. Und das ist für mich das Wichtigste.«

»Ja, die Tiere.« Caro wird nachdenklich. »Die sind es vielleicht wert«, muss sie zugeben. Dann sagt sie nichts mehr.

Sie passieren die Hauptstraße, die zugleich Hauptgeschäftsstraße ist. Einen Optiker. Einen Sanitätsbedarf. Einen Immobilienhändler. Na, prima. »Kannst mich hier rauslassen.«

»Am Busbahnhof?«

»Wo sonst?«

Jenny setzt den Blinker, fährt rechts ran und bringt den Wagen zum Stehen. »Willst du dich absetzen?« Sie zwinkert ihr zu, doch Caro spürt ihre heimliche Sorge. »Ich fänd's jedenfalls schade.«

»Keine Sorge, ich bleibe euch noch ein Weilchen erhalten. Danke fürs Mitnehmen.« Caro steigt aus und schlägt die Wagentür zu. Sie schaut der davonfahrenden Jenny kurz nach, hebt die Hand zum Gruß, überquert dann die Straße.

In einem überdachten Bushäuschen tummeln sich ein paar Jugendliche. Die Mädchen tragen bauchfreie Tops und Nasenpiercing, die Jungs übergroße schwarze T-Shirts und weiße Sneakers. Weiter hinten bei der Wendeschleife stehen drei junge Männer neben ihren

Motorrädern. Caro schlendert betont absichtslos auf sie zu, beobachtet sie dabei unauffällig. Schließlich bleibt sie vor ihnen stehen. Die Jungs unterhalten sich weiter, als würden sie sie nicht bemerken.

»Seid ihr alle so verschnarcht hier?«

Drei Köpfe schnellen herum, drei Augenpaare richten sich auf sie.

»Na, das ist ja mal 'ne Begrüßung.« Der kleinste der drei Typen grinst ihr frech ins Gesicht. Immerhin sieht er nicht aus wie ein Idiot, muss sie feststellen.

»Ist hier irgendwo was los?«

»Was schwebt dir denn vor?« Er grinst noch immer.

»Keine Ahnung.« Sie zuckt die Achseln. »Wie wär's mit 'ner Spritztour?«

Der Kleine kraust die Stirn, wirft ihr einen fragenden Blick zu, schaut dann auf sein Motorrad und wieder zu ihr zurück. Sie nickt kaum merklich. Er lacht leise auf, schüttelt den Kopf, wendet sich an die anderen. »Wie sieht's aus: Drehen wir 'ne Runde?« Seine Kumpel haben nichts dagegen einzuwenden. »Hast du einen Helm?«, fragt er Caro.

»Moment mal.« Sie blickt suchend an sich herab, klopft ihre Taschen ab. »Wo ist er denn nur? Sorry, ich dachte, ich hätte einen eingesteckt.«

Er lacht nicht über ihren Witz, nickt nur einem seiner Kollegen zu. Wie sich herausstellt, wohnt der in der Nähe und hat einen Helm übrig.

Wenige Minuten später brettern sie über die Schnellstraße. Schließlich biegen sie auf eine Landstraße ab, kurven in Serpentinen die Berge hinauf, passieren dabei Obstwiesen, Weiden und Wald. Wenn die Maschine sich zur Seite legt, kribbelt es in Caros Bauch. Herrlich. Am liebsten würde sie die Arme ausbreiten und laut schreien, aber sie hat Angst, das Gleichgewicht zu verlieren. Nur dumm, dass es so kalt ist. Ihr sterben allmählich die Finger ab. Sie schmiegt sich ein wenig enger an den Fahrer, schiebt entschlossen ihre Hände in die Taschen seiner Motorradjacke. Er reagiert nicht darauf. Wie auch?

Eine Stunde später fährt die kleine Gang vor dem Archehof vor. Caro steigt von der Maschine, steif in den Gliedern, verfroren bis ins Mark, aber höchst zufrieden. »Danke. Euch allen.« Sie nickt den Jungs zu, hebt knapp die Hand, wendet sich ab.

»Hey! Wie heißt du eigentlich?«, ruft der Kleine ihr nach.

Sie dreht sich noch einmal um, zuckt die Achseln.

»Ist nicht wichtig, oder?« Als sie weitergeht, hört sie sein überrumpeltes Lachen.

Die drei wenden ihre Maschinen, fahren davon.

»Wer waren die?« Plötzlich steht Peggy neben ihr.

»Keine Ahnung.« Wieder Achselzucken.

»Du fährst mit Leuten durch die Gegend, die du nicht kennst?«

»Na und?«

»Das ist leichtsinnig.«

»Wo ist der Unterschied, ob ich sie kenne oder nicht?«

»Es ist leichtsinnig«, beharrt Peggy. »Und unvernünftig.«

»Schon möglich.«

»Der mit der blauen Maschine ist Marc, der Sohn vom Sparkassenchef«, erklärt Peggy ungefragt. »Der mit der Honda ist Enzo. Sein Vater betreibt das Valentinos am Markt. Der, bei dem du draufgesessen hast, ist der Sohn vom Brenner – die Schreinerei Brenner im Ort.«

»Ach, wirklich?«

»Er heißt Andreas.«

»Ist mir egal.«

»Hör mal zu, Mädchen!« Peggy tritt ganz nah an sie heran, fixiert sie mit zusammengekniffenen Augen. »Wenn du hierbleiben willst, erwarte ich ein Mindestmaß an Höflichkeit und Mitteilungsbereitschaft, verstanden?«

»Ein Mindestmaß an Höflichkeit und Mitteilungsbereitschaft«, leiert Caro.

Peggy stößt hörbar die Luft aus. »Auf die Höflichkeit können wir von mir aus pfeifen. Aber krieg die Zähne auseinander, wenn ich dir eine Frage stelle. Und spar dir deinen Sarkasmus! Das ist was für verbitterte alte Leute, nicht für solche Küken wie dich. Haben wir uns verstanden?«

Caro nuschelt etwas zurück, das man nicht verstehen soll. Unverhofft findet sie Unterstützung von Bella, die ihr kläffend um die Beine fegt und an ihr hochspringt.

»Aus, Bella«, kommandiert Peggy. »Nicht springen!«

Doch der junge Hund denkt gar nicht ans Gehorchen. Caro beugt sich ein wenig herunter, schnalzt mit der Zunge, und Bella hüpft ihr geradewegs in die Arme.

17.

Isabell

Die Tage vergehen wie im Flug. Isabell ist nun schon seit drei Wochen auf dem Archehof. Niemand erkundigt sich noch, ob sie bleiben will, und sie selbst stellt sich die Frage auch nicht mehr.

Heute Morgen hat sie das Frühstück vorbereitet, weil Phil in die Stadt musste. Sie hat Bettwäsche gewaschen und aufgehängt, hat vor dem Mittagessen ein paar sorgsam dokumentierte Änderungen am Buchungssystem vorgenommen. Danach gab es vorerst nichts mehr zu tun. Sie hat sich zurückgezogen, ein Nickerchen gehalten und dann ein wenig gelesen. Schließlich geht der Nachmittag in den Abend über. Sie will sich noch einmal die Füße vertreten und macht sich zu einem Gang über die Felder auf.

Längst ist die Dämmerung hereingebrochen, das Grün der Wiesen und Weiden verblasst. Die nahen Wälder rüsten sich für die Nacht, stehen da wie eine dunkle, undurchdringliche Wand. Die fernen Hügelketten dagegen verschmelzen im milchigen Dunst mit dem tintenblauen Himmel. Stille liegt über dem Land. Isabell bleibt stehen und atmet tief durch. Die klare, kalte Luft trägt den Geruch des Waldes mit sich, den Duft von Fichtennadeln und Harz.

»Wunderschön, nicht wahr?« Peggy, die gerade die Ziegen in den Stall gesperrt hat, ist zu ihr getreten. »Ich mag dieses Zwielicht.« Ihre Hand fährt vage durch die Luft. »Diesen schwebenden Moment zwischen Tag und Nacht.« Sie lacht leise.

»Ja, es ist bezaubernd«, stimmt Isabell ihr zu.

»Weißt du, wie ich das für mich nenne? Die Seelenstunde«, verrät Peggy und ihre Stimme klingt ungewöhnlich mild.

»Seelenstunde ... das hört sich schön an.«

»Ich finde, man spürt sich selbst deutlicher, geht ein bisschen in sich«, präzisiert Peggy.

»Ja, da ist was dran.«

»In diesen Momenten wird mir immer klar, an welch wunderbarem Ort ich lebe.«

Isabell wundert sich über die plötzliche Offenheit der Bäuerin, sagt aber nichts.

»Ja, ja«, seufzt Peggy. »Auf einmal wird die alte Schachtel sentimental.« Sie lacht. »Das denkst du doch, oder?«

»Nein, Peggy, überhaupt nicht«, widerspricht Isabell lebhaft. Und wirklich, es passt: Peggy ist geradeheraus und ehrlich ... offensichtlich auch im Positiven. »Ich find's schön, wie du das sagst. Und es ist wahr: Du hast eine tolle Aufgabe, den Hof, die Tiere, ein wunderschönes Haus.« Einen Augenblick lang überlegt Isabell, ob sie es dabei bewenden lässt. Aber wenn nicht jetzt, wann dann? Es wird sich kein günstigerer Moment finden. Also fasst sie sich ein Herz. »Ich habe mir Gedanken über die Pension gemacht und würde dir gern etwas vorschlagen«, sagt sie.

»Nur zu! Immer raus mit der Sprache.«

»Phil hat mir erzählt, dass es finanziell momentan nicht zum Besten steht.« Sie hält kurz inne und rüstet sich innerlich für eine Abfuhr.

»Phil redet mit dir über meine Angelegenheiten?«

»Nicht direkt«, weicht sie aus. »Es ging eher um den Archehof an sich. Er sagte, es sei ein wunderbares Projekt, aber die Finanzierung sei immer wieder eine Herausforderung. Ich habe darüber nachgedacht und glaube, dass sich die Lage verbessern ließe.« Sie sieht Peggy an. »Wir müssten der Pension zu neuem Schwung verhelfen. Es gehört nicht übermäßig viel dazu, die Zimmer moderner und zeitgemäßer einzurichten. Und es gehört auch nicht sooo viel dazu, einen gewissen Service zu bieten. Ein Paradies für die Seele. ›Ankommen und abschalten‹, so stand es in der Anzeige.«

»Das war Ludwig.« In Peggys Stimme schwingt Verdruss. »Er hat sich das alles ausgedacht. Ich wollte diesen hochgestochenen Blödsinn nicht.«

Ludwig Uhland also. Beziehungsweise Holger.

»Wir sollten einen heimeligen, märchenhaften Ort schaffen«, fährt Isabell fort. »Du wirst sehen, die Gäste rennen dir die Bude ein.«

»Wer sagt, dass ich das will?«, erwidert Peggy unwirsch. Sie bückt sich, um Bella anzuleinen, richtet sich wieder auf. »Komm mit rein, wir reden drinnen weiter. Es wird kalt.« Schon dreht sie sich um und stapft in Richtung Haus.

»Ein Weihnachtsevent vor romantischer Kulisse«, erklärt Isabell wenig später und gießt heißen Tee in die bereitgestellten Gläser. »Wir brauchen gar nicht viel dafür: eine erleuchtete Tanne im Hof, ein schön geschmückter Raum, ein gutes Essen, das man vielleicht irgendwo vorbestellen kann. Habt ihr Schnee hier?«

»Gewöhnlich schon«, antwortet Peggy, während sie Bellas Pfoten untersucht.

»Wunderbar! Wir schaffen ein einmaliges Angebot für Kurzentschlossene.« Isabell begeistert sich immer mehr für die eigene Idee.

»Wieso für Kurzentschlossene?« Peggy blickt auf. »Ist doch noch eine ganze Weile hin.«

»Weihnachten steht immer unmittelbar vor der Tür«, witzelt Isabell. »Nein, im Ernst. Es ist schon ziemlich spät im Jahr. Aber vielleicht stehen unsere Chancen nicht schlecht. Es gibt viele, die eher spontan entscheiden, wo sie das Weihnachtsfest verbringen wollen.«

»Spontan? Darunter verstehe ich alles nach dem dritten Advent«, gibt Peggy zurück. »Und wieso sollte überhaupt jemand kommen wollen? Wer Familie hat, bleibt zu Hause oder fährt zu ihr. Oder feiert eben gar nicht. Aber mit fremden Leuten?« Sie setzt die zappelnde Bella auf dem Fußboden ab, richtet sich wieder auf, wirft Isabell einen skeptischen Blick zu.

»Es gibt viele Menschen, die keine Familie haben. Keine zumindest, mit der sie feiern können«, entgegnet Isabell. »Trotzdem möchten sie ein schönes Weihnachtsfest erleben. Jeder sehnt sich doch nach ein bisschen Romantik und Geborgenheit.«

»Ist das so?« Peggy nimmt sich einen Apfel aus dem Obstkorb und beißt krachend hinein. »Wer denn zum Beispiel?«, fragt sie mit vollem Mund.

»Nehmen wir mich.« Isabell legt eine Hand auf ihre Brust. »Mich hat der Gedanke gereizt, Weihnachten einmal ganz anders zu verbringen. Ein Archehof! Was löst das für Assoziationen aus! Ein urgemütliches Haus, eine schöne Landschaft, eine Krippe …«

»Um die Sache nicht unnötig in die Länge zu ziehen«, fällt Peggy ihr ins Wort. »Ich will über Weihnachten keine Gäste auf dem Hof. Tomek ist weg, Jenny vermutlich auch. Nur Phil ist da. Aber der wäre wahrscheinlich auch lieber woanders, wenn er wüsste, wohin.«

»Ihr feiert nicht gemeinsam?«

»Nein, wir lassen die Sache gewöhnlich unter den Tisch fallen.«

»Das ist schade.«

»Wenn du meinst.«

»Wir könnten alle gemeinsam feiern, in einer Art Arbeitsmodus«, schlägt Isabell vor.

Doch Peggy schüttelt den Kopf. »Nope. So sagen meine Stallmädchen immer. Nope. Da bin ich dagegen.«

»Aber es wäre eine einmalige Chance!«

»Hör zu, Isabell: Einmal im Jahr muss Ruhe herrschen. Und das am besten zu einer Zeit, in der ohnehin nicht allzu viel los ist. Das ist gewöhnlich der Winter. Wir melken nicht mehr, wir haben nicht mehr so viel mit den Lämmern zu tun. Ich kann mich endlich der Ausbildung meiner Tiere widmen, die im Sommer zu kurz kommt. Vielleicht komme ich mal wieder zum Ausreiten, und unserem Wirbelwind hier sollten wir auch dringend ein paar Manieren beibringen.« Peggy bückt sich und nimmt Bella einen Pantoffel ab, an dem diese eifrig herumnagt. »All das erfordert einen freien Kopf und freie Zeit«, fährt sie anschließend fort. »Da wollen wir uns nicht noch den Pensionsbetrieb aufhalsen.«

»Also, ich wäre dabei«, lässt Phil sich vernehmen, der gerade durch die Tür kommt.

»Sag mal, belauschst du uns?« Peggy zieht eine empörte Grimasse.

»Blödsinn! Du redest ja laut genug. Aber mal ehrlich: Es macht mir nichts aus, an Weihnachten zu arbeiten. Es könnte Spaß machen. Und Geld bringen. Geld für die Tiere. Das wäre doch prima!«

»Ein Winterweihnachtsparadies«, jauchzt Isabell absichtlich übertrieben.

»Winterweihnachtsparadies«, knurrt Peggy. »Ihr habt Nerven!«

»Ich soll doch was tun für mein Geld.« Isabell grinst. »Ein bisschen Schwung in den Laden bringen.«

»Gegen einen Schwung Geld hätte ich tatsächlich nichts einzuwenden.« Peggy betrachtet ihren Apfel, als hätte sie vergessen, dass sie ihn in der Hand hält, beißt noch mal hinein.

»Na, also!«, freut sich Isabell. »Lass mich dir beweisen, dass du unter den Scharen von Bewerberinnen und Bewerbern die Richtige ausgesucht hast.«

Mit lauten Kaugeräuschen verleibt sich Peggy den Apfelstrunk ein. »Eigentlich warst du die Einzige, die sich beworben hat«, antwortet sie dann und puhlt dabei in den Zähnen.

Die Überraschung ist ihr gelungen. Zwar hat Isabell nie geglaubt, dass die Interessenten Schlange gestanden hätten. Aber die Einzige?!

»Also wirklich, Peggy!« Phil wirkt ausgesprochen verärgert. »Das musste doch jetzt nicht sein!«

»Ganz so schlimm war's nicht«, korrigiert sich die Bäuerin. »Sabine Bienzle aus Merlebach fühlte sich auch berufen. Aber mal ehrlich: Wenn die bis drei zählen und sich gleichzeitig am Kopf kratzen soll, geht das schon schief. Außerdem ...«

»Ich glaube nicht, dass ich noch mehr hören möchte«, unterbricht sie Isabell und hebt abwehrend die Hand.

»Entschuldige bitte! Nun sei nicht beleidigt!« Peggy kratzt sich am Hals. »Ich gebe zu, das war kein geschickter Schachzug von mir. Aber ich bin froh, dass du gekommen bist. Ehrlich. Also mach, was du willst. Mehr als schiefgehen kann's ja nicht.«

»Ist das jetzt dein Ernst?«, hakt Isabell misstrauisch nach. Ihr Blick wandert zu Phil hinüber, doch der wackelt nur mit dem Kopf.

»Ich darf die Dinge also in die Hand nehmen?« Peggy hebt ein wenig die Schultern an, reckt ihr Kinn vor zum Zeichen der Zustimmung.

»Wunderbar! Denn wenn *ich* ehrlich bin, habe ich bereits angefangen.« Isabell freut sich diebisch. Endlich hat sie einmal Oberwasser. Tatsächlich hat sie bereits einen ganzen Stapel rot karierte Bettwäsche im Landhausstil bestellt, dazu Tagesdecken aus lichtgrauem Wollstoff, jede mit einem Hirschkopf bestickt. Außerdem liebäugelt sie mit neuen Vorhängen, gern passend zu den Tagesdecken. Die würden allerdings vorerst ihr Budget sprengen.

»Mir ist aufgefallen, dass du die Pharmakalender abgehängt hast«, meldet sich Peggy wieder zu Wort.

»Lieber eine kahle Wand als ein schlechtes Bild, sage ich immer.« Isabell lächelt, um die Kritik nicht zu hart rüberkommen zu lassen. Sie ist plötzlich voll in ihrem Element. »Am liebsten würde ich die wunderbaren Tierporträts von der Website in den Zimmern aufhängen. Schwarz-weiß und groß auf Leinwand gezogen. Wer hat die eigentlich gemacht?«

»Meine Tochter«, antwortet Peggy säuerlich. »Evelyn hat auch die Website gestaltet.« Sie klingt nicht, als würde sie dieses Thema vertiefen wollen. Also lässt Isabell es auf sich beruhen.

»Wirklich gut«, lobt sie stattdessen. »Und durchaus brauchbar für eine Online-Werbeaktion. Ich habe eine Freundin, Saira. Sie arbeitet bei einem großen Internet-Reiseportal und konzipiert Marketingaktionen für Hotels und Gastronomie. Sie ist mir noch einen Gefallen schuldig. Ich könnte sie bitten, eine kleine Kampagne zu fahren, vielleicht ein Werbebanner oder Ähnliches. Ihr wird schon etwas einfallen. Was meinst du, Peggy?«

Peggys Miene schwankt zwischen Zustimmung und Ablehnung. »Ich werd's mir überlegen«, brummt sie schließlich. »Dein Engagement in allen Ehren. Allerdings glaube ich nicht, dass Geld für diesen Zirkus da ist.« Sie steht auf und drückt Bella, die an ihrem Bein hochgesprungen ist, sanft zu Boden.

»Ich zahle«, meldet sich Phil unerwartet zu Wort, und Peggy und Isabell sehen ihn überrascht an. »Die Idee mit dem Weihnachtsfest gefällt mir. Ich finde sie wirklich gut. Am Geld soll es nicht scheitern.«

»Du zahlst?« Peggy runzelt übertrieben die Stirn. »Ich weiß nicht, ob ich dir das zumuten kann. Immerhin bist du schon *chef de cuisine* und Ziegenhirte.«

»Lass das mal meine Sorge sein«, wehrt Phil ab. »Ich helfe gern. Ihr wisst doch, das letzte Hemd hat keine Taschen.« Er lacht leise auf, aber niemand lacht mit ihm. »Was ist los? Versteht ihr keinen Spaß mehr?«

»Wenn's witzig ist, schon.« Peggy fixiert ihn mit prüfendem Blick. »Mir gefällt es nicht, wenn du so redest, alter Mann.«

»Schon gut, schon gut!« Er hebt beschwichtigend die Hände. »Ich wollte nur sagen, dass ich diese Weihnachtspläne unterstütze. Wir verstehen uns, nicht wahr, meine liebe Isabell?«

Isabell nickt. Mit Phil kommt sie klar, keine Frage.

18.

»Höher? Tiefer?« Theo Haller stemmt die Gardinenstange wie eine Hantel über seinen Kopf und grinst dabei.

»Hören Sie, Herr Haller«, entgegnet Isabell seufzend. »Ich wusste nicht, dass Peggy Sie hier eingespannt hat.«

»Sie sind doch nicht etwa enttäuscht?«

»Um ehrlich zu sein: Ich hatte einen Handwerker erwartet.«

»Ich *bin* der Handwerker.«

»Ich dachte, Sie sind Tierarzt.«

»Das Eine muss das Andere ja nicht ausschließen«, entgegnet er gut gelaunt. »Aber in erster Linie bin ich Handwerker, wenn's nach meiner Mutter geht. Und zwar einer, der einem keine Rechnung stellt.« Sein Grinsen wird noch breiter.

»Mir ist das jetzt ein bisschen unangenehm«, gesteht Isabell und fragt sich einmal mehr, ob ihre Pläne zu ambitioniert waren. »Sie haben sicher viel zu tun.«

»Machen Sie sich keine Gedanken. Ich bin's gewohnt«, sagt Theo. »Außerdem hänge ich gern hier mit Ihnen Gardinenstangen auf. Sie sind doch sehr hübsch …« Er legt eine kurze Sprechpause ein und fügt dann mit unschuldigem Dackelblick hinzu: »… diese Gardinen.«

»Es geht doch nichts über einen so richtig altbackenen Herrenwitz«, kontert sie und versucht, eine strenge Miene aufzusetzen.

»Sie amüsieren sich trotzdem.«

»Überhaupt nicht.«

Er klimpert mit den Wimpern, zieht eine absurde Grimasse.

Sie beißt sich auf die Lippen, um ihr Lachen zurückzuhalten, doch es gelingt ihr nicht mehr. »Also gut. Nie wieder eine Bemerkung über hübsche Gardinen. Haben Sie die ausgesucht?«

»Ich habe den Stoff ausgewählt«, antwortet Isabell und klappt ihren Zollstock auf. »Peggy und ich haben sie dann gemeinsam genäht.«

»Meine Mutter hat genäht?« Theo Haller lässt vor Erstaunen die Gardinenstange sinken.

»Warum nicht? Sie hat ja eine Nähmaschine.«

»Ich wundere mich nicht übers Nähen. Aber Gardinen?« Er runzelt die Stirn.

»Es sind keine Gardinen. Es sind Stores. Vorhänge. Und ich bin wahnsinnig gespannt, wie sie sich am Fenster machen.«

»Und wie gespannt ich erst bin! Also los, starten wir!« Er steigt wieder auf die Leiter und hält die Stange vor die Wand.

»Links bitte einen Tick höher. Noch etwas. Nein, zu viel. Ja, so ist es perfekt. Warten Sie.« Sie tritt näher und

134

steigt zu ihm auf die Haushaltsleiter, um die Stelle mit einem Bleistift anzuzeichnen. Die körperliche Nähe irritiert sie ein wenig – sein Geruch nach Aftershave und Stall, der ihr nicht einmal unangenehm ist –, doch sie lässt sich nichts anmerken. »Sehr schön. Nun die andere Seite.«

Nachdem die Aufhängungen markiert sind, greift Theo zur Bohrmaschine. Kurz darauf sind die ersten Vorhänge angebracht.

»Sieht gut aus«, lobt er und wirft ihr einen Blick von der Seite zu. »Fast schade, dass wir schon fertig sind. So etwas könnte ich öfters machen.«

»Was? Gardinenstangen aufhängen?«

»Warum nicht? Es ist warm und trocken hier drin, und ich stecke nicht bis zur Achsel in irgendeiner Kuh fest. Außerdem stinken Sie nicht und scheinen gute Manieren zu haben, was bei meinen Patienten nicht immer der Fall ist. Und schon gar nicht bei deren Herrchen und Frauchen.«

»Sie tun mir richtig leid«, lächelt sie. »Aber ich kann Sie trösten. Es bleiben uns noch die neun anderen Zimmer.«

Für einen Moment wirkt Theo Haller ehrlich verblüfft, fängt sich aber sofort wieder. »Selbstverständlich.« Er legt den Kopf ein wenig schräg. »Sonst würde sich die Sache ja auch nicht lohnen. Mit Kinkerlitzchen gebe ich mich nur ungern ab.«

Zwei Stunden später hängt auch in den anderen Zimmern alles an Ort und Stelle.

»Kann ich sonst noch etwas für Sie tun?« Theo sucht ihren Blick, schüttelt dabei seine Arme aus.

»Nein, danke. Alles bestens.«

Er runzelt fragend die Brauen. »Mein Gefühl sagt mir, dass das nicht ganz stimmt.«

Nun ist es an ihr, verwundert dreinzuschauen. »Ich habe Erfahrung mit anspruchsvollen Frauen«, klärt er sie auf. »Ich kenne diesen Blick. Also, nur zu! Tun Sie sich keinen Zwang an. Ich habe heute massenhaft Zeit. Ist ja Sonntag.«

Sie beißt sich auf die Unterlippe, überlegt einen Moment, deutet dann mit dem Finger auf die Wand. »Dieser Schrank ist so mittig platziert. Wenn wir ihn ein wenig zur Seite schieben könnten … Es würde mehr Spannung im Raum erzeugen.«

»Spannung?« Seine buschigen Augenbrauen hüpfen auf und nieder. »Klingt interessant, da bin ich dabei.«

Gemeinsam schieben sie das wuchtige Stück in Richtung Tür. Zufrieden betrachtet Isabell ihr Werk und nimmt gleich das nächste Zimmer in Angriff.

»Die Spannung steigt mit jedem Raum, ich spür's ganz deutlich.« Theo Haller gerät nun doch ein wenig außer Atem.

Isabell steuert das Zimmer Nummer sieben an und stößt die Tür auf.

»Oh! Sorry, Herr Uhland! Ich wusste nicht, dass –«

»Schon gut. Ich bin einen Tag früher zurück. Unten war niemand, also habe ich mir den Schlüssel geholt. Tut mir leid.« Er deutet zum Fenster. »Neue Vorhänge?«

Sie nickt. »Ich dachte, wir bringen ein bisschen frischen Wind in die Zimmer«, erklärt sie, noch immer ein wenig peinlich berührt.

»Salli, Holger!« Auch Theo steckt jetzt seinen Kopf durch die Tür.

Holger Uhlands Blick wandert von ihm zu Isabell und wieder zurück. »Habt ihr noch etwas vergessen?«

»Nein, nein. Schon in Ordnung«, beeilt Isabell sich zu sagen. »In den anderen Zimmern haben wir nur die Schränke ein bisschen zur Seite gerückt.«

»Weil das mehr Spannung erzeugt«, fügt Theo fachmännisch hinzu.

»Na, wenn der Tierarzt das sagt, wird's wohl stimmen.« Holger Uhlands Spott hat etwas Beißendes.

»Ein Poet hat da sicher mehr Feingefühl«, kontert Theo. »Oder schreibst du bloß Krimis?«

Isabell ist plötzlich unwohl zumute. Auf einmal findet sie das Schränkerücken reichlich überzogen.

»Ich denke, in diesem Raum sollten wir alles lassen, wie es ist.«

»Aber nein!«, widerspricht Holger Uhland mit theatralischer Geste. »Macht ihr nur ruhig!«

»Keine halben Sachen«, stimmt Theo zu und bringt sich bereits in Position.

Eine Minute später ist die Sache erledigt, und sie stehen wieder auf dem Flur.

»Und jetzt?« Er reibt sich demonstrativ die Hände.

»Jetzt haben Sie's geschafft«, erwidert sie lächelnd. »Ich bin Ihnen sehr dankbar für Ihre Hilfe.«

»Ihnen fällt wirklich nichts mehr ein?« Er spielt den Enttäuschten.

»Ideen hätte ich genug. Aber ich fürchte, ich werde vom Hof gejagt, wenn ich noch mehr Geld ausgebe.«

»Welche weiteren Ausgaben schweben Ihnen denn vor?«

»Hm. Ein bisschen mehr authentisches Flair wäre schön.« Sie lacht plötzlich auf.

»Was amüsiert Sie denn daran?«

»Ach, nichts weiter. Es ist nur … dass ausgerechnet ich das sage, ist irgendwie komisch. Der Nachttopf in meinem Zimmer hat mich fast dazu gebracht, auf der Stelle wieder abzureisen.«

»Tja, so ein Nachttopf ist jetzt auch nicht gerade was fürs Auge«, erwidert er und reibt sich den Nacken. »Waren Sie schon mal oben auf dem Speicher? Ich meine in dem Teil, in dem Sie nicht wohnen. Da steht noch so allerhand rum.«

»Ein alter Speicher? Das klingt natürlich verlockend. Meinen Sie, wir könnten mal raufgehen?«

»Sonst hätte ich es nicht vorgeschlagen. Also, folgen Sie mir unauffällig!«

Er stapft vor ihr her, die Treppe hinunter, aus dem Haus und die Hofeinfahrt hinauf. Vor dem rückwärtigen Teil des Hauses bleibt er stehen, macht sich am Schloss des Tors zu schaffen und schiebt es dann auf.

»Bitte sehr!«

Isabell betritt staunend den riesigen Scheunenspeicher, der von dieser Seite aus nahezu ebenerdig ist.

»So konnten die Bauern früher mit der Ernte direkt in die Scheune fahren«, erzählt Theo. Womit er sogleich die enorme Größe erklärt. »Unmittelbar unter uns waren die Stallungen. Da sind jetzt die Ferienwohnungen untergebracht und auch der größte Teil von Peggys Wohnung. In späteren Jahrhunderten wurden dann die angrenzenden Stallungen gebaut.«

Je mehr sie sich vom Tor entfernen, desto düsterer wird es. In großer Höhe über ihnen ragt nur das Dach auf, Fenster gibt es keine. Isabells Augen brauchen eine ganze Weile, um sich an die Lichtverhältnisse zu gewöhnen, und auch das unübersichtliche Durcheinander fordert einige Augenblicke der Orientierung. Nah am Scheunentor stehen einige Landmaschinen. Nicht von allen wüsste sie, wozu man sie einsetzt.

Hinter dem Fuhrpark beginnt das eigentliche Abenteuer, und sie hält vor Staunen die Luft an. Es ist, als wäre das Leben vergangener Jahrzehnte, vielleicht sogar Jahrhunderte hier oben eingeweckt worden wie Gurkengemüse. Sie weiß kaum, wohin sie zuerst schauen soll. Auf einem alten Vertiko, dem zwei Schubladen fehlen, stapeln sich uralte Koffer mit Lederbesatz. Schräg dahinter entdeckt sie ein hölzernes Schaukelpferd. Sie geht darauf zu, zieht es aus der Ecke hervor. Ein Schimmel mit glänzenden schwarzen Augen und feurig geblähten Nüstern, Mähne und Schweif sind aus echtem Rosshaar gefertigt. Von dem aufgemalten roten Sattel hängen winzige Steigbügel herab. Nur die Lederzügel sind gerissen und von einem hellen Belag überzogen. Dennoch: ein Prachtstück. Isabell seufzt auf, entdeckt jetzt ein Bettchen mit zierlichem Metallgestänge, eine Spindel, ein hölzernes Tellerregal. Messingleuchter. Und dort drüben: ein Satz weißblauer Vorratsdosen aus Porzellan. Eine Waschschüssel mit passendem Krug. Ein Stapel muffiger, grelloranger Bettüberwürfe aus einem synthetischen Material. Ein klappbarer Spiegelaufsatz, wie die Urgroßmutter einer Freundin ihn besessen hat. Eine Suppenschüssel, so groß, dass man einen Säugling darin baden könnte. Ein Eimerchen voll uralter hölzerner Wäscheklammern. Ein Spinnrad. Eine schwere hölzerne Truhe. Sie geht hin und versucht, den Deckel zu öffnen. Es klappt nicht. Theo kommt hinzu, ruckelt und zerrt so lange, bis der Deckel aufspringt. Im dämmrigen Halbdunkel strahlt ihnen sauber gefaltete Weißwäsche entgegen. Tischdecken. Handtücher. Unterkleider. Hemdchen. Ein Taufkleid aus feiner Spitze.

»Wunderschön.« Isabell flüstert beinahe. Gleich darauf muss sie niesen. Einmal, zweimal.

»Dreimal bringt Glück«, behauptet Theo, dessen Begeisterung sich in wesentlich engeren Grenzen hält.

»Ob ich wohl einige Sachen mitnehmen dürfte?«, erkundigt sie sich, nachdem sie sich die Nase geputzt hat. »Die da zum Beispiel.« Sie deutet auf ein Paar uralte Skier, die an einem türlosen Schrank lehnen.

Sie hat jetzt eine schlichte hölzerne Wiege entdeckt.

»Haben Sie darin gelegen?« Die Frage klingt beinahe ehrfurchtsvoll.

»Nein.« Er lacht.

»Was ist daran lustig?«

»Ich war dreizehn, als wir hierhergezogen sind.« »Sie sind also gar nicht hier aufgewachsen?«

»Das klingt ziemlich enttäuscht.«

»Aber ja!« Sie schaut ihn mit großen Augen an. »Mir schwebte so eine schöne Geschichte vor: Generationen der Familie Haller … in diesem Bettchen, in diesem Taufkleid und so weiter.«

»Ich find's überhaupt nicht wichtig, ob's nun der kleine Theo war, der in der Wiege da gelegen hat, oder der kleine Franz oder Ilse oder wer auch immer. Fakt ist, dass sie hier gelebt haben. Und jetzt kommen Sie, sonst springt gleich noch einer von denen hinterm Schrank vor. Buh!«

»Einen Moment.« Fasziniert starrt Isabell auf etwas, das sie gerade eben im hinteren Teil des Scheunendachs erspäht hat. Wortlos geht sie darauf zu, spürt ihr Herz pochen.

Ein alter Pferdeschlitten mit geschwungenen Kufen. Er scheint noch intakt zu sein. Und blitzartig ist ihre Idee geboren. »Eine Schlittenfahrt im Mondlicht«, haucht sie.

»Wie bitte?« Theo sieht sie verständnislos an.

»Wir bieten eine Schlittenfahrt an, für die Gäste. Was meinen Sie: Können Mona und Walli einen Schlitten ziehen?«

»Vor ein paar Jahren konnten sie's noch.«

»Herrlich, einfach herrlich!«, jauchzt Isabell. »Ich

muss unbedingt Saira davon erzählen. Wegen der Kampagne.«

»Aber Sie wollen das gute Stück nicht jetzt schon rausschaffen, oder?« Der Tierarzt klingt nun doch ein wenig besorgt.

»Nein, heute nicht mehr«, antwortet sie, noch immer ganz beseelt von ihrer Idee. Sie räuspert sich. »Also gut, gehen wir. Aber die Skier nehmen wir mit. Ich würde damit gern eins der Gästezimmer dekorieren. Als authentischer Wandschmuck, sozusagen.«

»Unbedingt!«, pflichtet Theo Haller ihr bei. »Das erhöht die Spannung ungemein!« Er grinst. »Apropos Spannung: Ich muss noch nachsehen, wie sich die junge Hundedame macht. Kommen Sie doch mit!«

Kurz darauf stehen sie in Peggys Küche.

»Wie waren die ersten Nächte?«, erkundigt sich Theo Haller bei seiner Mutter.

»Ihre oder meine?«, scherzt Peggy, wird dann wieder ernst. »Bella hat arg geweint. Die Mama und ihre Geschwister fehlen ihr doch sehr.«

»Der Trennungsschmerz geht bald vorbei«, tröstet sie ihr Sohn, aber seine Worte scheinen sie nicht wirklich zu beruhigen. »Leg ihr ihre Decke ins Körbchen, den Kuschelhasen und vielleicht noch einen Wecker, wenn sie gar zu unruhig ist.«

»Ein schnöder Wecker anstelle eines liebenden Mutterherzens«, antwortet Peggy mit absichtlichem Pathos, bläst die Backen auf und stößt die Luft wieder aus. »Ich komme mir immer wieder gemein vor, einer Mutter ihr Kind wegzunehmen.«

»In diesem Fall kannst du es ja mir anlasten.« Theo Haller hebt den jungen Hund auf den Küchentisch, um ihn näher in Augenschein zu nehmen. »Hat er gefressen?«

»Ja, ein bisschen. Getrunken auch. Aber er hat Durchfall.«

»Das ist am Anfang normal: die Umstellung, die neue Umgebung. Damit muss so ein Tier erst mal klarkommen. Außerdem muss sich das Immunsystem an die neue Bakterienflora anpassen, da kann's vorübergehend mal rumpeln.«

»Was du nicht sagst.«

»Viele junge Hunde werden erst einmal krank. Aber du wirst sehen, in ein paar Tagen ist sie wieder putzmunter.«

»Ich weiß nicht, ob ich so viel Munterkeit noch gewachsen bin auf meine alten Tage.« Peggy stemmt ihre Hände ins Kreuz, streckt den schmerzenden Rücken.

»Wie alt bist du gleich noch geworden? Neunundneunzig? Oder schon hundert?« In Theo Hallers Augen blitzt der Schalk.

»Mach dich nur lustig!« Sie knufft ihm in die Seite. »Komm erst mal in mein Alter, dann wirst du noch an mich denken. Aber lassen wir den Quatsch. Wer mir Sorgen macht, ist Fred.«

»Stimmt was nicht mit dem alten Satansbraten?«

»Pah! Mit dem hat noch nie was gestimmt. Ich meine wegen Bella. Er hasst sie.«

»Tja.« Theo schürzt die Lippen. »Bleibt nur die Spritze.«

»Bist du noch ganz dicht?«, blafft Peggy. »Der Kater ist kerngesund!«

Ihr Sohn verdreht die Augen. »Das war nur ein Scherz, Mama.« Er setzt den Hund sanft auf den Boden zurück, richtet sich wieder auf. »Stell das Babygitter vor die Tür zum Flur«, schlägt er vor.

»Das Babygitter? Glaubst du, Fred lässt sich von so einem albernen Gitter abhalten?«

»Fred nicht. Aber Bella. Dann hast du sie zumindest im Auge. Weißt du noch? Früher hast du das Gitter oft aufgestellt, um unliebsamen Besuch eines gewissen Schweins zu verhindern.«

»Bis Ernst irgendwann den Bogen raushatte, wie sich der kleine Türhebel umlegen ließ«, ergänzt Peggy. »Aber du hast recht, ich könnt's versuchen. Und wie halten wir Fred draußen?«

»Also bitte, Mama! Muss ich hier denn alles entscheiden?« Sein Kinn schwenkt in Richtung Hof. »Draußen steht's doch: Tür zu!« Ohne weiteren Kommentar tritt er zur Spüle und wäscht sich die Hände, wedelt sie zum Trocknen in der Luft. »Wie nimmt Hans es auf?«

»Gelassen.« Der Gedanke an die Charakterstärke des alten Dackels scheint auch Peggys Gemüt wieder ins Gleichgewicht zu bringen. »Er hat nur einmal nach ihr geschnappt, als sie ihn in die Haxen beißen wollte. Aber das war Notwehr.«

»Freut mich, dass es keine größeren Probleme zwischen den beiden zu geben scheint.«

»Was treibt eigentlich Christina am heiligen Sonntagnachmittag?«

Isabell spürt, dass ihre Anwesenheit nicht mehr ganz passend ist. Diese Mutter-Sohn-Unterhaltung geht sie nichts an. Sie entschuldigt sich mit dem Hinweis, telefonieren zu müssen, bedankt sich noch einmal für die Hilfe des Tierarztes und ist auch schon draußen.

Den restlichen Nachmittag verbringt sie damit, ihre Speicherschätze gründlich zu entstauben und zu reinigen. Die alten Skier wandern in Zimmer eins. Die Wiege belebt die tote Ecke von Zimmer zwei. Das Schaukelpferd findet schräg vorm Fenster des Zimmers Nummer drei eine neue Heimat. Mit allen anderen Schätzen muss sie sich gedulden, denn die dafür angedachten Zimmer sind belegt.

Zum Abschluss bewundert sie noch einmal die entdeckten Fotografien: Ein uraltes Familienporträt, auf dessen Rückseite die Jahreszahl 1912 vermerkt ist. Das Porträt einer Frau mit Bollenhut. Zwei Reifen rollende Mädchen in kurzen Sommerkleidern vor dem Hintergrund des Archehofs und – ihr absolutes Highlight – ein Pferdeschlitten vor tief verschneiter Landschaft.

Ihr Mondscheinprojekt! Dampfender Pferdeatem, Glöckchengeklingel, lautloses Gleiten durch jungfräuliche Schneefelder! Wann hat sie sich zuletzt so auf Weihnachten gefreut?

19.
Holger

Futterzeit. Phil schaufelt Quetschhafer in einen Eimer und leert den Inhalt in die Futterrinne. »He, du alter Zausel! Sei ein Gentleman und lass den Damen auch was übrig!« Er drängt den Bock mit der Hand zurück, hilft mit dem Oberschenkel nach. Hinter ihm quietscht die Tür in ihren Angeln. Jemand hat den Stall betreten. Phil wendet den Kopf, erblickt Holger. »Ach, du bist's!« Er klopft seinen Eimer aus, erkundigt sich freundlich: »Was führt dich her?«

»Ich vertrete mir nur ein bisschen die Beine.« Holger steht unschlüssig da. »Bin spät in der Nacht angekommen und wollte eben eigentlich ein Nickerchen machen, aber es war ein bisschen laut auf den Zimmern. Isabell und Theo haben neue Gardinenstangen angebracht … und Schränke gerückt.«

»Theo bringt Gardinenstangen an?« Phil kraust verdutzt die Stirn. »Wieso denn er?«

»Keine Ahnung. Peggy hat ihn wohl herbeordert. Ich hätte ja auch gern geholfen, wenn man mich gefragt hätte.« Die Kränkung in seiner Stimme ist nicht zu überhören.

»Du bist Gast, Holger. Gäste behelligt man in der Regel nicht mit solchen Anliegen. Das weiß selbst Peggy.«

»Ist ja auch nicht weiter wichtig.« Holger tritt vor und klopft einer schwarz gescheckten Ziege den Rücken. »Ist das Cleo?«

»Nein, das ist Chloé«, korrigiert Phil und schüttelt einen Arm voll Heu auf.

»Chloé, was hältst du von neuen Vorhängen?« Holger beugt sich ein wenig zu dem Tier herunter. »Wenn du mich fragst: Ich war auch ohne zufrieden. Aber ein bisschen Chic muss wohl sein, wenn man heutzutage was reißen will.«

Chloé sind derlei Überlegungen herzlich egal. Sie interessiert sich ausschließlich für das Büschel Heu, das er ihr jetzt hinhält.

»Hat Isabell dir schon von unserem Plan fürs Weihnachtsfest erzählt?«, erkundigt sich Phil, während er eine zweite Fuhre Heu zur Raufe trägt.

»Ja, hat sie.«

»Und, bist du dabei?«

»Kommt drauf an, ob ich Luna überzeugen kann. Oder sagen wir eher: ihre Mutter.«

»Ich fänd's schön, wenn ihr da wärt.« Phil schenkt ihm ein aufrichtiges Lächeln.

»Ich hörte, du bezahlst dafür.«

»Wie bitte?«

»Peggy sagt, dass du Geld für die Renovierung gibst und für die Vorbereitungen fürs Fest.«

Phil holt tief Luft. »Seit wann ist meine Ex-Frau zur Tratschtante mutiert?«

»Warum hätte sie es nicht erzählen sollen? Für Großzügigkeit braucht man sich ja wohl nicht zu schämen«, entgegnet Holger und bückt sich nach einem weiteren Heubüschel.

»Großzügigkeit«, wiederholt Phil nachdenklich. »Ist man auch großzügig, wenn man etwas abgibt, das man selbst nicht mehr brauchen wird?«

Holger erwidert nichts darauf, schaut Phil nur prüfend ins Gesicht. »Ist etwas nicht in Ordnung, mein Freund?«

Phil lacht fahrig auf. »Es ist schön, dass du mich deinen Freund nennst.«

»Was ist los, Phil? Irgendetwas stimmt doch nicht mit dir.«

»Mir geht's bestens.« Phil schüttelt noch einen Arm voll Heu auf, dann sagt er: »Es ist allerdings möglich, dass dies mein letztes Weihnachten wird.«

Erschrocken reißt Holger die Augen auf. »Machst du Witze?«

»Leider nicht. Die Prostata.«

Holger zieht scharf die Luft ein. »... Krebs?« Er hat Mühe, das Wort über die Lippen zu bringen.

»Ja.« Phil tritt zu ihm ans Gatter.

»Herr im Himmel! Wie schlimm ... Wie steht es?«

»Näheres ist noch nicht raus. Vielleicht ist er noch nicht sehr weit fortgeschritten. Vielleicht aber doch.«

»O Mannomann!« Holger greift sich mit beiden Händen ins Gesicht, reibt sich das Kinn. »Was für eine üble Sache! Das tut mir wirklich leid.«

»Tja. Ich bin ein alter Mann, da kommt so was vor.« Auf Phils Gesicht zeichnet sich der Anflug eines Lächelns ab. »Wie sage ich immer? Nimm dir ein Beispiel an den Tieren. Sei zufrieden mit dem, was du hast. Sei glücklich, dass du da sein darfst. Und wenn du irgendwann nicht mehr bist …« Er legt den Kopf schräg, hebt die Hände. *Dann ist es auch nicht weiter schlimm*, soll die Geste besagen.

Holger atmet schwer. Seine Nasenflügel beben. »Aber du lässt dich behandeln, oder? Du schiebst das jetzt nicht auf die lange Bank?«

»Nein, nein. Ich lass mich schön brav zur Schlachtbank führen. So kommt's mir jedenfalls vor, wenn wieder eine dieser Untersuchungen ansteht. Aber was will man machen?« Er seufzt. »Manchmal nehme ich Hans mit. Als moralische Stärkung. Aber verrate es nicht weiter.«

»Du meinst den Dackel?«

Phil nickt.

Holger schüttelt den Kopf, lächelt dabei nun auch. »Die Ärzte können froh sein, dass du dich nicht für Ernst entschieden hast«, behauptet er. »Ein Schwein wäre um einiges durchsetzungsfähiger.«

Phil lacht. »Die Idee behalte ich mal im Hinterkopf für den Fall, dass sie mir zu sehr auf die Pelle rücken. Aber jetzt lass uns bitte davon aufhören.« Er wird wieder ernst. »Wir haben nie darüber gesprochen, klar?«

Holger runzelt skeptisch die Stirn. »Heißt das, es weiß niemand außer mir davon, oder wie soll ich das verstehen?«

»Du hast schon ganz richtig verstanden.«

»Aber … Peggy. Du solltest es ihr sagen.«

»Besser nicht.«

»Ihr kennt euch so lange. Sie hat es verdient, die Wahrheit zu erfahren.«

»Sie hat genug um die Ohren, und ich will sie nicht noch mehr belasten. Es würde ihr nur unnötig Sorgen bereiten.«

»Das ist nicht fair, Phil. Du musst ihr die Chance geben …« Holger führt den Satz nicht zu Ende.

»Von welcher Chance sprichst du? Dass sie auf meine letzten Tage netter zu mir ist, damit sie anschließend kein schlechtes Gewissen kriegt, wenn ich tot bin?« Wieder lacht Phil. Der Gedanke scheint ihn wirklich zu amüsieren.

»Unsinn!« widerspricht Holger heftig. »Ihr seid enge Freunde!«

»Eben! Die Vorstellung, Peggy könnte plötzlich in Mitleid zerfließen, ist ganz furchtbar für mich.« Phil klopft dem bunt gescheckten Ziegenbock den Rücken. »Nicht wahr, Peter? So eine heulende Peggy, das wäre nichts für uns. Obwohl … vielleicht weint sie ja gar nicht. Dann wären wir auch nicht zufrieden, oder? Nein, nein, wir machen das schön unter uns aus, wie sich's für Mannsbilder gehört.« Hinter ihm setzt Gerangel ein, und er dreht sich danach um. »He, Mathilde!

Rosemarie! Wollt ihr wohl aufhören mit eurem ewigen Zickenkrieg!«

»Ich weiß nicht, wie du es schaffst, sie auseinanderzuhalten«, wundert sich Holger. »Für mich sehen die alle gleich aus.«

»Du musst in ihre Gesichter schauen«, erklärt Phil. »Jede hat einen anderen Ausdruck. Unsere Chloé hier ist ein Mimöschen. Mit ihr muss man behutsam umgehen. Mathilde dagegen zieht dich schnell über den Tisch. Die verträgt eine resolutere Ansprache. Und Rosemarie da vorn ... die hat nur Unsinn im Kopf.« Er lacht leise in sich hinein.

»Ich mag ihre Augen«, erzählt Holger. »Es liegt irgendwie Weisheit darin.«

»Ja, das ist wohl wahr.«

»Was ist: Trinken wir zusammen ein Bier?«

Phil winkt ab. »Heute eher nicht. Ich bin müde. Aber danke für das Angebot.«

»Dann ein andermal.«

»Ja, sicher.«

Holger schickt sich an zu gehen, dreht sich in der Tür aber noch einmal um. Er sieht Phil still inmitten der Ziegen stehen, die sich um ihn drängen. Sieht ihn über ihre Rücken und Köpfe streichen, über die weichen Nasen. Sieht im Schrägprofil sein entrücktes Gesicht, sein wehmütiges Lächeln.

Sehr leise verlässt er den Stall.

20.

Caro

Endlich fertig mit der Stallarbeit! Caro geht zum Paddock hinüber und ruft leise Bens Namen. Der Esel hebt den Kopf, schaut gelassen zu ihr hinüber. Sie betritt den umzäunten Platz, verriegelt das Tor wieder, begrüßt zunächst Clarissa und hält ihr ein Stück Banane hin, über das sich die Eselin mit weit vorgestülpten Lippen hermacht.

Für Ben hat sie eine Möhre mitgebracht. Ein Jungspund wie er braucht etwas für die Zähne. Ganz langsam nähert sie sich ihm. Sein Hinterteil weist in ihre Richtung, doch sein Kopf ist ihr zugewandt. Aufmerksam sieht er ihr entgegen.

Erneut bleibt sie stehen. »Komm her, Ben!« Sie rührt sich jetzt nicht mehr vom Fleck, hält ihm nur die Möhre entgegen. Im Stillen zählt sie die Sekunden. Gestern waren es fünfzig. Heute setzt er sich bei zweiunddreißig in Bewegung. Bei vierzig ist er bei ihr, rupft ihr ein Stück Möhre aus der Hand. Sie umklammert mit festem Griff den Rest, lässt nicht zu, dass er sie gleich ganz erwischt. So stehen sie eine Weile beisammen. Noch zweimal wagt er sich vor, zermalmt krachend die Möhre. Sie streckt die Hand nach ihm aus, lässt sie auf seinem Hals ruhen. Misstrauisch legt er die Ohren an. In seinen Augen blitzt es weiß auf. Sie hält kurz inne, lässt aber die Hand, wo sie ist. Ben beruhigt sich wieder. Schließlich streichelt sie seinen Hals. Sachte, aber nicht flüchtig, sondern mit spürbarem Druck. Er lässt es geschehen, entspannt sich sogar.

Als sie ihn am Halfter fasst, scheut er leicht zurück, aber da hat sie schon den Führstrick eingeklinkt. »Komm mit, Ben! Wir gehen ein bisschen spazieren.« Sie führt ihn zum Tor und öffnet den Paddock. Auch Clarissa schlurft näher.

»Du bleibst hier, alte Dame!«

Caro bugsiert Ben hinaus, schließt sorgfältig das Gatter hinter sich. Dann marschiert sie los, und der Esel folgt ihr willig. Seine kleinen harten Hufe klappern über das Pflaster, als sie gemeinsam den Hof verlassen. Die Hühner machen wenig Eindruck auf ihn, und sie beachten ihn ebenfalls nicht.

Ein Stück weit hinter der Linde führt ein schmaler Weg mit starkem Gefälle bergab. Wenn sie ihm folgt und dann zweimal rechts abbiegt, gelangt sie über einen steilen Pfad wieder zum Hof zurück, wie sie inzwischen weiß. »Entweder rauf oder runter, etwas anderes kennen die hier wohl nicht«, sagt sie zu dem Esel. »Wollen wir trotzdem eine Runde drehen?«

Ben stupst mit der Nase gegen ihre Hüfte. Sie nimmt es als Zeichen der Zustimmung.

21.

Peggy

Peggy zieht den Reißverschluss ihrer Norwegerjacke hoch. Es ist empfindlich kalt geworden. »Weißt du, wo Caro steckt?«, erkundigt sie sich bei Jenny.

»Keine Ahnung.« Jenny tritt um die Stute Mona herum, um auch ihre rechte Seite zu striegeln. »Es ist Mittwochnachmittag«, ergänzt sie. »Sie hat frei.«

»Aber sie hat Pflichten!«, entgegnet Peggy ärgerlich.

»Caro hat ihre Aufgaben erledigt. Was sie danach tut, ist ihr Bier.« Jenny klopft ihren Striegel aus, arbeitet weiter.

»Herrgott, ich bin verantwortlich für das Mädchen!«, echauffiert sich Peggy. »Elke Wiesner hat sie neulich am Busbahnhof rumlungern sehen.«

»Ich wusste nicht, dass unsere Bushaltestellen Pforten zur Hölle sind«, erwidert Jenny gelassen und gibt Mona einen freundschaftlichen Klaps auf die Kruppe.

»Sag mal, willst du mich provozieren?« Peggy hebt argwöhnisch die Brauen.

»Nein, will ich nicht. Aber mach mal einen Punkt. Du kannst ihr nicht alles vorschreiben.« Jenny legt den Striegel in ihre Putztasche zurück und bürstet mit der Kardätsche weiter.

»Ich werde sie wieder wegschicken«, verkündet Peggy mit Trotz in der Stimme. »Sie ist mir einfach zu viel.«

Jenny hält inne, schaut sie über Monas Kruppe hinweg an. »Überlege bitte, was du ihr damit antust«, gibt sie zu bedenken. »Sie ist nicht leicht zu nehmen, das wissen wir alle. Aber sie ist fleißig und sich für nichts zu schade.«

»Sie ist nicht zuverlässig«, beharrt Peggy. »Sie hat im Stall geraucht. Ich habe Kippen gefunden und sie drauf angesprochen. Aber sie hat alles abgestritten … bis ich sie dann erwischt habe. Das geht einfach nicht.«

»Nein, das stimmt«, gibt Jenny zu. »Sie hat mir die Geschichte übrigens erzählt. Und ich denke nicht, dass sie's wieder tun wird. Das mit dem Aufstehen klappt auch von Tag zu Tag besser. Bedenke: sie hatte eine schwere Kindheit.«

»Ooooch! Nun komm mir nicht damit!«, wehrt Peggy ab und nestelt an ihren Ärmelbündchen. »Mit diesem dämlichen Allgemeinplatz lässt sich nun wirklich alles entschuldigen. Was ist denn mit uns? Haben wir es etwa leicht? Caro kann froh sein, dass wir sie genommen haben, wo sie sonst keiner wollte. Was ja nicht weiter verwunderlich ist.« Sie gibt ein ironisches Schnauben von sich. »Der Archehof ist eine Riesenchance für sie, und was macht sie draus? Sie provoziert mich, wo sie nur kann. Wenn ich sage, ›tu das nicht‹, dann macht sie's. Wenn ich ihr sage, ›geh nicht‹, haut sie ab. Sie ist wie Wasser. Man kriegt sie nicht zu packen.« Peggy hält einen Moment inne, atmet tief ein und aus. »Sie soll uns entlasten, Jenny. Das war der Plan.«

»Gib ihr noch eine Chance. Sie geht gut mit den Tieren um. Glaub mir, sie hat wirklich ein Händchen für sie!« Jenny legt bittend die Hände zusammen, lächelt dazu.

»Puh! Niemand versteht mich!« Peggy fährt sich durchs Haar, beugt sich dann herunter und reibt sich die Kniekehle. »Also gut. Dein Wort in Gottes Ohr.« Sie nickt Jenny zu, dann stapft sie mit schweren Schritten davon.

Keine zehn Sekunden später gellt ein Aufschrei über den Hof. »Zum Teufel aber auch!«

Jenny lässt die Putztasche fallen und rennt los, zum Paddock, in dem die Esel tagsüber untergebracht sind. »Was ist passiert?«

»Sieh doch! Ben ist weg.« Peggy zeigt anklagend auf den Platz.

Tatsächlich: Clarissa steht allein da. Von Ben keine Spur.

Peggy schaut Jenny an. »Jemand hat ihn rausgelassen, so wie die Gänse neulich. Und die Schafe«, erklärt sie grimmig. »Wer weiß, vielleicht wurde er sogar gestohlen.«

»Aber Ben lässt sich doch kaum anfassen«, wendet Jenny ein. »So ein Diebstahl kann nicht über die Bühne gegangen sein kann, ohne dass wir es mitbekommen hätten.«

»Auch wieder wahr. Also los, suchen wir das Gelände ab.« Doch sie müssen nicht mehr zur Tat schreiten, denn in diesem Moment biegt Ben um die Ecke. In der ersten Sekunde sieht es aus, als wäre er allein, denn er trägt nur ein Halfter, keinen Führstrick, und ihn hält auch niemand. Dann taucht neben ihm Caro auf. In schönster Eintracht zockeln die beiden nebeneinander her, als hätten sie nie etwas anderes getan.

»Herrschaftszeiten!« Peggy stemmt die Hände in die Hüften. »Wo habt ihr gesteckt?«

»Wir waren spazieren«, erwidert Caro gelassen, wenn auch leicht aus der Puste.

»Spazieren?« Peggy spuckt das Wort aus, als wäre es vergiftet. »Was fällt dir ein, einfach so mit ihm abzuhauen, ohne um Erlaubnis zu fragen?«

»Können wir das später klären?« Caros Tonfall klingt ungewohnt sanft. »Ben kriegt sonst Angst.« Peggy schaut Jenny an, die nur die Achseln zuckt. *Wo sie recht hat, hat sie recht*, besagt ihre Miene.

»Wir sprechen uns noch!«, zischt Peggy und dampft davon, ohne die drei noch eines Blickes zu würdigen.

22.
Isabell

»Seit du hier bist, kommen ziemlich viele Klagen von unserem Stammgast«, berichtet Phil und schaut Isabell auf eine Weise an, die sie nicht recht deuten kann.

»Meinst du Holger Uhland?«

»Haben wir sonst noch Stammgäste?«, entgegnet er lächelnd.

Isabell ist leicht irritiert. »Hat er sich früher nicht beklagt?«

»Er war immer ein äußerst genügsamer Gast. Nicht wahr, Hans?« Phil bückt sich und streichelt dem Dackel über den Kopf.

»Es täte mir leid, wenn er mit mir Probleme hat.«

»Ich denke eher, das Gegenteil ist der Fall.« Phil richtet sich wieder auf. In seinen Augen blitzt jetzt der Schalk. »Er sagte, die neue Bettwäsche hätte einen eigenartigen Geruch.«

»Einen eigenartigen Geruch?« Isabell versteht gar nichts mehr.

»Seine Worte!« Phil dreht die Handflächen nach oben, grinst. Ihn scheint das Thema sehr zu amüsieren. »Geh doch mal rauf und schau nach dem Rechten!«

Ein Geruch?! Isabell schüttelt ungläubig den Kopf. Also gut, sie wird sich darum kümmern. Hans wittert eine willkommene Ablenkung und folgt ihr, macht aber bei der Treppe kehrt. Die Stufen sind nichts mehr für ihn.

Als sie das Zimmer Nummer sieben betritt, sitzt Holger Uhland vor seinem Laptop am Schreibtisch. Sein Stuhl ist ein anderes Modell als die in den übrigen Zimmern, und sie fragt sich, ob er ihm vielleicht selbst gehört. Wie vermutlich auch die nagelneue Kaffeemaschine, deren Verpackung noch auf dem Boden liegt. Sollte ihr Tee etwa so schlecht sein, dass er zum Kaffeetrinker mutiert ist?

»Frau Melchior.« Er wendet sich halb zu ihr um, als sie in der Tür steht. »Was führt Sie zu mir?«

»Phil hat mir ausgerichtet, mit der Bettwäsche wäre etwas nicht in Ordnung«, antwortet sie.

»Die Bettwäsche?« Er wirkt ein wenig zerstreut.

»Sie hätten von einem eigenartigen Geruch gesprochen«, hilft sie ihm auf die Sprünge.

»Ach so, ja!« Er lächelt nervös. »Mir kam er irgendwie chemisch vor. Vielleicht ist es auch die neue Tagesdecke, ich weiß nicht.«

Vielleicht ist es auch etwas ganz anderes, denkt sie, während ihr Blick über das Arsenal weiterer Pappkartons schweift, die das halbe Zimmer einnehmen. ›Dichtungsmaterial für den Dichter‹, scherzt Peggy immer, denn es vergeht kaum ein Tag, an dem kein Paket für ihn eintrifft.

Isabell tritt einen Schritt vor und schnuppert. »Ich denke, es ist das Wäschespray«, vermutet sie. »Lavendel und so weiter. Alles biologisch. Es steigert das Wohlbefinden.«

»Ach so! Dann will ich nichts gesagt haben.« Holger Uhland steht auf und wagt sich in die Mitte des Zimmers vor, verlagert sein Gewicht von einem Bein aufs andere.

»Ich kann das Bett gern neu beziehen«, bietet sie an.

»Nein, nein. Wenn's das Wohlbefinden steigert!« Er hebt die Nase und schnuppert ein wenig. »Jetzt, wo Sie es sagen, merke ich eigentlich, dass ich mich ganz gut fühle heute. Ziemlich gut sogar.« Er grinst verlegen. »Tut mir leid, dass ich Ihnen Umstände gemacht habe.«

»Keine Ursache. Ich bin hier, um mich um die Gäste zu kümmern.« Sie setzt ihr Berufslächeln auf, spürt aber gleich, dass ihn die Antwort nicht recht zufriedenstellt. »Kann ich noch etwas für Sie tun?«

Er schürzt die Lippen, schiebt die Unterlippe leicht hin und her, scheint mit sich zu ringen. »Hätten Sie wohl einen Pümpel für mich?«

»Einen Pümpel?« Sie muss lachen.

»Keine Ahnung, wie man das Ding sonst nennt.«

»Ich auch nicht«, gibt sie amüsiert zurück. »Aber natürlich weiß ich, was Sie meinen. Ich schaue gern nach. Wozu brauchen Sie ihn, wenn ich fragen darf?«

»Es ist kein großes Problem. Das Waschbecken ist verstopft.«

»Okay. Ich sehe mir die Sache gern an.«

»Nur, wenn Sie Zeit haben.«

»Ich habe Zeit.«

Ein paar Minuten später kniet sie in Holger Uhlands winzigem Bad unter dem Waschbecken und schraubt den Siphon auf. Ein Schwall schmutziges Wasser platscht in den untergestellten Eimer. »Ich denke, das Problem ist gelöst«, erklärt sie zufrieden und schließt das Abflussrohr wieder an. Holger streckt unschlüssig seine Hand aus, offenbar um ihr aufzuhelfen, lässt sie jedoch unvermittelt wieder sinken.

Isabell rappelt sich hoch, legt das Werkzeug in Phils Handwerkskoffer zurück. »Das hätten wir also.« Sie streckt den Rücken durch, stemmt die Hände ins Kreuz.

»Vielen Dank, Frau Melchior.«

»Gern geschehen.«

Er schaut zu Boden, saugt die Unterlippe ein, fasst sich schließlich ein Herz. »Darf ich Sie zum Dank später auf ein Bier einladen? Oder auf ein Glas Wein?«

»Eins aus der Hausbar im Flur?«, fragt sie lachend zurück. *Trinke niemals mit Gästen* – eine goldene Regel, die sie immer beherzigt hat. Aber der Archehof ist kein Sternehotel. »Gern, Herr Uhland. Heute Abend um acht in der Gaststube?«

Er bläst die Backen auf, stößt die Luft aus. Es klingt, als wäre er haarscharf einer Katastrophe entronnen. Bloß jetzt nicht noch lauter lachen, ermahnt sie sich im Stillen. *Mache dich niemals über deine Gäste lustig.* Noch eine goldene Regel.

Als Holger Uhland am Abend in der Gaststube erscheint, ist Isabell längst da.

»Komme ich zu spät?« In seinem Blick liegt leichte Verwirrung.

»Nein, gar nicht. Ich bin zu früh, wenn Sie so wollen. Ich habe schon fürs Frühstück eingedeckt, weil Phil nicht da ist.«

»Ja, ich weiß.« Holger Uhland nickt. »Ich habe vorhin das Ziegenfüttern übernommen.« Er schaut an sich herunter, pflückt einen Grashalm von seinem Pullover, sieht wieder auf. »Was tun Sie gerade?« Sein Blick wandert zu dem Notebook, das sie vor sich auf dem Tisch liegen hat.

»Ich versuche mich an einem netten Text für die geplante Weihnachtsaktion«, antwortet sie. »Hat Phil Ihnen davon erzählt?«

»Ja, schon.«

»Und? Sind Sie dabei? Es würde mich freuen.«

Er zögert kurz. »Ich muss sehen, was sich machen lässt«, antwortet er vage.

»Natürlich.« Sie nickt und wirft einen letzten Blick auf ihren Bildschirm. »Einen klitzekleinen Moment noch, bitte.«

»Darf ich?« Er tritt einen Schritt vor und späht ihr über die Schulter, liest. »Aha.«

Sie schaut zu ihm auf. »Das klingt nicht gerade begeistert.«

Er räuspert sich. »Tja, also … Verleben Sie eine einzigartige Weihnachtszeit unter Palmen … das klingt jetzt nicht unbedingt nach unserem Schwarzwald-hof.«

»Ich weiß, ich weiß«, wehrt sie amüsiert ab. »Diesen Text habe ich nur als Muster genommen. Irgendwo muss man ja anfangen. Aber es ist sehr unhöflich von mir, hier noch zu sitzen und zu arbeiten.«

»Wenn ich vielleicht helfen kann?«

»Nein, nein.« Sie klappt demonstrativ ihren Laptop zu.

»Bitte! Lassen Sie uns die Sache gemeinsam angehen«, beharrt er.

»Wirklich?« Sie schaut ihm forschend ins Gesicht. »Ehrlich gesagt hatte ich ein klein wenig auf Sie gehofft«, gesteht sie dann, nimmt sich aber gleich wieder zurück. »Mein Gott, ich rede schon wie Peggy!«

»Aber nein! Das würden Sie niemals hinbekommen.« Holger Uhlands Lachen klingt ehrlich. Er scheint ein netter Kerl zu sein. Etwas merkwürdig zwar, aber nett. Und sehr höflich, von kleineren Ausrutschern abgesehen. Sie mag höfliche Männer.

Nach einer Dreiviertelstunde, zwei Bieren und dem Übergang zum Du steht der Text. Isabell ist so berauscht von mondbeschienenen Schlittenfahrten über vereiste Flure, von schneeüberzuckerten Tannenspitzen und heimeligem Stalldunst, dass sie glatt selbst eine solche Reise buchen würde.

»Da spürt man gleich, was ein Dichter ist!« Sie strahlt Holger an, und ihre Wangen glühen. »Du musst dabei sein, bitte!«, drängt sie ihn. »Hast du Familie?«

»Eine Tochter.«

»Das heißt, du bist …«

»Geschieden. Seit drei Jahren.«

»Und wie alt ist deine Tochter?«

»Acht. Sie heißt Luna.«

»Luna. Ein schöner Name, so poetisch«, findet Isabell und fügt hinzu: »Ist ja kein Wunder, wenn man einen Dichter zum Vater hat.«

Er winkt ab. »Den Namen hat ihre Mutter ausgesucht.«

»Kommt Luna auch öfter her?«

»Ja, in den Ferien. Die Tiere sind mein Köder, mit dem ich sie locke.« Holger grinst, aber Isabell spürt eine gewisse Traurigkeit hinter seinen Worten.

»Vielleicht ergibt sich ja eine Möglichkeit für euch, gemeinsam mit uns zu feiern«, sagt sie, dann wechselt sie taktvoll das Thema. »Apropos Dichter. Ich war im Buchladen in Mühlach und habe mich umgeschaut, aber leider nichts von dir gefunden. Na ja, habe ich gedacht. Wenn man Ludwig Uhland heißt und Dichter ist, wird man sich vielleicht einen anderen Namen ausdenken? Wegen der Verwechslungsgefahr. Einen Holger Uhland habe ich allerdings auch nicht entdeckt. Unter welchem Pseudonym schreibst du also?«

Holger verzieht das Gesicht, als hätte er mit einer Zahnplombe auf ein Stück Aluminiumfolie gebissen. Ein Schmerzensmann. Todunglücklich. Er ist sensibel, denkt sie. Eine zarte Seele. Die geht nicht marktschreierisch mit ihren Werken hausieren.

»Entschuldige bitte, ich wollte dir nicht zu nahe treten«, beeilt sie sich zu sagen.

»Aber nein!«, widerspricht er entschieden. »Ich glaube, du hast eine völlig falsche Vorstellung …« Er bricht mitten im Satz ab, als hätte ihn eine plötzliche Erschöpfung übermannt.

»Es war sehr nett, dass du mir bei diesem Werbetext geholfen hast«, weicht sie aus. »Meine Freundin Saira wartet dringend darauf. Sie fährt eine kleine Online-Kampagne für uns. Aber bisher war die Resonanz nicht sonderlich groß. Ihr fehlt die Weihnachtskomponente, hat sie mir gesagt. Etwas Smartes, Einladendes. Ein guter Text ist entscheidend, sagt sie. Und jetzt haben wir ihn! Ich könnte dir für deine Hilfe ein kostenloses Upgrade anbieten. Wäre das etwas für dich?«

»Ein Upgrade, ja? Was soll das sein?«

»Nun, ein größeres Zimmer vielleicht.«

»Herrje, Isabell!« Sie ist nicht gefasst auf den unbeherrschten Ton, der ihr plötzlich entgegenschlägt. »Deshalb bin ich nicht hier! Ich bin immer gern hergekommen, weil Peggy es mit allem nicht so genau nimmt. Das war … angenehm. Und wahrscheinlich der entscheidende Grund, weshalb ich mich hier immer wohler gefühlt habe als anderswo. Gut, die Gardinenstange hing halb unten, und das Klopapier habe ich mir selbst aus dem Wirtschaftsraum geholt. Aber das war kein Problem, ehrlich gesagt. Ich komme her, weil ich hier gut arbeiten kann. Weil ich mich ein Stück weit zugehörig fühle. Das klingt vielleicht albern, aber so ist es.« Er hält inne, reibt sich erschöpft die Stirn.

»Okay«, sagt sie gedehnt. »Und seit ich hier bin, fühlst du dich nicht mehr wohl?«

»Das habe ich nicht gesagt. Es war früher nur … anders.«

»*Wie* anders?«, hakt sie nach.

Verlegenes Schweigen, dann setzt Holger neu an. »Also gut. Es hat niemand mein Bett gemacht. Kein Schränkerücken, keine Tagesdecken, kein Chichi. Ich habe mein Zimmer immer selbst in Ordnung gebracht. So war es mit Peggy ausgemacht … mehr oder weniger.«

»Aber ich wusste nichts von eurem Deal!«, klagt Isabell.

»Es war auch kein richtiger Deal«, schränkt er ein. »Eher eine stillschweigende Vereinbarung. Es hat sich halt so ergeben.«

Isabell starrt Holger an. Sie fühlt sich völlig bloßgestellt. Dabei hat sie es allen doch nur nett machen wollen. Nie und nimmer hätte sie erwartet, dass der Abend diesen Verlauf nehmen würde.

Trinke nicht mit Gästen. Die erste goldene Regel – gebrochen. Duze dich nicht mit Gästen – die zweite Regel, auch gebrochen. Die dritte goldene Regel – wie war die noch gleich? Sie will ihr gerade nicht einfallen, aber ganz sicher hat sie sie auch gebrochen. Und das ist jetzt die Quittung.

Sie atmet tief durch, sammelt sich, besinnt sich auf ihre Professionalität. »Es tut mir sehr leid, Holger«, entschuldigt sie sich. »Du bist eben ein Dichter. Eine Künstlerseele. Für den Schaffensprozess brauchst du deine Privatsphäre. Das hatte ich nicht bedacht. Ich hätte nachfragen müssen.« Sie lächelt bedauernd. Daher der Pümpel, den er haben wollte, fällt ihr jetzt ein. Auf Peggys Hilfe hätte er lange warten können.

»Lass uns bitte aufhören!« Holger hebt die Hände, lässt sie ermattet sinken. »Es war meine Schuld, dass unser Gespräch eine so unglückliche Wendung genommen hat.«

»Mach dir bitte keine Gedanken.« Isabell spricht jetzt im Flugbegleiterinnen-Modus. »Ich bin hier nur angestellt. Für drei Monate.« Sie lächelt zuckersüß. »Eine Aushilfe, bis die gute Anna wieder fit ist. Durch mich ändert sich hier auf Dauer gar nichts – bis auf ein paar neue Gardinen und Bettbezüge vielleicht. Und jetzt entschuldige mich. Ich muss früh raus. Danke für den netten Abend.« Sie steht auf und geht, ohne sich noch einmal umzudrehen. Die Gläser auf dem Tisch lässt sie stehen. Ein bisschen schlampertes Chaos scheint er ja zu mögen, der Herr Dichter.

23.

Caro

»Wow!« Jenny mustert Caro von oben bis unten und grinst. »Krasses Teil, das du da trägst!« Sie lacht.

Caro steckt in einem weißen Schutzanzug aus Papier, der bei jeder Bewegung raschelt. Jenny trägt dasselbe Modell.

»Sieht aus, als würde ich verstrahltes Gelände betreten.« Caro blickt an sich herab.

»Radioaktive Strahlung hast du hier nicht zu befürchten«, lacht Jenny. »Aber dafür jede Menge Ungeziefer. In Viehställen wimmelt es davon, egal, welche Tiere drin leben. Das kann für sie sehr gefährlich werden. Hühner beispielsweise werden oft von der Roten Vogelmilbe befallen. Ein Parasit, der sich von Hühnerblut ernährt.«

»Igitt.« Caro zieht eine Grimasse.

»Um es nicht so weit kommen zu lassen, kalken wir die Wände. Diese Methode ist sehr alt. Der Kalk desinfiziert und vernichtet Keime und Parasiten. Er wirkt auch vorbeugend gegen Pilze, Bakterien und andere Krankheitserreger.« Jenny bückt sich und schleppt einen Eimer Wasser zur rückwärtigen Stallwand. »Die Menschen wussten schon früher, wie sie ihre Tiere gesund erhalten«, fährt sie fort. »Schau her: Wir nehmen Löschkalk und mischen ihn an. Da muss man ein bisschen aufpassen, weshalb ich das jetzt schon gemacht habe. Dann wässern wir die Wände. Das machen wir mit diesem Ding.« Sie hält einen Tapezierquast in die Höhe, taucht ihn anschließend in den Wassereimer und zieht ihn schwungvoll über die Wand. Es spritzt nach allen Seiten. Sie wischt sich ein paar Tropfen aus dem Gesicht, deutet auf Caros Schutzanzug. »Deshalb sagte ich, du sollst dir dieses Ganzkörperkondom überziehen.«

Caro greift nach dem zweiten Quast, und sie machen sich gemeinsam ans Werk.

»Wenn wir das Wässern hinter uns haben, kommt der Kalk drauf«, erklärt Jenny. »Wir arbeiten nass in nass. Das wird 'ne richtig schöne Matscherei!«

Caro hat Spaß daran, die Kalkfarbe aufzutragen, und ganz besonders gefällt ihr, dass man das Ergebnis sofort sieht. Die Wand strahlt herrlich weiß und sauber.

»Das war's für heute.« Jenny beginnt, die Arbeitsmaterialien einzusammeln. »Vielen Dank für die Hilfe. Und jetzt mach dich aus dem Staub, Caro! Den restlichen Tag hast du frei.«

Frisch geduscht und mit sauberen Klamotten macht sich Caro eine Stunde später auf den Weg in das kleine Städtchen. Wie es der Zufall will, trifft sie im Hof die alte Frau Weidle, die offensichtlich gerade ihren Besuch bei Clarissa beendet hat. Mit ihrem knallroten Topfhut und dem farblich passenden Mantel sticht sie aus der herbstlichen Trübnis heraus wie eine Klatschmohnblüte.

»Tag, Frau Weidle.« Sie bleibt kurz stehen.

»Willst du zufällig nach Mühlach runter?«, erkundigt sich die Alte mit kratziger Stimme.

»Ja, schon.«

»Dann mal los! Lieber schlecht gefahren als gut gelaufen.« Auf ihren Schirm gestützt, wackelt Ruth Weidle zu ihrem Mercedes hinüber, steigt ungelenk ein, öffnet von innen die Beifahrertür. »Rein mit dir!«

Caro stutzt angesichts des wunderbar weichen Schalensitzes, der bequemer ist als der bequemste Kinosessel.

Frau Weidle startet den Motor und schon geht es in flotter Fahrt talwärts. Mehr als einmal ist Caro versucht, sich am Haltegriff festzukrallen. Aber das wäre ziemlich uncool. Also stemmt sie ihre Füße krampfhaft gegen den Fahrzeugboden, um ihr Gleichgewicht zu halten, was ihr leidlich gelingt. Nach rasanter Schussfahrt biegt der Mercedes schließlich auf die ebene Schnellstraße nach Mühlach ein. Erneut tritt Frau Weidle beherzt aufs Gas und wird plötzlich von einem grellen Lichtblitz getroffen. »Himmel, Arsch!«, flucht sie lautstark. »Die haben mich doch auf der Hinfahrt erst geblitzt!« Sie schaut kurz zu Caro hinüber. »Seit wann wird nun auch noch die andere Fahrtrichtung kontrolliert? Das ist Schikane, reinste Schikane! Da will sich die Stadt doch bloß den Säckel vollmachen!«

»Vielleicht sollten Sie ab und zu den Fuß vom Gas

nehmen«, schlägt Caro vor, beugt sich ein wenig nach vorn und klemmt ihre Hände zwischen die Knie.

Eine Motorradtour mit Andi ist nichts gegen diese rasante Rallyefahrt!

»Ich glaube nicht, dass ich Ratschläge von einer Person annehmen möchte, die nicht mal einen Führerschein besitzt«, kontert Frau Weidle nadelspitz.

»War ja nur'n Vorschlag.« Caro wendet demonstrativ den Blick ab, schaut irgendwohin.

»Wo soll ich dich rauslassen?«

»Egal.«

»Egal gibt's nicht.«

»Bei mir schon.«

»Zu mir nach Hause nehme ich dich nicht mit. Es ist nicht aufgeräumt.«

»Lassen Sie mich am Supermarkt raus.«

»Sehr gut. Da will ich auch hin.« Ruth Weidle fährt schweigend weiter, setzt den Blinker und biegt langsam in den Parkplatz ein, beschleunigt aber gleich wieder und schießt auf eine Parklücke zu. Dann tritt sie so ruckartig auf die Bremse, dass sie den Motor abwürgt. Haarscharf vor einem schlanken Bäumchen kommt der Wagen zum Stehen. »Da wären wir.«

Caro bedankt sich fürs Fahren, macht aber keine Anstalten, auszusteigen. »Gibt's hier auch irgendwo eine Drogerie?«, erkundigt sie sich.

»Ja, in der Emil-Gött-Straße. Hinterm Marktplatz. Du bist anscheinend nicht von hier.«

»Nein, bin ich nicht.«

»Nun … ich auch nicht. Haben wir also doch etwas gemeinsam. Und, woher kommst du?«

»Von überall und nirgends.«

»Das klingt interessant.«

»Pah«, macht Caro nur, während sie einer korpulenten Mittvierzigerin beim Beladen ihres Kofferraums zusieht.

»Und deine Eltern? Woher stammen die?«

»Keine Ahnung.«

»Du weißt nicht, was mit ihnen ist?«

»Die interessieren mich nicht.«

»Das müssen ja traumhafte Eltern sein.« Die alte Weidle lässt die Schultern sinken, doch ihre Hände umfassen noch immer das lederbezogene Lenkrad. »Wen hast du sonst?«

»Wen ich sonst hab? Eine Menge Leute.« Caro legt den Kopf schräg und rollt sich eine Strähne ihres schnittlauchglatten Blondhaars um den Finger. »Vielleicht auch keinen. Weiß nicht so genau.«

»Du bist zu jung, um niemanden zu haben.«

»Was kann ich dafür? Hab's mir nicht ausgesucht.«

»Aber du solltest nicht allein sein.«

Caro lässt von ihrem Haar ab und dreht sich zu der Weidle hin. Ihre dünne Nylonjacke raschelt. »Und Sie? Sie sind doch auch allein.«

»Richtig. Aber ich bin alt und bald tot. Da kann ich schon mal üben. Sterben muss schließlich jeder allein.« Ruth Weidle sagt das leichthin, als ginge es um nichts von Bedeutung, lächelt sogar dabei.

»Was ist mit Ihrer Familie?«

»Alle tot.«

»Tot. Aha.« Caro schweigt zunächst, zieht die Nase hoch, angelt wieder nach einer Haarsträhne. »Haben Sie keine Kinder?«, erkundigt sie sich schließlich.

»Nein. Doch«, korrigiert sich Ruth Weidle. »Eins hatte ich. Auch tot.«

»Ach du Scheiße!«

»Ist lang her.«

»Trotzdem Scheiße.«

»Ja, das war's, Mädchen.« Die alte Frau öffnet ihre Hände, tippt ein paar Mal auf das Lenkrad, umfasst es dann wieder, so fest, dass ihre Knöchel weiß werden. Ihre Finger sehen aus wie knorrige Wurzeln, denkt Caro. Beringtes Wurzelgemüse.

»Was ist passiert?« Ihre Stimme klingt belegt. Sie weiß nicht, ob sie die Antwort wirklich hören will.

»Es war ein Unfall«, antwortet Ruth Weidle. »Ein grottenblöder Unfall. Aber Unfälle sind ja immer blöd.« Sie räuspert sich. »Wir hatten unser Haus gerade erst bezogen. Rainer, mein Mann, und Mareike, unsere Tochter. Sechs Wochen haben wir dort gewohnt, dann kam ich ins Krankenhaus. Ausgerechnet!« Sie stößt ein bitteres kleines Lachen aus. »Ich hatte eine Fehlgeburt und sollte mich erholen. Zu Hause hätte ich keine Ruhe, hieß es. Mareike war ja gerade erst zwei. Ich war drei Tage in der Klinik. Rainer sollte mich abholen, doch er kam nicht. Ich habe angerufen … wir hatten damals schon Telefon, das Erste in der Straße. Was waren wir stolz darauf! Aber er ging nicht ran. Ich war stinksauer und habe ein Taxi genommen. Bis vor die Haustür kam ich dann nicht mehr. Alles abgesperrt. Der Gasofen sei defekt gewesen, hieß es später.« Sie hält einen Moment inne, spitzt die Lippen, saugt die Wangen ein. »Es waren eben andere Zeiten damals«, sagt sie schließlich, und ihre Gesichtsmuskulatur entspannt sich wieder.

»Tut mir leid, ehrlich.« Caro ist plötzlich zum Heulen zumute.

»Ja, sagtest du schon.« Die Weidle wirft einen kurzen Blick aus dem Seitenfenster, schaut dann wieder zu ihr herüber. »Ist lang her.«

»Ja, das sagten *Sie* schon.« Caro lächelt scheu. Auch Ruth Weidles rot geschminkte Lippen formen sich jetzt zu einem Lächeln.

Es ist ein besonderer Moment, das spüren beide. Und dann ist er auch schon wieder vorbei.

»Jetzt aber raus mit dir, Kind! Hast du nichts Besseres zu tun, als mit einer alten Schachtel im Auto zu hocken?«

Caro gehorcht und steigt aus. Sie winkt kurz, läuft dann auf den Eingang des Supermarktes zu, dreht sich noch einmal um und sieht, wie Frau Weidle vom Parkplatz rollt. Die alte Dame brauchte gar nicht einzukaufen. Sie hat sie extra hergefahren.

24.
Isabell

»Phil?« Peggy steckt den Kopf durch die Tür. »Ach du bist's! Ist Phil nicht da?«

Isabell schüttelt den Kopf. »Nein, er hat noch einen Termin.«

»Schon wieder?« Peggy greift nach Bella, die ihr jedoch haarscharf entkommt und wie ein schwarzer Kugelblitz durch den Raum wischt.

Isabell ist nicht der Meinung, dass Phil oft durch Abwesenheit glänzt, sagt aber nichts.

»Hat er etwa eine heimliche Freundin?« Peggy grinst. »Ich dachte schon mal an die Brünette aus der Bäckerei. An die *gefärbte* Brünette, sollte ich wohl sagen. Kein Mensch in ihrem Alter kann auf dem Kopf noch aussehen wie eine frisch aus der Schale geplatzte Kastanie. Ein bisschen zu viel des Guten, wenn du mich fragst. Was sagst du?«

»Woher soll ich das wissen, Peggy?« Isabell schenkt ihr ein nachsichtiges Lächeln. »Ich kenne die Frau nicht, und, nein, ich glaube nicht, dass Phil eine heimliche Freundin hat. Aber beschwören kann ich's natürlich nicht.«

»Was geht's uns an«, winkt Peggy ab. »Er kann tun und lassen, was er will. Ist schließlich alt genug.« Sie zerrt an ihrem Hosenbund, zieht den Pulli ein Stück länger. »Hans ist auch nicht da. Er muss ihn wohl mitgenommen haben. Ernst ist schon ganz traurig. Falls du also später Zeit findest … ich glaube, dich vermisst er auch.« Sie deutet grinsend mit dem Daumen in Richtung Hof. »Steht vor der Haustür wie ein Rosenkavalier!«

Isabell muss lachen. »Sobald ich hier fertig bin, wollte ich mir ohnehin die Beine vertreten«, sagt sie. »Dabei kann er mich gern begleiten.«

»Gute Idee!« Peggy deutet mit dem Zeigefinger auf sie. »Frau und Schwein vor idyllischer Herbstlandschaft. Ein Jammer, dass ich nicht malen kann!«

»Apropos idyllisch«, fällt Isabell ein. »Bis zum ersten Advent ist es ja nun nicht mehr lang hin. Ich war mir mit Phil einig, dass eine beleuchtete Tanne im Hof ein toller Blickfang wäre.«

»Wir hatten noch nie eine Tanne im Hof«, erwidert Peggy und versucht erneut, Bella zu fassen zu bekommen.

»Aber sie ist schon bestellt«, gesteht Isabell kleinlaut.

»Bestellt? Bei wem?«

»Bei Georg. Phil hat das arrangiert.«

Peggy sperrt den Mund auf, klappt ihn aber gleich wieder zu. »Ein Tannenbaum. Na, von mir aus«, brummt sie.

»Die Lichterketten habe ich auch schon.«

»Prima!«, lobt Peggy ironisch. »Da wird sich unser Viehzeug freuen!«

»Der Baum ist eher für die Gäste gedacht.« Isabell spricht wie zu einem etwas begriffsstutzigen Kind. »Und natürlich fürs Image der Pension.«

»Na, dann!« Peggy wendet sich zum Gehen.

»Noch eine Frage: Gibt es im Haus zufällig antiken Christbaumschmuck?«, schiebt Isabell schnell hinterher. »Auf dem Speicher habe ich nur ein Kistchen Strohsterne gefunden. Die meisten waren leider hinüber.«

»Ich weiß nicht, was du unter antik verstehst«, gibt Peggy zurück. »Aber ein paar alte Dinger müssten noch in der Weihnachtskiste sein. Wenn mich nicht alles täuscht, steht sie bei mir im Kleiderschrank. Komm, ich zeig sie dir, wenn du willst.«

Isabell hat Peggys Wohnung noch nie betreten, die Küche einmal ausgenommen.

»Hier rein!« Peggy setzt Bella auf dem Boden ab, drängt sie sanft mit dem Fuß zurück und schließt schnell die Tür. »Wir wollen ja nicht, dass es Scherben gibt.«

Isabell schaut sich unauffällig um. Ein Bett. Eine umgedrehte Obstkiste als Beistelltisch. Eine raumhohe Schrankwand. Fertig ist das Schlafzimmer. Sie zieht ihren Cardigan enger um sich. Es ist eiskalt im Raum.

»Dann wollen wir mal.« Peggy holt von irgendwoher einen Hocker, öffnet eine Schranktür, reicht Isabell ächzend einen großen Karton herunter. *WEIHNACHTEN,* steht in von Hand geschriebenen Druckbuchstaben darauf. »Alles, was drin war, habe ich damals auf dem Speicher gefunden und runtergeholt, weil die Kinder noch jung genug dafür waren. Hab sie ewig nicht mehr ausgepackt.«

»Hast du den Hof geerbt?«, erkundigt sich Isabell, weil sie sich diese Frage schon öfter gestellt hat.

»Geerbt? Schön wär's!« Peggy reicht Isabell den Karton, steigt vom Hocker. »Ich hab gezahlt dafür, und zwar ordentlich. Jetzt wirst du mich sicher fragen, woher ich das Geld hatte, stimmt's?« Isabell hatte nicht vor, so indiskret zu sein, aber es interessiert sie natürlich.

»Mein Ex-Mann«, klärt Peggy sie auf. »Der war mal 'ne richtig gute Partie. Banker, weißt du. Aber die Vorurteile, die man so hat, sind durchaus berechtigt. Die meisten Banker sind Ärsche. Zumindest die vom Investment. Und mein Ex war ein Oberarsch.«

»Ist Theo sein Sohn?«

»Ja, ist er. Und Evelyn ist seine Tochter. Sie schlägt sehr nach ihrem Vater, aber lassen wir das. Jedenfalls ging die Ehe nicht gut, und wir haben uns getrennt. Er behielt die Villa, ich kaufte mir einen Hof, wie ich's immer gewollt habe. Das war unser Deal.«

»Du wolltest schon immer einen Bauernhof haben?«

»Ja, schon als Kind.«

»Ich wollte immer ein kleines Hotel führen«, erzählt Isabell. »Oder eine Pension. Meinen eigenen kleinen Laden.«

»Was nicht ist, kann ja noch werden«, meint Peggy.

»Ach, eher nicht. Ich bin ins Management gewechselt. Das ist auch nicht schlecht. Aber wir sprachen von dir.«

»Viel zu sagen gibt's nicht mehr. Ich bin mit den Kindern hier gelandet. Ende der Geschichte.« Sie stellt den Hocker beiseite, spricht dann aber doch weiter. »Im Nachhinein war's ein Mordsglück für mich, dass Friedhelm mit dem Fremdgehen nicht gewartet hat, bis ich dick und grau geworden bin. Sonst stünde ich jetzt womöglich mit leeren Händen da.« Sie bemerkt, dass Isabell ihr nicht mehr folgen kann. »Er hat mir den Scheidungsgrund geliefert, bevor er sich verzockt hat beim Börsencrash damals«, erklärt sie. »Anders herum wäre es weniger günstig für mich gelaufen. Seine Villa hat er jedenfalls nicht mehr. Aber ich hab noch meinen Hof.« In ihrem Blick liegt leiser Triumph.

»Ich kann mir gar nicht vorstellen, dass du mal mit einem solchen Menschen verheiratet warst«, gesteht Isabell. »Ein Investmentbanker. Das passt so gar nicht zu dir und den Tieren.«

Peggy lacht. »Oh, Friedhelm war Reiter. So haben wir uns kennengelernt. Und einen Hund hatten wir später auch. Aber du hast recht: Mir kommt's auch so vor, als wär das gar nicht ich gewesen. Und es gab ja ein Happy End. Ich hab den Archehof aufgebaut, wie ich es mir immer gewünscht habe. So weit, so gut. Wenn's keine weiteren Fragen gibt, würde ich mich jetzt der Stallarbeit widmen. Den Karton kannst du gern mitnehmen. Aber warte, ich gebe dir Geleitschutz. Nicht, dass Bella dich zu Fall bringt.«

In die Gaststube zurückgekehrt, kann Isabell es kaum erwarten, den Karton zu öffnen. Ihr erster Blick fällt auf eine graue Schachtel mit leicht gewellten Rändern. Sie hebt den Deckel an, schlägt das raschelnde Seidenpapier zurück. Blickt auf sechs cremefarbene Christbaumkugeln mit zartem Perlmuttglanz, durch ein Raster aus senkrechten und waagerechten Kartonstreifen säuberlich voneinander getrennt. Sie seufzt entzückt auf, hebt vorsichtig die Schachtel heraus, entdeckt eine zweite darunter. Schwere goldene Kugeln mit geätzter Oberfläche in edlem Mattglanz. Noch eine Schachtel. Strahlende Silberrhomben mit filigranen Ornamenten. Und noch eine. Hauchzarte Reflektorkugeln, deren ausgehöhltes Innere in allen Regenbogenfarben erstrahlt. Eine Christbaumspitze aus Gold und Rubinglas in Form eines doppelten Zwiebelturms. Frostbehauchte Eicheln und Tannenzapfen, schillernde Vögel, Nussknacker, Schaukelpferdchen. Mehrere Dutzend uralte, handgemachte Strohsterne. Alle intakt.

Isabell muss sich setzen. Ihr ist zumute, als hätte sie einen Schatz gehoben. Sie legt den Kopf in den Nacken, schließt für einen Moment die Augen, als bräuchten sie Erholung von all der gesehenen Pracht.

»Die Perlmuttkugeln sind mir die liebsten. Oder nein, die mit dem abgewetzten Gold«, erzählt sie wenig später.

Ernst grunzt dazu, als fiele auch ihm die Entscheidung schwer.

»Jetzt müssen wir uns nur überlegen, wie wir sie am besten zur Geltung bringen.« Isabell vergräbt ihre Hände in den Jackentaschen, kämpft gegen den Wind an. Wolkenfetzen treiben in großer Eile voran, bringen die nahen Bergkuppen immer wieder zum Verschwinden. Nicht das angenehmste Wetter für einen Spaziergang.

Kurz hinter der Schafweide dreht Ernst ab, ihm wird es offenbar zu ungemütlich. Isabell ist froh, einen Grund zur Umkehr zu haben. Die beste Gelegenheit, es sich im Bett mit einem Buch gemütlich zu machen.

Sie kocht sich einen Tee, schlüpft in ihre Jogginghose und macht es sich bequem. Doch sie hat kaum fünf Seiten ihres Romans geschafft, als sie ihn wieder in den Schoß sinken lässt. Unter das Trommeln des einsetzenden Regens mischt sich ein inzwischen wohlvertrautes, gleichwohl höchst alarmierendes Kratzgeräusch. Krallen klicken gegen das Türblatt, begleitet von quäkenden Bettellauten. Doch bald findet die vorgetäuschte Zaghaftigkeit ihr Ende, der chronisch dünne Geduldsfaden des Bittstellers reißt. Schon setzt der rabiate Kater zum gefürchteten Sprung auf die Türklinke an. Die Klinke ist Teil eines uralten, kastenförmigen Knebeldrückerschlosses, hakig und schwergängig. Doch ist ein gewisser Kipppunkt erreicht, springt es schlagartig auf, und wundersamerweise folgt ihm das Türblatt willig. Schon segelt der Kater mit der aufschwingenden Tür ins Zimmer und stolziert erhobenen Hauptes durch den Raum. Isabell zieht unwillkürlich die Beine an, um sich vor einem möglichen Angriff zu schützen.

»Hallo, Fred«, begrüßt sie den Kater, Gelassenheit vortäuschend. Er mustert sie aus schwefelgelben Augen wie einen Untertanen, der sich zu niesen erdreistet hat. Sein wahres Ziel aber ist wie immer ihr Bett. Ein geschmeidiger Satz, und er ist oben. Halb auf dem Bauch, halb auf dem Rücken, beginnt er schließlich, seine Beine zu lecken.

Isabell will keine Katze auf ihrem Kopfkissen. Was also tun? *Fred ist kein Tiger, nur eine Katze*, macht sie sich Mut und versucht ihn zu verscheuchen. Doch der Kater gähnt nur und präsentiert ihr seine nadelspitzen Fangzähne.

Entnervt steht Isabell auf und späht die Stiege hinunter: Da unten ist jemand zugange. Sie erblickt Peggy, die mit einem Wäschekorb hantiert.

Ein paar Augenblicke später betritt diese schnaufend das Zimmer, schiebt sich wortlos an ihr vorbei und stapft auf das Bett zu. »Ja, hat man Töne!«, poltert sie. »Mach dich vom Acker, du Satansbraten!« Sie klatscht in die Hände, holt dann aus, als wolle sie das Tier ohrfeigen. Der Kater springt auf, duckt sich und ist auch schon draußen.

»Das darfst du dir nicht bieten lassen!«, mahnt Peggy mit erhobenem Zeigefinger. »Fred braucht glasklare Ansagen, sonst tanzt er dir auf der Nase herum!«

Isabell nickt. »Vielen Dank für deine Rettungsmission.«

»Nichts für ungut. Und denk dran: Das Essen ist morgen um sieben.«

»Welches Essen?«

»Du bist ganz schön vergesslich, muss ich sagen.« Peggy schüttelt den Kopf. »Wie soll das nur werden, wenn du älter bist?«

»Hilf mir auf die Sprünge!«, bittet Isabell, obwohl sie genau weiß, dass sie bisher keine Einladung erhalten hat. Aber man muss ja nicht immer auf sein Recht pochen. Schon gar nicht dieser Bäuerin gegenüber.

»Eine Art vorgezogene Weihnachtsfeier für den engsten Kreis«, klärt Peggy sie auf. »Oder ein nachgefeierter Geburtstag, wie man's nimmt. Zwei Fliegen mit einer Klappe, du weißt schon. Wir sehen uns morgen um sieben Uhr bei mir drüben.«

»Um sieben bei dir«, wiederholt Isabell wie eine artige Schülerin. »Vielen Dank, ich komme gern.«

25.

Peggy

»Bevor du dir die Rinder vornimmst, musst du dir den Igel ansehen«, weist Peggy ihren Sohn an. »Den hat gestern jemand vorbeigebracht. Hat den kleinen Kerl vor ein paar Tagen gefunden und ihm gleich Milch gegeben.« Sie rümpft abfällig die Nase. »Warum lernt man eigentlich nicht in der Schule, dass Igel keine Milch vertragen? Wir machen unseren Kopfsalat ja auch nicht mit Rizinusöl an!« Sie stapft vor Theo her, drückt die Tür zur Sattelkammer auf. Auf dem Boden steht ein ausgekleideter Pappkarton. Darin hockt der kranke Igel.

»Was fehlt ihm?«

»Siehst du ja: starkes Untergewicht. Erst ging es ihm wohl besser, aber dann hat er nichts mehr gefressen und Durchfall bekommen.«

»Darmparasiten«, vermutet Theo.

»Sag ich doch.«

»Hättest du es mir früher gesagt, dann hätte ich gleich Cotrim K. mitgebracht«, tadelt ihr Sohn. »Ich schreibe euch später ein Rezept.«

»Aber keine Rechnung«, mahnt Peggy.

»Also wirklich, Mama!« Theo wirft ihr einen genervten Blick zu. »Haben wir dir diese Fälle je in Rechnung gestellt?« Er streift sich Handschuhe über und nimmt den Igel vorsichtig hoch, um ihn zu untersuchen. »Tja, wie wir's uns gedacht haben. Gib ihm den Saft und ein Aufbaupräparat, dann müsste es bald besser werden. Den Saft im Kühlschrank aufbewahren und vor dem Aufziehen auf die Spritze ordentlich schütteln. Du kennst die Prozedur.«

»Okay, danke.« Peggy streift sich eine Haarsträhne aus der Stirn, die ihr sofort wieder ins Gesicht fällt. Sie wirkt plötzlich unentschlossen.

»Noch was, Mutti?« Theo setzt den Igel wieder ab und richtet sich auf.

Sie hasst es, wenn er sie Mutti nennt, weshalb er sie gern damit aufzieht. Doch jetzt übergeht sie die kleine Provokation.

»Stell dir vor, Willi Brandes hat mich zum Essen eingeladen«, erzählt sie stattdessen.

»Ist das wahr? Der alte Zausel!« Theo schüttelt grinsend den Kopf. »Und wohin? Ins Ritz-Carlton?«

»In den Kronenhof.«

»In den Kronenhof!« Er pfeift durch die Zähne. »Immerhin! Ich hätte ihm eher die Pommesbude am Großmarkt zugetraut. Und, wann steigt die Sause?«

»Gar nicht.« Peggy stopft die Hände in die Taschen ihrer Arbeitshose und wippt auf ihren Zehen nach vorn. »Ich geh mit dem Kerl nicht essen! Der will mir nur wieder die Weiden nach Filzach rauf abschwatzen.«

»Wer weiß, wer weiß, vielleicht hat er wirklich einen Narren an dir gefressen.« Theos Grinsen wird noch breiter.

»Pah«, macht Peggy nur. »Der will mir nicht an die Wäsche, der will mein Land!«

»Bleib locker, Mama! Er hat dich eingeladen, und du tust, als hätte er dir Gülle vors Haus gekippt.«

»Hätte ich gewusst, dass du so deppert daherschwätzt, hätt ich's dir nicht erzählt! Ich hab dem Brandes gesagt, dass er sich das Geld sparen kann, Ende und Aus. Und jetzt komm mit ins Haus, es ist noch ein Rest Auflauf von heute Mittag da.«

Als sie die Küche betreten, liegt Fred zusammengerollt in Bellas Hundekorb.

»Seine Majestät beliebt zu ruhen«, spöttelt Theo und zieht sich einen Stuhl heran.

»Ich glaub's ja nicht!«, donnert Peggy, die den Kater jetzt erst erblickt, und stampft mit dem Fuß auf. »Wirst du wohl in dein eigenes Körbchen gehen?«

Fred tut so, als sei er gerade rein zufällig aufgewacht, stemmt sich in die Höhe, reckt sich, buckelt, macht ein paar steifbeinige Schritte, streckt zuckend die Hinterbeine von sich. Erneutes, herzhaftes Gähnen, dann stolziert er an Peggy vorbei, wirft sich zu Boden und beginnt seine Pfoten zu lecken.

»Raus mit dir!« Peggy klatscht in die Hände, und endlich trollt sich der Kater. »Na, wer sagt's denn?« In ihrem Blick liegt grimmige Zufriedenheit. »Ist alles eine Frage der Durchsetzungskraft.« Sie nimmt einen Teller aus dem Schrank und öffnet die Ofenklappe.

Vom Flur her gellt plötzlich ein markerschütternder Schrei herüber, gefolgt von Bellas Welpengewimmer.

Um ein Haar gleitet Peggy der Teller aus der Hand. Sie fegt in den Flur, erblickt Fred, der den Rücken zu einem gigantischen Buckel aufgeworfen hat. Plötzlich springt er nach vorn, scheint mit allen vieren gleichzeitig abzuheben und stürzt sich mit der energiegeballten Präzision eines Überfallkommandos auf Bella. Vor Schreck und Schmerz jault die Hündin auf. Geistesgegenwärtig greift Peggy zum Besen, schubst den Kater resolut in Richtung Tür und sperrt ihn aus. Sie nimmt den verängstigten Welpen hoch, trägt ihn in die Küche und bettet ihn auf ihren Schoß.

Theo ist aufgestanden und beugt sich über sie, doch sie schiebt ihn zur Seite. Sorgfältig forscht sie nach eventuellen Verletzungen, kann aber keine entdecken. »Gut, dass du so ein dickes Fell hast«, murmelt sie erleichtert. »Armes kleines Viecherl! Wenn du erst groß und stark bist, wirst du's Fred heimzahlen! Aber jetzt ab ins Körbchen mit dir. Zeit für deinen Mittagsschlaf.«

26.

Isabell

Wie hatte Peggy es formuliert? Eine vorgezogene Weihnachtsfeier beziehungsweise ein nachgefeierter Geburtstag. Was auch immer es ist, beides klingt in Isabells Ohren für hiesige Verhältnisse ziemlich festlich. Spätzle und Rehbraten in Rotweinsauce soll es geben, zubereitet von einem Freund, Georg, dem Mann mit dem Cowboyhut, der ihnen mit den Schafen behilflich war. Bei ihm hat Phil auch den Tannenbaum bestellt.

Erwartungsvoll klettert Isabell die Stiege hinunter, sorgsam darauf bedacht, sich mit ihren Pumps nicht in den schmalen Stufenbrettern zu verhaken. Auch die weiten Hosenbeine stellen eine Stolpergefahr dar. Zu der schwarzen Marlene Hose hat sie eine kurzärmelige, cremefarbene Seidenbluse mit Schluppe gewählt und dafür eigens ihr Reisebügeleisen hervorgekramt. Ein besonderer Anlass erfordert ein besonderes Outfit, dieser Meinung ist sie schon immer gewesen.

Am Fuße der Stiege angelangt, hält sie wie immer nach Fred Ausschau, doch die Luft scheint rein zu sein. Der unwiderstehliche Duft einer schweren Rotweinsauce zieht von der Küche her durch den Flur und plötzlich spürt sie, wie hungrig sie ist.

»Donnerwetter!« Peggy mustert sie von oben bis unten. »Tolles Teil, diese Bluse.« Sie nickt anerkennend, fügt aber gleich darauf hinzu: »Ich könnte so was nicht tragen. Wegen dem Kragen, meine ich. Käme mir drin vor wie eine Schildkröte.« Mit leidendem Blick greift sie sich an die Kehle, als drückte ihr etwas die Luft ab, und deutet ein Röcheln an.

Isabell schluckt. Die Rüschen kitzeln am Hals. Ihrem Schildkrötenhals. Und Peggy? Hat sich zur Feier des Tages ein sauberes Hemd angezogen, das vermutlich aus der Herrenabteilung stammt, wie beinahe alles, was sie trägt.

»Servus!«, ruft ihr Georg fröhlich zu. Heute trägt er keinen Cowboyhut, sondern eine Kochschürze im Stil eines Rüschendirndls. Seine ausgeprägte Halbglatze glänzt rosig, ebenso wie die runden, leicht hängenden Wangen. Ohne Zweifel ist er am Herd ins Schwitzen geraten.

»Guten Abend, Georg!« Sie winkt ihm zu, begrüßt auch Jenny, die soeben, ein Glas Heidelbeeren in den Händen, mit einem gezielten Tritt die Tür der Vorratskammer hinter sich schließt. Jenny trägt eins ihrer üblichen Karohemden – vielleicht ist dieses einen Tick weniger abgetragen als die anderen Modelle –, dazu Jeans und einen breiten, indianisch anmutenden Gürtel.

Isabell geht Peggy zur Hand, um beschäftigt zu sein. Sie verteilt die Gläser und legt das Besteck auf. Draußen fährt ein Wagen vor. Der Tierarzt. Natürlich, er ist ja Peggys Sohn.

»Ä Guede.« Theo tritt ein, geht mit schweren Schritten auf seine Mutter zu und drückt ihr einen Kuss auf die Wange. Er trägt ein blütenweißes, ordentlich gebügeltes Hemd.

»Wie aus dem Ei gepellt, Sohnemann.« Peggy streicht über seinen Arm. »Schaust aus wie dein Vater!«

»Danke, Peggy. Das musste ja jetzt kommen!«

»Sei nicht gleich beleidigt! Dein Vater war ein fescher Kerl. Nicht wahr, Phil?«

»Ein fescher Kerl«, wiederholt Phil und hebt Theo sein Weinglas entgegen.

»Wo ist Christina?«, fragt Peggy.

»Sie musste noch mal los. Ein Notfall. Wahrscheinlich kommt sie nicht mehr. Sie wird sich danach wohl aufs Ohr hauen.«

»Es sei ihr gegönnt. Denk dran, dass du ihr später was mitnimmst.« Peggy ergreift eine bis zum Rand gefüllte Sauciere und balanciert sie zum Tisch.

Der Koch legt seine Schürze ab, und alle nehmen Platz.

Theo setzt sich Isabell gegenüber und zwinkert ihr zu. »Heute keine Schränke rücken?«

»Ausnahmsweise nicht.«

»Was ist mit Tomek?« Er schaut fragend in die Runde.

»Der wird woanders gebraucht«, antwortet Peggy. »Wie's aussieht, kommt er erst im nächsten Jahr wieder.«

»Aha. Schade.«

»Und wo bleibt Caro?«, ruft Jenny.

In diesem Moment geht die Tür auf, und die Vermisste tritt ein.

»Es ist unhöflich, zu einer Einladung zu spät zu kommen«, wird sie von Peggy begrüßt.

»Ich hatte zu tun«, gibt Caro zurück, schaut dabei allerdings nicht mehr ganz so bockig drein wie gewöhnlich. »Hallo zusammen!« Ihr Blick schweift flüchtig über die Tischgesellschaft und bleibt an Isabells Outfit hängen, dann fixiert sie Theos gestärktes Hemd. Sie selbst trägt eins ihrer übergroßen Sweatshirts, dessen formlose Weite durch seine extreme Kürze wettgemacht wird. Sie hat ein bisschen zugenommen, seit sie hier ist. Die paar Pfund mehr auf den Rippen stehen ihr gut.

Peggy hat nicht übertrieben: Georg ist ein hervorragender Koch. Allen schmeckt es, einschließlich Caro, die sich zweimal Spätzle nachgenommen hat.

»Satt und zufrieden.« Theo spricht aus, was alle denken. »Georg, das war spitze!« Er hebt dem Angesprochenen sein Glas entgegen und macht die Beine unterm Tisch lang, wobei er versehentlich Isabells Wade streift. »Sorry!« Mit einem Lächeln zieht er seinen Fuß zurück.

»Noch jemand einen Absacker?«, fragt Phil in die Runde und schickt sich an, aufzustehen.

»Bleib sitzen. Ich geh schon.« Theo steht auf.

In diesem Moment läutet das Telefon. Er fischt es unter einem hingeworfenen Geschirrtuch hervor und sieht seine Mutter fragend an. Diese wedelt unwirsch mit der Hand, damit ihr Sohn endlich rangeht.

Das Telefonat dauert nur kurz. »Das war Hermann Göschen«, berichtet Theo. »Die Ziegen sind draußen. Er hat sie auf der Straße weiter unten in Richtung Häusle Tor gesehen.«

»Unsere Ziegen?« Peggy fährt erschrocken auf. »Wieso sind sie draußen? Sie hassen dieses Wetter!«

Da haben wir was gemeinsam, denkt Isabell flüchtig. Seit gestern weht ein scharfer Wind, der immer wieder Garben von Schneeregen im Gepäck hat.

»Wer weiß, welcher Ausbruchskünstler da wieder am Werk war«, meint Theo achselzuckend.

»Du bist mir auch so ein Künstler!« Schon ist Peggy unterwegs in Richtung Tür. »Jemand hat sie rausgelassen, das ist mal klar. Ach was, rausgejagt haben muss er sie!«

»Spekulieren können wir später«, schaltet Phil sich ein. »Jetzt müssen wir die Tiere suchen.« Auch Jenny quetscht sich hinter der Eckbank vor. Schnell sind die Suchtrupps zusammengestellt: Jenny und Caro, Peggy, Georg und Phil, Theo und Isabell. »Ausschwärmen in alle Richtungen!«, kommandiert Peggy generalstabsmäßig. »Wir nehmen den Wagen, fahren direkt zum Häusle Tor runter und gehen von dort weiter. Der Rest macht sich von hier aus zu Fuß auf. Vielleicht drängt es die Ziegen wieder nach Hause.«

Allgemeine Hektik bricht aus.

»Haben Sie Stiefel?« Theo wirft einen skeptischen Blick auf Isabells Pumps.

»Na klar! Ich ziehe mich schnell um. Es dauert keine fünf Minuten«, verspricht sie.

Sie schafft es in viereinhalb, dann steht sie neben ihm auf dem Hof in ihren Stallklamotten: Winterjacke, dicke Socken, geblümte Gummistiefel.

Er trägt jetzt einen alten Parka, Arbeitshose und Sicherheitsstiefel. »Ein Tierarzt muss immer gewappnet sein«, erklärt er auf ihren fragenden Blick hin und schaltet eine wuchtige Taschenlampe an, die er vermutlich aus seinem Auto geholt hat. Mit der freien Hand schließt er den Reißverschluss seiner Jacke bis unters Kinn. »Können wir?«

Gemeinsam verlassen sie das Hofgelände und folgen dem grellen Lichtstrahl, der sich durch die Dunkelheit schneidet. »Wir nehmen die Straße bis zum ersten Abzweig runter und gehen in östlicher Richtung weiter.« Theo spricht laut gegen den Wind an. Das Rauschen der Wälder … Was nach verstaubtem Heimatfilm klang, hat für Isabell eine ganz neue Bedeutung gewonnen, seit sie hier wohnt. Dieses Rauschen ist erstaunlich laut und schwingt sich bei stürmischem Wetter zu einem anhaltenden Peitschen auf, das geradezu beängstigend sein kann. Vor allem in der Nacht. Theo beschreibt ihr die Richtung, in die sie gehen müssen, doch nicht alles, was er sagt, dringt bis an ihr Ohr. Aber sie kennt sich ohnehin nicht gut in der Gegend aus, also folgt sie ihm einfach. Das ist gar nicht so leicht, denn er legt ein beachtliches Tempo vor.

»Alles klar bei Ihnen?« Die Stablampe schwenkt in ihre Richtung und blendet sie.

»Alles bestens.« Sie ist froh und dankbar über die

neuen Stiefel, die wahrscheinlich schon sehnsüchtig darauf gewartet haben, endlich durch Matsch und Pfützen waten zu dürfen. »Allerdings hatte ich mir das Wetter ein bisschen anders vorgestellt.«

»Inwiefern anders?«

»Ich dachte, hier geht der goldene Herbst direkt in den Winterzauber über. Blauer Himmel und Pulverschnee, Sie verstehen schon.«

»Tut mir leid, wenn wir Ihre Illusionen zerstört haben. Trotzdem bin ich ganz froh, dass ich hier nicht allein herumstolpern muss.«

»Und ich erst!« Sie müssen beide lachen.

Nach einigen hundert Metern deutet Theo nach links, woraufhin sie die Straße verlassen und in einen Feldweg einbiegen. Eine Weile marschieren sie schweigend weiter. Der Lichtstrahl wandert hierhin und dorthin, doch von den Ziegen keine Spur. Bald führt der Weg abwärts. Ein Erdwall zur Rechten hält nun Wind und Wetter einigermaßen ab. Es ist weniger nass und ruhiger.

»Sie haben sich keinen leichten Beruf ausgesucht«, nimmt Isabell das Gespräch wieder auf und schiebt ihre Kapuze ein wenig aus der Stirn.

»Weil ich hier im Regen herumstapfe?«

»Für mich geht das eher als Schnee durch.«

»Man härtet ab«, entgegnet er. »Im Übrigen war es nie mein Lebensziel, es unbedingt leicht zu haben. Das hat mir wohl meine Mutter mitgegeben.« Er wirft ihr einen kurzen Blick von der Seite zu. Wegen seiner Kopfbedeckung kann sie sein Gesicht nicht sehen, hört aber das Lächeln in seiner Stimme.

Er lässt den Lichtstrahl über eine Böschung gleiten, schwenkt dann wieder auf den Weg zurück.

»Peggy ist eine sehr besondere Frau«, sagt Isabell.

Er lacht. »Das war jetzt aber höchst diplomatisch ausgedrückt.«

»Ich meinte es wirklich so. Ich bewundere sie. Nicht für alles ... aber im Großen und Ganzen schon. Wundert Sie das?« Isabell bleibt einen Augenblick stehen.

»Was mich wundert, ist, dass wir uns noch immer siezen, während wir uns hier so einträchtig durch den Matsch kämpfen«, entgegnet Theo unvermittelt. »Das tut sonst kein Mensch, und es ergibt so gar keinen Sinn. Was denken Sie?« Er wischt sich einen Wassertropfen von der Nase und sieht sie jetzt direkt an.

»Es ergibt keinen Sinn«, wiederholt sie, seinen Tonfall nachahmend, und er nickt zufrieden.

»Aber ich sag jetzt nicht: Ich bin der Theo. Das wäre mir zu albern.«

»Und ich sage nicht, dass ich die Isabell bin.« Ihre Blicke treffen sich, sie lächeln beide, und damit ist die Sache besiegelt.

Das Gelände wird wieder offener, und eine neuerliche Böe reißt Isabell die Kapuze vom Kopf.

»Da vorn!« Theo beschleunigt das Tempo und eilt kurz darauf in Seitwärtsschritten einen steilen Hang hinab.

»Soll ich mitkommen?«, ruft sie.

»Nein, bleib oben!« Er erreicht die Baumgruppe, Fichten oder Tannen, wie sie vermutet. Schnell verliert sie ihn aus dem Blick, sieht nur noch den scharfen Lichtstrahl der Taschenlampe, der sich durchs Unterholz schneidet. Dann zeichnet sich seine schwarze Silhouette wieder zwischen den Baumstämmen ab. Er kämpft sich den Abhang hoch, steht schließlich wieder neben ihr. »Falscher Alarm«, verkündet er schwer atmend. »Es waren nur ein paar Rehe.«

Sie marschieren weiter. Regen und Graupel kommen inzwischen schräg von vorn und treffen ihre Gesichter, als wollten sie sie ohrfeigen.

»Wir sollten zum Miesbach runter«, erklärt Theo jetzt. »Da gibt's eine Weide, auf der sie manchmal stehen.« Sie nehmen einen schmalen Pfad, der bald steiler und glitschiger wird. Unmittelbar unter ihren Füßen läuft der Regen den Berg hinab und hat bereits einen Wasserlauf gebildet.

»Vorsicht!«, mahnt er.

Doch die Warnung kommt zu spät: Isabell rutscht auf dem schlammigen Boden aus und schlägt der Länge nach hin.

»Hoppla! Hast du dir wehgetan?«

Sie ächzt. »Weiß ich noch nicht.«

»Gib mir deine Hand, ich helfe dir auf!«

»Es geht schon.« Sie rappelt sich hoch, klopft sich die Oberschenkel ab. Ihre komplette rechte Seite trieft vor Schlamm und Nässe.

»Alles in Ordnung?«

»Aber sicher.«

»Möchtest du umkehren?«

»Auf keinen Fall!« Isabell fühlt sich bei ihrer Ehre ge-packt. Was andere können, kann sie auch. Und ir-gendwo müssen die Viecher ja stecken.

Je weiter sie abwärtskraxeln, desto stärker scheint das Rauschen zu werden. Doch es kommt nicht von oben, wie sie bemerkt, als sie die Talsohle erreichen. Hier un-ten schießt das Wasser des Miesbachs durchs Kiesbett. Sie bleiben einen Moment stehen, um zu verschnaufen.

»Wir müssen da rüber!« Theos Leuchte erfasst das an-dere Ufer. »Ich gehe zuerst und helfe dir dann.« Vor-sichtig klettert er die Böschung hinab, sucht sich einen sicheren Trittstein, steuert den nächsten an, dreht sich dann um und streckt ihr seine Hand hin. Sie ergreift sie, und beide balancieren durch das Bachbett, bis sie schließlich sicher das andere Ufer erreichen.

»Puh, das wäre geschafft!« Sie wechseln einen erleich-terten Blick, halten einander noch immer an den Hän-den. Schließlich ist es Isabell, die loslässt. Überrascht muss sie sich eingestehen, dass sie es nicht gern tut. Es war schön, seine warme Hand in der ihren zu spüren. Dieses Kribbeln. Sie ist verwirrt, versucht, das Gefühl abzustreifen. Eine wärmende Hand ist immer ange-nehm, wenn man friert, sagt sie sich. Gleichgültig, wem sie gehört. Vielleicht nicht ganz. Aber fast.

»Kann es sein, dass Peggy die Tiere schon gefunden hat?«, lenkt sie ab.

»Dann würde sie uns hoffentlich anrufen«, erwidert

Theo und marschiert weiter. »Ich kann mir Angenehmeres vorstellen, als hier durch den Regen zu stolpern.« Ihm scheint der Gleichmut plötzlich abhandengekommen zu sein, zumal sie die Tiere nicht wie erhofft auf dem schmalen Streifen Wiese entdecken, der sich zwischen Bach und Wald auftut. Schweigend stapfen sie weiter durch die Nacht, nun stetig bergauf und durch einen finsteren Tannenwald. Aber dieser Weg ist breiter und nicht ganz so steil wie der auf dem Hinweg, und das Regenwasser versickert im dichten Nadelbett. Irgendwann bleibt Isabell stehen, schnappt nach Luft. Die unentwegte Steigung macht sie fertig.

»Hier muss man die Gene einer Bergziege haben«, behauptet Theo und wartet, bis sie wieder zu Atem gekommen ist.

»Nicht nur die Gene, sondern auch die Kondition«, keucht sie.

Vor Nässe triefend und zugleich komplett durchgeschwitzt kehren sie schließlich auf den Archehof zurück, ohne die Tiere gefunden zu haben. Die Kapuze ist Isabell längst vom Kopf gerutscht, das Haar hängt ihr klatschnass ins Gesicht. Auch Theos Locken haben gelitten und geben den Blick auf seine Stirn frei, die um einiges höher ist, als man es vorher sehen konnte. Beide halten unvermittelt inne, lauschen. Von der rückwärtigen Hofseite schallt ihnen ein vielstimmiges Meckern entgegen. Die Ziegen!

Als sie um die Hausecke biegen, finden sie sich zwischen den dicht gedrängten Tieren wieder, deren Unbehagen förmlich greifbar ist. Gerade hat Peggy das Scheunentor geöffnet und treibt sie nun die kleine Anhöhe hinauf. Sofort folgt Theo ihr mit energischen Schritten, und Isabell schließt sich ihm an.

»Warum hast du nicht angerufen und uns Bescheid gegeben?«, fragt er in scharfem Ton.

»Wollte ich, aber der Akku meines Handys ist leer«, entgegnet Peggy, ohne ihn anzusehen. »Sie standen gleich hinter dem Tannenwäldchen bei der Rinderweide«, berichtet sie. »Ich lass sie jetzt erst mal über Nacht hier drin. Morgen müssen wir dann sehen, was los war.« Erst jetzt schaut sie die beiden an. »Ihr seid ja völlig durchnässt!« Es klingt wie ein Tadel. »Ab ins Haus mit euch! Ich komme gleich nach.«

Theo und Isabell haben Mühe, sich ihrer nassen Jacken und Stiefel zu entledigen, ohne einander in dem engen Flur ins Gehege zu kommen. Schließlich stehen sie auf Socken da. Der Boden ist eiskalt.

Als Isabell die Tür zur Küche öffnet, schlägt ihr die Wärme wie eine Wand entgegen. Erleichtert atmet sie auf. Schon fegt ihr Bella um die Beine. Offensichtlich findet sie den ungewohnten Trubel höchst aufregend. Isabell bückt sich herunter, streicht ihr über den Kopf.

»Bella, bei Fuß!«, pfeift eine Stimme die Hündin zurück. Vor dem Kühlschrank steht eine fremde Frau, die Isabell und Theo aufmerksam mustert. »Da seid ihr ja. Ich habe mir schon Sorgen gemacht!« Sie richtet ihren Blick auf Theo. »Du hättest mich anrufen sollen.«

»Wir waren beschäftigt«, antwortet Theo knapp. »Schon fertig?«

»Falscher Alarm. Keine Kolik, bloß Blähungen. Oje! Ihr seid ja klatschnass.«

»Stell dir vor, es regnet. Und zwischendurch schneit's auch mal.« Theo geht zur Spüle, füllt den elektrischen Wasserkocher.

Die Frau lächelt in sich hinein. Sie ist groß und schlank, und das Rostorange ihres engen Mohair Pullovers harmoniert wunderbar mit ihrem glänzenden, honigfarbenen Haar. »Soll das Kaffee werden?« Sie tritt ganz nah an Theo heran und legt ihr Kinn auf seine Schulter.

Er antwortet ihr nicht, schaut zu den anderen hinüber. »Wer von euch noch?«

Jenny, die gerade zur Tür hereingekommen ist, hebt die Hand.

»Ich mache das schon. Geh ins Bad und trockne dich ab«, sagt die Frau und wendet sich an Isabell. »Das würde ich Ihnen übrigens auch empfehlen. Eine Erkältung ist Ihnen sonst sicher.«

»Christina, das ist Isabell«, stellt Theo vor. »Ich glaube, ihr kennt euch noch nicht.«

Christina tritt auf sie zu und reicht ihr die Hand. »Hallo. Du bist über den Winter für die Gäste zuständig, nicht wahr?«

»So ist es.« Isabell lächelt tapfer gegen die lähmende Niedergeschlagenheit an, die sie urplötzlich überkommt. »Aber Sie haben recht, ich sollte mich umziehen.« Sie nickt in die Runde und wendet sich in Richtung Tür.

»Dass du mir ja wiederkommst!«, ruft Theo ihr hinterher.

Sie zögert. Eigentlich hatte sie vorgehabt, sich klammheimlich aus dem Staub zu machen. Das Essen ist vorbei, die Ziegen wieder da … was also soll sie noch hier?

In diesem Moment tritt Peggy ein und bringt einen neuerlichen Schwung Kälte mit sich. Ihre Wangen glühen rosig, Regentropfen glitzern wie Perlen in ihren grauen Locken. Sie hat nie schöner ausgesehen, schießt es Isabell durch den Kopf. Als hätte die entfesselte Natur sie zum Blühen gebracht.

»Mein Gott, bin ich erledigt!« Die Bäuerin zieht sich einen Stuhl heran, legt die Füße auf die Heizung. »Ich glaube, ich brauche jetzt einen Schnaps. Theo, sei so gut!«

Ihr Sohn geht zum Kühlschrank, nimmt eine Flasche heraus, besorgt Gläser. Das Einschenken übernimmt Georg, der ziemlich trocken ist. Offensichtlich sind er und Phil die meiste Zeit im Wagen geblieben.

Isabell geht ins Bad, nimmt sich ein Handtuch aus dem Schrank, schaut prüfend in den Spiegel, seufzt leise auf.

Als sie mit halbwegs trockenem Haar in die Küche zurückkehrt, ist man bereits bei der zweiten Runde Kirschwasser angelangt.

»Du musst aufholen«, befiehlt Theo und schenkt ihr gleich zwei Gläser voll ein.

Beim ersten zögert sie, das zweite fällt ihr schon leichter, und ab dem dritten friert sie nicht mehr, im Gegenteil. Sie genießt es sogar, hier in der Gemeinschaft zu sitzen und den Geschichten der anderen zu lauschen, mit ihnen zu trinken, zu lachen.

»Einen letzten.« Theo beugt sich über den Tisch zu ihr, schenkt nach. Seine Hand streift ihren Arm, doch er scheint es nicht zu bemerken.

»Schatz, nun dräng dich doch der armen Isabell nicht so auf«, tadelt Christina und lacht.

»Nur einen noch, damit wir alle gut schlafen«, erklärt Theo und schenkt auch sich ein. »Keine Sorge, gleich seid ihr mich los.«

»Kannst du noch fahren?«, erkundigt sich Peggy skeptisch.

»Klar. Du weißt doch: Der Kutscher kennt den Weg.« Er zwinkert seiner Mutter zu.

»Nicht der Kutscher, die Gäule kennen ihn«, erwidert Peggy lapidar.

»In dem Fall bin der Gaul wohl ich.« Christina schiebt ihren Stuhl zurück und steht auf.

Da verabschiedet sich auch Isabell. Sie möchte nicht der letzte Gast sein, der geht.

21.

Caro

Nun ist er endgültig da, der Winter. Pferde, Esel und Ziegen bleiben im Stall, das Federvieh verdrückt sich ins Hühnerhaus. Nur Schafe und Rinder können diesem Wetter etwas abgewinnen, wie Caro inzwischen weiß.

Trotzdem müssen sich Menschen wie Tiere die Beine vertreten. Als sich am frühen Nachmittag der zähe Nebel auflöst, bietet sich eine gute Gelegenheit für einen Spaziergang.

Inzwischen lässt Ben sich willig von ihr halftern, und schon trotten beide über den Hof in Richtung des Feldwegs, der den Beginn ihrer gewohnten Runde markiert. Sie sind gerade von der Straße abgebogen, als das Brummen eines Motorrads hörbar wird. Das muss Andi sein, hofft Caro.

Tatsächlich: Er ist es. Sie dreht noch einmal um, führt den Esel zurück zur Straße, winkt Andi zu. Ben lässt sich von dem Motorradlärm nicht beirren. Er ist nicht sonderlich geräuschempfindlich, hat sie festgestellt. Was ihm Angst macht, sind hektische Bewegungen. Doch auch das hat sich gebessert.

Ein paar Schritte entfernt bockt Andi seine Maschine auf, nimmt den Helm ab, hängt ihn übers Lenkrad, tritt dann auf sie zu. »Hi, Cowgirl!« Er streift sich das angedrückte Haar aus der Stirn.

»Was tust du hier?«, fragt sie mit der üblichen Skepsis.

»Ich bin heute Morgen aufgewacht und dachte, ich hätte mal so richtig Lust auf einen Eselspaziergang.« Andi grinst. Sie schaut ihm gern beim Grinsen zu. Diese schimmernden, rechteckigen Zähne mit Lücken dazwischen, wie reingesägt … irgendwie süß.

»Das hier ist 'ne vertrauensbildende Maßnahme«, teilt sie ihm mit.

»Eine was?« Das Grinsen erstirbt.

»Schon gut. Wir versuchen es. Aber wenn Ben dich nicht leiden kann, musst du umdrehen.«

»Scheint ja ein ganz heikles Exemplar von einem Esel zu sein.«

»Er hat viel mitgemacht. Das ist alles. Ich will, dass er lernt, mir zu vertrauen«, erklärt sie.

»Sieht ja wohl so aus.«

»Warten wir's ab.« Sie schnalzt mit der Zunge und setzt sich in Bewegung. Ben folgt ihr, ebenso wie Andi.

Zu dritt zockeln sie talwärts. Kurz nachdem sie auf den Weg eingebogen sind, der parallel zum Hang entlangläuft, bleibt Ben plötzlich stehen.

»Was ist los? Kleines Päuschen?« Andi legt den Kopf schräg und betrachtet den Esel freundlich. Auch Caro ist stehen geblieben. »Ich wollte sowieso eine rauchen.« Sie kramt ihre Zigaretten aus der Jackentasche hervor, zündet sich eine an. »Ich würde dir ja auch eine anbieten«, sagt sie und stößt eine Rauchwolke aus. »Aber dann hab ich selbst nicht mehr genug. Und hier gibt's ja keine Kohle.«

Andi sieht sie überrascht an. »Du kriegst kein Geld für die Arbeit?«

»Ist ein Praktikum.«

»Beschiss, wenn du mich fragst.«

Caro nimmt noch einen Zug, grinst plötzlich in sich hinein. »Dafür gibt's Wurschtbrot von der Wurschtlerei.« Sie muss kichern.

»Es heißt nicht Wurschtlerei, sondern Wurschterei«, korrigiert Andi sie streng.

»Is' doch wurscht!« Caro lacht jetzt laut. »Alles, was ihr so redet, klingt nach Kasperltheater.«

»Wenn schon, dann Kaschperltheater.« Andi schaut wieder zu Ben, der keine Anstalten macht, sich zu bewegen. »Dein Freund hier scheint ein richtiger Sturkopf zu sein.«

»Esel sind nicht stur.« Caro nimmt noch einen Zug von ihrer Zigarette, betrachtet die glühende Spitze, ascht achtlos ins Gras. »Wenn sie stehen bleiben, ist ihnen irgendwas nicht geheuer. Sie checken erst mal die Lage, und das ist schlau.«

»Was soll daran schlau sein?«

»Wo Esel herkommen, ist es felsig. Überall Steine und Geröll. Wenn du da blindlings losrennst, brichst du dir schnell die Haxen.« Sie wirft ihre Zigarettenkippe zu Boden, vermalt sie mit dem Absatz. Angst macht nicht nur blind, sie macht vor allem blöd, wie sie aus eigener Erfahrung weiß. Und dazu wehrlos. Aber sie hat nur noch selten Angst. Es ist besser geworden. Viel besser. Und auch mit Ben wird es besser.

»Haste das alles von der Haller gelernt?«, erkundigt sich Andi und pustet in seine Hände.

»Nee, im Internet. Kannste alles nachlesen. Aber ich spür auch so, wie Esel ticken.«

»Du spürst es?«

»Ben mag's nicht, wenn man zu aufdringlich wird. Er braucht Abstand.«

»So wie du.«

»Ganz genau.« Sie kneift die Augen zusammen und schaut Andi direkt an.

Er lacht. »Hey, Babe! Du brauchst keine Angst zu haben, dass ich mich gleich auf dich stürze. Ist nur Freundschaft, klar?«

»Klar. Alles nur Freundschaft«, wiederholt sie tonlos.

»Du bist mir eine!« Er schüttelt den Kopf, grinst plötzlich wieder.

»Was ist so lustig?«

»Sonst muss ich die Frauen immer wegschubsen«, behauptet er. »Kaum sieht mich eine, zack, klebt sie an mir.«

Sie hebt die Augenbrauen. »Was du nicht sagst.«

»Obwohl, wenn ich's recht bedenke …« Er wiegt nachdenklich den Kopf hin und her, streicht sich übers Kinn. »War's bei dir genauso!«, vollendet er den Satz. Sein Grinsen reicht jetzt von einem Ohr zum andern.

»Du spinnst wohl!« Caro knufft ihm in die Seite. Andi verdreht die Augen und kneift die Lippen zusammen. Sein Mund wird zu einem langen, geraden Strich.

»Und hör schon auf! Das sieht bescheuert aus, wenn du so mit den Augen rollst.« Sie wendet sich demonstrativ Ben zu. »Keine Sorge, das waren nur so'n paar olle Krähen. Vor denen brauchst du keine Angst zu haben«, spricht sie beruhigend auf ihn ein. »Und auch nicht vor diesem albernen Pausenclown hier!« Ihr Blick streift kurz den von Andi. »Komm, Ben, weiter geht's!« Sie setzt sich wieder in Bewegung, läuft langsam allein weiter.

Ben bleibt noch einen Moment stehen, dann folgt er ihr willig.

Schließlich dreht sie sich zu Andi um, der zurückgeblieben ist. »Was ist mit dir? Bist du jetzt beleidigt?«

»Nee, ich hebe deine Kippe auf. So etwas nennt sich Umweltverschmutzung. Das machen wir hier nicht.« Er holt auf, stellt sich vor sie hin, streckt seine Hand vor. »Und wohin jetzt damit?«

»Dein Problem. Ich hatte ja eine Lösung gefunden.«

»So schlau, wie ich dachte, bist du wohl doch nicht«, erwidert Andi gereizt. »Was ist, wenn der Esel sie frisst?«

»So blöd ist der nicht.«

»Aber das verfressene Schwein vielleicht?«

Caro zieht eine Schnute, kämpft gegen ihren Unwillen an. Wo er recht hat, hat er recht. Sie seufzt. »Schon gut. Du hast mich überzeugt. Ich mach's nicht wieder.«

Sie stopft den zertretenen Zigarettenfilter in ihre Hosentasche.

»Yeah!« Er klatscht mit der Faust in seine hohle Hand, springt auf einem Bein im Kreis. Ben nimmt es gelassen, und in wiedererrungener Eintracht trotten sie weiter.

»Ich hab dich übrigens neulich in dem Mercedes von der verrückten Alten gesehen«, berichtet Andi nach einer Weile. »Du solltest vorsichtig sein bei der. Die fährt wie 'ne besengte Sau.«

»Was du nicht sagst.« Caro hat zu ihrem gewohnten Ton zurückgefunden.

»Letzte Woche hat sie Jost Matuschek den Seitenspiegel abgefahren«, erzählt er nicht ohne Schadenfreude. »Muss mindestens sechzig Sachen draufgehabt haben, sagt Rafi.«

»Wer ist Rafi?«

»Ein Kumpel von mir. Er ist Polizist. Aber wart's ab, es kommt noch doller: Gestern hat sie auf dem Supermarktparkplatz eine Laterne umgenietet. Peng!« Wieder schlägt er sich in die Faust. Dieses Mal wirft Ben erschrocken den Kopf zurück. »Entschuldige, Ben. War nicht so gemeint.« Er klopft dem Esel auf die Kruppe. »Jedenfalls hat Rafi gemeint, sie müsste wahrscheinlich ihren Lappen abgeben. Und dieses Mal wohl für immer. Wäre auch besser für die Menschheit, wenn du mich fragst.«

»Tu ich aber nicht.«

»Schon klar.« Er schaut sie an und grinst dabei, lässt seine Quadratzähnchen blitzen.

»Wie soll sie denn dann zu Clarissa kommen? Hat sich das mal einer überlegt?« Caro ist plötzlich ernsthaft in Sorge. »Clarissa ist die einzige Freundin, die sie noch hat.«

»O! Das hatte ich nicht bedacht«, erwidert Andi und lässt sie im Unklaren darüber, ob er die Antwort ernst meint.

Schweigend wandern sie weiter den Hang hinauf, schlagen den Abzweig zurück zum Archehof ein. Der Himmel verfinstert sich zusehends; bald nieselt es. Als sie die Rinderweide passieren, kommen die Färsen angaloppiert und trotten am Zaun entlang neben ihnen her. Sie freuen sich immer über ein wenig Abwechslung.

Der Nieselregen wird urplötzlich zum kräftigen Schauer. Prompt bleibt Ben stehen.

»Nicht doch, Bennilein!« Caro versucht es mit Schmeicheleien, mit Bitten und Flehen, doch der Esel lässt sich nicht erweichen. Die Färsen scheinen das Schauspiel zu genießen, bis Ben plötzlich sein Maul aufsperrt und einen markerschütternden Eselschrei loslässt.

Die Antwort erfolgt postwendend. »Komm schleunigst nach Hause!«, lautete wohl Clarissas Aufforderung, denn plötzlich rennt Ben los. Sie haben Mühe, mitzuhalten.

Als sie beim Stall ankommen, klebt Caro das feine, blonde Haar am Kopf, und Andis dunkler Schopf hat sich zu Igelstacheln aufgestellt. Sie schauen einander an, grinsen, reiben sich die tropfenden Nasen.

»Lust auf Pizza?«

Caro beißt sich auf die Lippe. Sie hat einen Mords-
hunger.

»Dachte ich's mir doch«, grinst Andi zufrieden. »So
ein Eselspaziergang macht echt Kohldampf.«

28.

Peggy

»Sieh dir das an!« Peggy deutet in Richtung Eselstall, und Jenny folgt ihrem Blick.

Caro steht dort neben Ben, der nicht einmal mehr ein Halfter trägt. Gleichzeitig redet sie mit Andi Brenner.

»Hast du Caro nicht gesagt, dass sie Ben nicht frei laufen lassen soll?«

»Natürlich habe ich es ihr gesagt.«

»Aber sie tut's!«

»Ben gehorcht ihr«, wagt Jenny einzuwenden. »Er mag sie – und er vertraut ihr.«

Peggy sagt einen Moment nichts, doch ihre Nasenflügel beben.

»Ich weiß nicht, Jenny.« Sie runzelt sorgenvoll die Stirn. »Es ist merkwürdig, dass seit einiger Zeit ständig unsere Tiere durch die Gegend stromern. Erst die Gänse, dann die Schafe, die Ziegen, die Esel. Und das alles hat ungefähr zu der Zeit angefangen, als Caro hier aufgetaucht ist.«

»Willst du damit sagen, dass sie dahintersteckt?«, fragt Jenny ungläubig.

»Keine Ahnung.« Peggy seufzt. »Mir fallen nur gewisse Zusammenhänge auf. Neulich war sie mit Ben unterwegs, so wie heute. Ich hab sie noch heimkehren sehen, als ich mit Georg runter nach Mühlach gefahren bin. Wir waren beim Sägewerk, wegen der Pfosten für den Offenstall. Er braucht auch welche, und da wollten wir einen besseren Preis raushandeln. Jedenfalls, als wir zurückkamen, zockelten uns plötzlich Ben und Clarissa auf der Straße entgegen. Von Caro dagegen keine Spur.«

»Vielleicht hat sie den Stall nicht richtig verschlossen«, mutmaßt Jenny. »Oder das Gatter des Paddocks.«

»Schlimm genug!«

»Du weißt, wie geschickt Ben ist. Es wäre nicht das erste Mal, dass er den Riegel zurückgeschoben hat.«

»Eben! Caro weiß das. Wir haben sie eindringlich davor gewarnt. Ehrlich gesagt glaube ich nicht an ein Versehen. Ich frage dich noch einmal: Wann ist es früher passiert, dass uns Tiere stiften gegangen sind? Außer Ben, natürlich. Aber dem haben wir ja einen Riegel vorgeschoben – im wahrsten Sinne des Wortes. Auch mal die Pferde. Weißt du noch, wie sie sich unterm Elektrozaun durchgewälzt haben? Aber danach ist nie wieder was passiert.«

»Wer sollte etwas davon haben, die Tiere rauszulassen?«, fragt Jenny zweifelnd. »Das ergibt keinen Sinn.«

»Doch, tut es. Sofern uns jemand ärgern will«, widerspricht Peggy und fügt mit bedeutsamer Miene hinzu: »Und wenn er oder sie außerdem noch denkt, dass er die Tiere befreit.«

»So dumm ist Caro nicht.« Jenny schüttelt den Kopf. »Sie weiß, dass die Tiere vor ein Auto laufen könnten. Sie würde ihnen nicht schaden.«

»Sie hat mir neulich einen Vortrag über Freiheit gehalten«, widerspricht Peggy. »Auch Tiere hätten ein Anrecht darauf, blabla. Und wie du siehst, lässt sie Ben gern ohne Halfter und Führstrick durch die Gegend marschieren. Freihändig, sozusagen.« Sie deutet knapp zu Caro und Ben hinüber. »Ich weiß, das klingt alles etwas weit hergeholt. Aber ich finde keine andere Erklärung. Wir können nicht zulassen, dass das immer wieder aufs Neue passiert. Es sind ja nicht nur die Tiere in Gefahr. Diese Freigänge gefährden auch Menschen. Das muss ich wohl nicht extra betonen.«

»Als die Ziegen draußen waren, hat Caro den ganzen Abend mit uns am Tisch gesessen«, fällt Jenny ein, und Peggy nickt widerwillig.

»Aber was, wenn sie jemand anders angeheuert hat?«, mutmaßt sie. »Ihre Freunde aus dem Tal?«

»Jetzt übertreibst du, Peggy!«

»Sie scheint ziemlichen Einfluss auf die Jungs zu haben. Dazu sind sie motorisiert und sehr mobil. Und dass die Bande Flausen im Kopf hat, wissen wir. Denk daran, wie sie Leidls Grillhütte aufgebrochen haben, um Party zu machen.«

Jenny kraust unwillig die Stirn. »Das ist was anderes.«

»Einbruch ist Einbruch. Caro kann sie angestachelt oder zumindest auf die Idee gebracht haben.«

»Ich weiß nicht …«

»Vielleicht ist es auch umgekehrt, und die Jungs ärgern sich über sie. Grund genug hätten sie wahrscheinlich. Den hat schließlich jeder, der mit ihr zu tun hat.« Peggy schweigt einen Moment. »Hey, du denkst, ich mag sie nicht, oder?« Sie schaut Jenny forschend ins Gesicht.

»Man könnte es vermuten, Peggy«, antwortet Jenny spöttisch.

»Aber so ist es nicht! Der Umgang mit Tieren liegt ihr im Blut. Und dafür hat sie meinen Respekt. Aber ihr fehlt es an Disziplin, und vielleicht ist sie … fehlgeleitet? Ich habe keine Ahnung, wie ich es sonst ausdrücken soll. Ich bin keine Seelenklempnerin.«

Jenny lacht. »Schon gut, Peggy. Warum sprichst du nicht einfach mit ihr?«

»Das habe ich! Aber du weißt, wie sie reagiert. Genauso gut hätte ich mich mit einer Wand unterhalten können. Sie ist bockig geworden und hat gemeint, sie hätte mit der Sache nichts zu tun. Das war's dann auch schon. Außerdem ist sie nicht ehrlich. Erinnerst du dich, als ich sie gefragt habe, ob die Zigarettenkippe im Pferdestall ihre war? Sie hat es abgestritten, und später musste sie es doch zugeben. Im Stall! Zwischen all dem Holz und Heu und Stroh!«

Jenny seufzt. »Und jetzt? Willst du sie feuern?«

»Nein, will ich nicht. Aber ich werde sie beobachten.« Peggy schaut Jenny ins Gesicht. »Wie sagst du immer? Vorsicht ist die Mutter der Porzellankiste.«

29.
Isabell

»Wie schaut's aus im schönen Schwarzwald? Trägst du schon Dirndl und Bollenhut?«

Am Telefon ist Saira, Isabells Freundin.

»Ehrlich gesagt habe ich hier noch keins von beidem leibhaftig zu Gesicht bekommen. Aber sonst geht's mir prima. Ich sitze gerade auf einer Bank in der Sonne.«

»Und fütterst Tauben?«

»Nein, keine Tauben. Bloß Ernst. Er bettelt gerade um mein letztes Stück Nussecke. Und er kann ziemlich rabiat werden, glaub mir.«

»Ernst, soso. Hast du dir also gleich einen handfesten Schwarzwaldbuben angelacht.«

»Nicht bloß einen, sondern gleich zwei«, scherzt Isabell. »Hans ist auch noch da.«

»Du bist mir ja eine!« Saira lässt das für sie typische tiefe Lachen hören. »Muss ich auf dich aufpassen?«

»Ich komm schon klar, danke. Ernst ist übrigens ein Schwein.«

»Wie jetzt?« Die Überraschung ist Saira anzuhören. »So'n richtiges Schnitzel-Kotelett-Bratwurst-Schwein?«

»Ich glaube nicht, dass Ernst diese Bezeichnung gefallen würde. Nein, nein. Aus dir wird kein Schnitzel, nicht wahr, mein Lieber?«

»Ein Schwein auf einer Parkbank … wie krass ist das denn? Davon brauche ich unbedingt ein Foto!« Saira scheint ganz aus dem Häuschen zu sein.

»Genauer gesagt sitzt er eine Etage tiefer. Neben Hans, dem Dackel. Aber genug davon. Wie geht's dir?«

»Hm. Wie soll's gehen? Ich hab letzte Woche mit Kai Schluss gemacht.«

»Ist das der mit dem Flugschein?«

»Nope. Das war Jorn.«

»Und wer ist Kai?«

»Ein Idiot. Spielt aber keine Rolle. Nächsten Monat zieh ich um. Ich habe endlich was Ruhigeres gefunden. Nur drei Straßen weiter, aber keine LKWs mehr morgens um vier vorm Schlafzimmerfenster. Blöd allerdings, dass ich jetzt die neue und die alte Wohnung streichen darf. Aber das gibt Muckis. Hoffe ich zumindest. Und Ella hat versprochen, mir zu helfen. Kennst du Ella? Die Blonde mit der großen Nase, aus der Kantstraße?« Saira redet wie immer rasend schnell. »Wir machen zusammen Spinning. Echt abgefahren. Ella sagt auch …«

Saira bricht ab. Ein langgezogener Schrei hallt bis hinauf nach Hamburg durchs Telefon.

»Was war das denn? Doch nicht etwa dein Ernst?«

»Nein, das war Clarissa, die Eselin. Manchmal muss sie sich einfach Luft machen.«

»Cool. So 'ne Art Urschreitherapie. Sollte ich auch

mal probieren. Hey, ich könnte glatt neidisch werden auf deine Schwarzwälder Bullerbü-Idylle.«

Isabell lacht. »Apropos neidisch. Wie sieht es aus mit den Buchungen über Weihnachten?« Sie hält einen Moment gespannt die Luft an.

»Na jaaaaa.« Saira klingt jetzt hörbar gebremst. »Zwei Anfragen habe ich.«

»Anfragen?« Isabell schluckt. Sie kann es kaum glauben. »Keine Buchungen?«

»Anfragen. Ich wollte sie gleich noch an dich weiterleiten.« Unangenehmes Schweigen in der Leitung. »Süße, ich hatte dich gewarnt, dass es zu kurzfristig sein könnte.«

»Ja, hast du«, muss Isabell zugeben. »Ich komme mir nur jetzt so dämlich vor. Wie eine Aufschneiderin.«

»Trag's mit Fassung«, rät die Freundin. »Je weniger Leute kommen, desto weniger Arbeit hast du. Aber warten wir's ab. Vielleicht passiert noch ein Wunder.«

»Ach, hier steckst du!« Auf einmal steht Jenny neben Isabell. »Sorry, ich habe nicht gesehen, dass du telefonierst. Aber wir können gleich starten.«

»Die Reitstunde!«, entfährt es Isabell. »Die hatte ich glatt vergessen.«

»Höre ich da etwa Reitstunde?«, dringt es aus dem Smartphone. »Weißt du was? Ich packe hier ein und komme vorbei.«

Isabell hätte nichts dagegen, die Stunde an Saira abzutreten, aber das würde sie ihr gegenüber nicht zugeben. Sie will nicht auch noch als Feigling dastehen.

»Keine Ausreden!«, mahnt Jenny, nachdem das Telefonat beendet ist. Isabell ist offenbar an der Nasenspitze anzusehen, dass sie nach Ausflüchten sucht.

»Caro und ich machen die Pferde fertig, und dann geht's los!«

Isabell nickt tapfer. Übers Ponyreiten als Kind ist sie nie hinausgekommen, und Pferde flößen ihr einen ungeheuren Respekt ein. Aber mit Jenny war abgemacht, dass sie es mit dem Reiten probieren würde, sobald der Platz nach dem Herbstregen wieder nutzbar wäre.

Als Isabell der Schwarzwälder Kaltblutstute Mona gegenübersteht, ihre weichen Nüstern spürt, den warmen Atem, als sie ihr durch die flachsblonde Mähne und über das dunkle Fuchsfell die Schulter hinabfährt, sind alle Bedenken vergessen. Was kann es Schöneres geben, als sich mit einem Tier verbunden zu fühlen?

Mona ist ein wahres Schätzchen und Jenny eine aufmerksame und umsichtige Lehrerin. So vergeht die Stunde wie im Flug.

Schließlich steigt Isabell steifbeinig ab. »Das gibt Muskelkater!« Sie lacht.

Caro und sie führen die Pferde vom Platz, satteln ab. Während Isabell noch viel Hilfestellung braucht, kommt Caro mit der Stute Walli allein zurecht. Jenny nimmt die Sättel in Empfang und trägt sie in die Sattelkammer zurück, wendet sich dann wieder Isabell zu. »Ich freue mich, dass es dir gefallen hat. So ein Pferd unterm Hintern zu haben, ist doch eine ganz besondere Sache, nicht wahr? Du weißt ja: Das höchste Glück der Erde liegt auf dem Rücken der Pferde.«

»Meine vier Buchstaben schreien geradezu vor Glück!«, scherzt Isabell und tätschelt Mona den Hals. »Du bist ein echtes Goldstück, Mädchen.« Sie schaut Jenny an. »Was ist das für eine Sorte?«

»Rasse. Es heißt Rasse. Früher nannte man sie Wälderpferde. Sie wurden speziell für die schwierige Waldarbeit in dieser Region gezüchtet. Sie sind stark und kommen gut mit dem extrem steilen Gelände zurecht. Außerdem haben sie ein wunderbares Temperament. Und sie sind wunderschön, wie du siehst. Mit meinen beiden Stuten will ich auf jeden Fall züchten. Mir liegt unheimlich viel daran, dass diese Rasse erhalten bleibt. Und ich hab Glück: Durch meine Arbeit hier kann ich sie auch unterhalten, was ich mir sonst wohl nicht leisten könnte.«

»Arbeitest du schon lange auf dem Archehof?«, fragt Isabell.

»Kann man so sagen! Ich war schon als Teenager hier und habe Peggy geholfen.«

»Und bist geblieben«, ergänzt Isabell lächelnd.

»Nicht so ganz. Zwischendurch habe ich im Landgestüt Marbach eine Ausbildung als Pferdewirtin gemacht. Meine Eltern wollten, dass ich Jura studiere. Das wollte ich aber nicht. Also bin ich nach der zehnten Klasse abgegangen. Das hat sie schwer getroffen. Aber mal ehrlich: Wozu soll ich Abitur machen und mich durch ein Studium quälen, wenn ich anschließend doch mit Pferden arbeite? Dann mach ich das lieber gleich.«

Sie greift sich einen Lappen und reinigt damit Monas Trense.

»Deine Eltern hatten vielleicht Sorge, dass du es dir irgendwann anders überlegen könntest«, gibt Isabell zu bedenken.

Aber Jenny winkt ab. »Dazu wird's nicht kommen. Wer mich kennt, weiß das. Sie sorgen sich eher ums Geld. Man wird nicht reich, wenn man mit Tieren arbeitet. Aber das macht mir nichts. Ich hab alles, was ich brauche.«

»Das hast du schön gesagt«, findet Isabell und fügt schmunzelnd hinzu: »Wer weiß: Vielleicht heiratest du ja noch irgendwann in einen Gutshof ein. Oder schnappst dir einen Gestütsbesitzer.«

»Dann schon lieber die Tochter von einem Gestütsbesitzer«, widerspricht Jenny und reicht Caro den Mähnenkamm weiter.

»Oder das«, lenkt Isabell ein. »Wohnst du denn noch zu Hause?«

»Bei meinen Eltern?« Jenny wirkt überrascht. »Ich bin doch keine siebzehn mehr! Nein, wie ich sagte. Die Ausbildung habe ich in Marbach gemacht und bin wegen des Archehofs zurückgekommen, nicht wegen meiner Eltern. Ist jetzt fast zehn Jahre her, dass ich ausgezogen bin. Ich hab ein kleines Appartement von der Mutter einer Freundin gemietet. Sie wohnt unten, ich oben.«

»Ich bin auch schon früh ausgezogen«, erzählt Isabell. »Direkt zu Beginn meiner Ausbildung. Genau wie du.«

Und sie ist gleich mit Timo zusammengezogen, der erst ihr zweiter Freund überhaupt gewesen war. Aber das erzählt sie nicht.

»Dann sind wir ja wohl beide Nestflüchter«, stellt Jenny fest. »Oder wir drei.« Ihr Blick wandert zu Caro hinüber, die das Gespräch aufmerksam verfolgt hat. »Ich wollte noch was anderes mit dir besprechen«, wendet Jenny sich wieder an Isabell. »Wie sieht's denn aus mit den Buchungen für unsere wunderbare Weihnachtszeit?«

Isabell unterdrückt ein Seufzen. »Drei Personen. Eine davon ist Holger, der weiß aber noch nicht genau, ob er tatsächlich kommt. Und zwei andere haben angefragt.«

»Hmhm.« Jenny druckst ein wenig herum. »Wir haben also noch Plätze?«

»Ja, sicher. Mehr als genug!« Isabell lächelt, um ihre Enttäuschung zu überspielen.

»Okay. Ich hätte da nämlich noch ein paar Leute an der Hand, die gern kommen würden. Es wären so zehn oder zwölf.«

Isabell reißt vor Überraschung die Augen auf.

»Machst du Witze?«

»Nein, wieso? Reicht das nicht?« Verunsichert greift Jenny nach ihrem Zopf und lässt die Finger daran entlanggleiten.

»Und ob das reicht! Wir wären voll belegt!« Isabell strahlt, auch wenn sie es kaum glauben mag.

»Ähm, Frau Weidle würde auch gern dabei sein«, meldet sich Caro zu Wort.

»Frau Weidle? Aber die wohnt doch hier«, wundert sich Jenny.

»Darf man das nicht, wenn man mitfeiern möchte?«, entgegnet Caro in gekränktem Tonfall. »Ich habe sie gefragt, und sie hat gesagt, sie könnte es sich vorstellen. Viel Gelegenheit bliebe ihr ja nicht mehr. Und da nun ihr Führerschein futsch ist, wäre es für sie vorteilhaft, wenn sie sich einmieten würde. Dann könnte sie nach der Feuerzangenbowle gleich ins Bett fallen, hat sie gesagt.« Caro schaut mit trotzigem Blick von einer zur anderen.

»Feuerzangenbowle«, wiederholt Isabell tonlos. Davon war bisher nirgends die Rede. »Woher kennst du denn alle diese Leute?«, wendet sie sich zweifelnd an Jenny.

»Na, durch meinen Newsletter.«

»Deinen Newsletter?«

»Ab und zu schreibe ich unsere Tierpaten an«, erklärt Jenny. »Wir nennen sie Freunde des Archehofs. Jeder, der eine Führung besucht, kann sich in die Liste für den Newsletter eintragen. Darin erzähle ich kurz, was hier gerade ansteht. Neuzugänge, ob sich Nachwuchs ankündigt, solche Dinge.«

Vielleicht hätte ich Tierpatin werden sollen, denkt Isabell. Dann hätte sie zumindest von der Aktion gewusst.

»Gestern habe ich den letzten Brief rausgeschickt«, fährt Jenny fort. »Darin habe ich das Weihnachtsevent erwähnt und euren Text reinkopiert. Außerdem habe ich einen Link zum Buchungsportal gesetzt. Aber die

Leute haben sich trotzdem alle bei mir gemeldet. Und ich habe ihnen versprochen, dass ich Bescheid gebe, wenn noch was frei ist. So sieht's aus.«

»Jenny, das ist wunderbar!«, jubelt Isabell. »Würdest du den Leuten schreiben, dass es noch wenige Restplätze gibt, sie sich also schnell entscheiden und buchen müssen?«

Jenny verspricht es. »Hoffen wir nur, dass es bald schneit«, setzt sie hinzu. »Ich habe die Tiere schon lange nicht mehr vor einen Schlitten gespannt. Das sollten wir dringend üben.«

30.

»Um ein Haar wäre alles ausgebucht gewesen!«

Saira klingt vorwurfsvoll. »Hätte ich es nicht zufällig bemerkt, müsstet ihr ohne mich auskommen.«

»Wie jetzt?« Isabell kann ihrer Freundin nicht ganz folgen.

»Ich lass mir doch diese abgefahrene Pferdeschlitten-Mondscheinfahrt nicht durch die Lappen gehen!« Saira spricht jetzt sehr laut.

»Du kommst her?«

»Sag mal, höre ich da jetzt etwa drei Fragezeichen hinter dem Du?«

Isabell fühlt sich überrumpelt. »Aber du feierst doch gar kein Weihnachten!« Kaum ist der Satz heraus, bereut sie ihn auch schon.

»Oha! Jetzt gibt's auch noch ein Bashing für Menschen mit Migrationshintergrund obendrauf!«, knurrt Saira in gespielter Empörung. »Vielen Dank, liebe Freundin! Aber sag mal: Wie sieht's denn mit deiner Familie aus? Wie ich das sehe, hockst du bei der auch nicht unterm Tannenbaum.«

»Meine Mutter macht eine Karibikkreuzfahrt«, antwortet Isabell knapp. »Und mein Vater ... keine Ahnung.«

»Du armes verwaistes Kind! Da sind wir schon zwei! Meine Familie feiert Weihnachten auch nicht, das hast du fein beobachtet. Und deswegen will ich bei euch mitmachen. Hatte ich das nicht gesagt? Jedenfalls ging's mit den Buchungen gestern Abend plötzlich ab wie Schmidts Katze. Keine Ahnung, woran das gelegen hat.«

Isabell kann sich das Grinsen nicht verkneifen. Immerhin diese Antwort kennt sie.

»Jedenfalls seid ihr ausgebucht! Herzlichen Glückwunsch! Echt, ich freu mich schon wie Bolle! Es sei denn, du willst mich nicht.« Saira schnieft theatralisch. »Aber ich hab schon angezahlt, nur damit du's weißt. Und ich muss mich beeilen, wenn ich dich da unten noch antreffen möchte. Bist dann ja bald wieder weg.« Sie seufzt auf. »Hach, das wird ein Spaß, mich von dir bedienen zu lassen! Aber ich muss Schluss machen, Schätzchen. Hab einen Anruf auf der anderen Leitung. Wir sehen uns, Süße. Tschau-tschau!« Ehe Isabell sich verabschieden kann, hat Saira das Gespräch weggedrückt.

Sie legt den Kopf in den Nacken, atmet tief durch. Der Plan ist aufgegangen: Die Zimmer sind belegt. Es steht alles. Was will sie mehr? Im Moment gar nicht viel. Ein Weihnachtsfest, wie sie es plant, hat sie sich immer gewünscht. Und nie erlebt. Bei ihrer Mutter war Heiligabend keine große Sache, und ihr Vater lud sie nicht zu sich ein. Umso wichtiger war ihr später, für Timo und sich selbst alles so festlich wie möglich zu gestalten: ein schöner Baum, eine dekorierte Wohnung, gutes Essen. Kerzenschein. Weihnachtslieder. Mit Bedacht und Liebe ausgewählte Geschenke. Handgeschriebene Karten. Vierundzwanzig kunstvoll verpackte Kleinigkeiten für die Adventszeit. Selbstgebackenes. Glühwein nach einem alten Geheimrezept. Trotz alledem hatte es sich immer irgendwie merkwürdig angefühlt, das Fest nur zu zweit zu feiern, und Timo war der Zirkus, den sie seinen Worten nach veranstaltete, von Jahr zu Jahr mehr auf die Nerven gegangen. Warum hat sie so stur daran festgehalten, fragt sie sich. Die Antwort ist leicht zu finden, und doch entdeckt sie sie erst jetzt. Hier, in dieser Umgebung, die sich so sehr vom bisher Gewohnten unterscheidet und die ihr doch mehr und mehr ans Herz wächst. Ihr wird klar, dass sie schon immer ein Heim gesucht hat, einen schützenden Hort. Während ihrer gesamten Kindheit hat sie nichts sehnlicher vermisst. Und noch heute hasst sie nichts mehr als Unfrieden und Streit.

Aber sie will kein gebranntes Kind mehr sein. Sie hat es satt, sich selbst im Weg zu stehen. Sie ist ehrgeizig, sie will etwas erreichen im Leben. Sie will, dass ihre Pläne aufgehen.

»Stell dir vor: Es hat sich sogar eine Frau mit einem Kind in Lunas Alter angemeldet«, verkündet sie Holger wenig später stolz.

Die Unstimmigkeiten zwischen ihnen beiden haben sie auf sich beruhen lassen, der Ärger ist verraucht.

»Jetzt hat deine Tochter sogar Gesellschaft«, freut sie sich.

Doch Holger zieht eine Grimasse.

»Stimmt etwas nicht?«, fragt sie vorsichtig.

Sein Gesicht wird noch länger. »Luna kommt nicht«, antwortet er schließlich.

»Aber du hast dich doch mit deiner Frau geeinigt.« Auch Isabell ist enttäuscht.

»Meine Ex-Frau«, korrigiert Holger und fügt schmallippig hinzu: »Sie hat sich etwas anderes einfallen lassen. Ist ja nichts Neues für mich.«

»Aber es war doch abgemacht!«

»Sag das meiner Ex!« Er lacht grimmig auf.

»Vielleicht überlegt sie es sich ja wieder anders«, versucht Isabell zu trösten. »Sag ihr doch, es käme noch ein weiteres Kind in Lunas Alter. Diese Frau hat sogar angefragt, ob es ein Freizeitprogramm für Kinder gibt.«

»Ein Freizeitprogramm für Kinder? Auf einem Bauernhof?«, wiederholt Holger abfällig. »Vielleicht Tennis? Oder Polo? Wie ich solche Frauen hasse!«

Isabell erschrickt über seine ungewohnt heftige Reaktion.

»Wie heißt diese Frau?«, erkundigt er sich argwöhnisch. »Nicht, dass es eine dieser fürchterlichen Freundinnen meiner Ex ist.«

»Hammerschlag, glaube ich. Aber das darf ich dir eigentlich gar nicht verraten.« Isabell stellt ihre Tasse ab. »Nein, der Name war Hammerscheid«, korrigiert sie sich und reibt sich den Oberschenkel. Sie hat noch

immer Muskelkater vom Reiten. »Und das Kind …
keine Ahnung, wie es heißt. Sie hat nur das Alter an-
gegeben. Aber ich …«

Isabell unterbricht sich mitten im Satz. Holger ist
kreidebleich geworden. »Was ist los? Ist dir nicht gut?«

Er schiebt seine Brille hoch, legt die Hände vors Gesicht, massiert sich die Brauen. Schließlich schaut er auf.
Sein Blick wirkt seltsam nackt ohne die Brille. Nackt
und verzweifelt. »Dorit Hammerscheid ist keine Freundin meiner Ex«, sagt er leise. »Sie *ist* meine Ex-Frau.«

31.

Caro

»Peggy denkt, ich war's.« Caro nimmt einen letzten Zug von ihrer Zigarette und drückt sie in dem winzigen Taschenaschenbecher aus, den sie sich in Mühlach gekauft hat.

»Was warst du?«, hakt Andi nach und schiebt die Hände in die Taschen seiner Jeans.

»Sie glaubt, ich hätte die Tiere rausgelassen. Erst die Schafe, dann die Ziegen, dann Ben.«

»Ich sag doch, die Haller spinnt!« Er schüttelt den Kopf. »Du reißt dir den Arsch auf da oben, verdienst kein Geld und wirst auch noch verdächtigt.«

Caro stopft den Aschenbecher in die Jackentasche zurück, wickelt ihren Schal enger, sagt leise: »Irgendwie kann ich sie sogar verstehen.«

»Sie schiebt dir die Schuld in die Schuhe, und du kannst sie verstehen? Da werd mal einer schlau aus den Weibern!«

»Ich ecke überall an, egal, wo ich bin. Ich bin immer schuld, wenn's Ärger gibt.«

»Und … bist du's?« Andi hat einen herausfordernden Ton angeschlagen.

»Manchmal wahrscheinlich schon«, gesteht sie. »Aber mit dieser Sache habe ich nichts zu tun. Ich will nicht, dass den Tieren was passiert!« Sie lässt den Kopf hängen, schaut zu Boden. »Das ist eigentlich das Schlimmste für mich: Dass Peggy mir zutraut, so rücksichtslos den Tieren gegenüber zu sein!«

»Hast du's ihr gesagt? Dass du's nicht warst, meine ich.«

»Ja! Aber sie glaubt mir nicht. Wer einmal lügt …, hat Jenny gesagt. Sie war nicht die Erste. Mit dem Spruch bin ich quasi aufgewachsen.« Es fällt Caro jetzt schwer, Andi anzusehen. »Der Mist ist, er ist auch noch wahr. Ich habe Peggy belogen, als ich gesagt hab, ich hätte im Stall nicht geraucht. Aber sie hat's trotzdem rausgekriegt.«

»Hier geht es um eine ganz andere Sache«, widerspricht Andi ungehalten. »Sie muss dir jetzt einfach glauben!«

Caro stößt ein frustriertes Schnauben aus. »Heuschober anzünden, Tiere auf die Straße jagen … da ist nicht viel dazwischen. Es gibt eigentlich nur eine Möglichkeit für mich, die Sache zu klären.«

»Und die wäre?«

»Ich muss herausfinden, wer's war.«

»Aber sicher. Ist ja ein Kinderspiel«, bemerkt er ironisch.

»Ich meine es ernst. Und ich brauche deine Hilfe.«

»Meine Hilfe?« Er tippt sich gegen seine Brust. »Ich bin weder Detektiv noch Bulle.«

»Aber du und die Jungs, ihr seid mobil. Ich bin's

nicht. Außerdem kennt ihr euch in der Gegend besser aus. Ihr könntet Erkundigungen einholen.«

»Erkundigungen?« Andi lacht.

»Hier, ich habe mal was aufgeschrieben.« Caro zieht einen Zettel aus ihrer Jeans und reicht ihn ihm. »Die Sache mit den Schafen war an einem Donnerstag. Das weiß ich noch, weil mich Frau Strohmeyer angerufen hat. Das macht sie jeden Donnerstag.«

»Wer ist Frau Strohmeyer?«

»Tut nichts zur Sache. Jedenfalls waren Jenny und ich irgendwo in den Ställen beschäftigt, also hinten im Hof. Die Schafe weiden vorn an der Straße. Wir konnten also gar nichts mitbekommen. Peggy war auch nicht da. Gegen sieben kam dann der Anruf von Willi Brandes, einem Nachbarn. Das mit den Ziegen war ein paar Wochen später. Auch ein Donnerstag. Der Anruf kam gegen acht Uhr. Die Tiere waren aber wohl schon eine ganze Weile draußen. Dann die Sache mit Ben. Leider kein Donnerstag, sondern ein Samstag. Peggy hat Ben und Clarissa gegen sechzehn Uhr auf der Straße entdeckt. Es dämmerte bereits.«

»Und das steht alles auf deinem Zettel?« Andi wirft einen ungläubigen Blick auf das Papier in seinen Händen.

Caro nickt bestätigend. »Wenn du mir helfen willst, brauchst du die Informationen vielleicht.«

»Okay. Aber nur, wenn du mir eine Frage beantwortest.« Er grinst, doch in seinem Blick liegt eine Spur Unsicherheit.

»Schieß los!«

»Warum hast du mich angesprochen, damals, am Busbahnhof?«

»Keine Ahnung.« Sie zuckt die Achseln. »Du warst der erstbeste Typ in meinem Alter, den ich getroffen habe.«

»Na, na! Das kaufe ich dir nicht ab!« Er wackelt mit dem Zeigefinger. »Normalerweise stürzen sich alle Mädchen auf Enzo, wenn sie die Wahl haben. Nur du bist zu mir gekommen.«

»Vielleicht habe ich nicht so genau hingeguckt«, behauptet sie, obwohl das nicht stimmt und er ganz sicher etwas anderes hören will. *So kommst du nicht weiter.* Das hat Frau Strohmeyer mal gesagt. Man muss den Leuten die Hand reichen, wenn man sie für sich gewinnen will. Erst recht, wenn man ihre Unterstützung braucht. »Vielleicht hast du mir besser gefallen?«, korrigiert sie sich, und der Anflug eines Lächelns huscht über ihr Gesicht. »Reicht das jetzt?« Sie verdreht die Augen.

Er sagt nichts, doch seine Miene zeigt deutlich, dass da noch mehr kommen muss.

»Also gut, weil du ein cooler Typ bist.«

»... Nur cool?«

»Der Coolste von allen.«

»Besser so.« Wieder grinst er. »Ich werde sehen, was ich tun kann.«

32.

Phil

Isabell plant gerade die Festtagsmenüs, als Phil ins Büro tritt.

»Eben habe ich mit Georgs Schwester telefoniert«, erzählt sie ihm. »Wir haben uns darauf geeinigt, dass das Abendessen einen vegetarischen Schwerpunkt bekommt. Diverse Vorspeisen, zwei Hauptgerichte zur Auswahl. Zusätzlich gibt es Wildschweinbraten. Um den kümmert sich Georg. Vorsuppe und Nachtisch sind dann für alle gleich. Am ersten Weihnachtstag planen wir ein kaltes Büffet mit Vorsuppe und Backäpfeln zum Nachtisch. Mehr können wir nicht stemmen. Das gemeinsame Essen in Häberles Scheune am zweiten Feiertag steht. Richard Häberle schlägt vor, dass wir —« Sie unterbricht sich.

Ein Polizeiwagen rollt gerade draußen auf den Hof. Bevor der Fahrer den Motor abstellt, lässt er für wenige Sekunden das Blaulicht kreisen. »Was ist denn jetzt los?«

»Da kommt die Polizei«, antwortet Phil überflüssigerweise. »Und hinten drin sitzt Frau Weidle. Mein Gott!«

Isabell tritt zu ihm ans Fenster, späht hinaus. »Tatsächlich. Sie werden sie doch wohl nicht verhaftet haben?«

Fast muss sie lachen, doch zugleich erschreckt sie der Gedanke. Was, wenn Ruth Weidle einen Unfall zu verantworten hat? Jemanden überfahren, womöglich? Zuzutrauen wär's ihr.

Der Beamte am Steuer ist inzwischen ausgestiegen, tritt um den Wagen herum und öffnet die hintere Beifahrertür, um Ruth Weidle beim Aussteigen behilflich zu sein.

»Handschellen trägt sie zumindest keine«, bemerkt Phil trocken und öffnet das Fenster. »Alles in Ordnung, Rafi?«

»Alles bestens!«, ruft der Beamte ihm zu. »Einen schönen Baum habt ihr da jetzt vorm Haus.«

»Ja, wir haben ihn gestern aufstellen lassen. Georg Abele hat Erfahrung damit. Er stellt auch immer den Baum vorm Rathaus auf.«

»Donnerwetter!« Der Polizist nickt anerkennend. »Da habt ihr euch nicht lumpen lassen.«

»Wir wollten es mal weihnachtlicher haben«, antwortet Phil gelassen.

»Ist euch geglückt! Das Ding sieht man bis nach Mühlach runter.« Der Beamte wendet sich wieder Ruth Weidle zu und reicht ihr den Gehstock.

»Vielen Dank, junger Mann«, hören Isabell und Phil sie sagen. »In einer Stunde können Sie mich wieder abholen. Aber verspäten Sie sich nicht! Ich bekomme schnell kalte Füße.« Und ohne sich noch einmal umzusehen, tippelt sie in Richtung Eselstall davon.

Der Polizist namens Rafi grinst. »Mit klaren Ansagen

beugt man Missverständnissen vor«, sagt er an Phil gewandt und tritt näher ans Fenster.

Phil lacht. »Nett von euch Jungs, dass ihr Frau Weidle vorbeibringt.«

Rafi zuckt die Achseln. »Sie hat uns erklärt, ein alter Esel würde depressiv, wenn sie ihn nicht mehr besuchen käme. Das konnten wir natürlich nicht zulassen.« Er legt eine kurze Kunstpause ein, schaut Phil dabei an. »Zumal wir zuerst an dich gedacht haben«, platzt er heraus und hat sichtliches Vergnügen an dem eigenen Witz. »Spaß beiseite … wir haben uns im Revier zusammengetan und abgemacht, dass wir sie mitnehmen, wenn's passt. Und gerade hat's gepasst. In einer Stunde habe ich Feierabend, dann hole ich sie wieder ab. Nächste Woche bringt sie ein anderer Kollege. Der wohnt oben in Filzach, euer Hof liegt also quasi auf dem Weg.«

»Haben wir nicht tolle Jungs und Mädels bei der Polizei?« Phil schaut Isabell an. »Erst nehmen sie uns den Führerschein ab, dann kutschieren sie uns durch die Gegend.«

»Na, na! Da mach dir mal keine falschen Hoffnungen«, mahnt Rafi. »Das machen wir nicht bei jedem.«

»Okay«, antwortet Phil gedehnt. »Dann muss es wohl an Ruth Weidles umwerfendem Charme liegen.« Rafi grinst und will gerade etwas erwidern, als die Unterhaltung von einem kräftigen Eselschrei unterbrochen wird. Ein zweiter folgt auf dem Fuße.

»Das Begrüßungszeremoniell«, erklärt Phil.

»Alles klar. Dann bis in einer Stunde.« Rafi tippt sich an die Mütze und steigt wieder in seinen Wagen. Gemächlich rollt das Fahrzeug vom Hof und lässt zum Abschied noch einmal das Blaulicht kreisen.

Phil und Isabell geben ihren Fensterplatz auf und machen sich wieder an ihre Arbeit.

»Alles in Ordnung mit dir?«, erkundigt sich Isabell nach einer Weile und sieht Phil forschend ins Gesicht.

»Alles bestens«, sagt er knapp.

»Ich weiß nicht.« Sie schaut ihn zweifelnd an. »Du wirkst erschöpft.«

»Danke der Nachfrage, aber es ist alles okay. Habe nur schlecht geschlafen.« Er lächelt entschuldigend. »Wenn wir gleich durch sind, lege ich mich eine Stunde aufs Ohr.«

»Unbedingt«, erwidert Isabell und schaut auf die Uhr. Gleich halb vier. Teepause. Ob sie Holger treffen wird? Seitdem er erfahren musste, dass seine Ex-Frau sich über die Weihnachtstage im Archehof einzuquartieren gedenkt, hat sie kaum mehr ein Wort mit ihm gewechselt. Bis morgen ist er noch da, wie sie weiß. Dann wird er erst mal nach Freiburg zurückkehren. Ein klärendes Gespräch wäre vor Weihnachten nicht mehr möglich.

Kurzerhand beschließt sie, selbst aktiv zu werden, und klopft bei ihm an.

»Lust auf Tee? Ich gebe einen aus.«

Und sie hat Erfolg: Holger lässt sich nicht lange bitten.

»Es war Lunas Wunsch«, kommt er ohne Umschweife zur Sache, nachdem Isabell ihnen eingeschenkt hat. »Sie wollte, dass wir Weihnachten gemeinsam verbringen. Dorit, meine Ex-Frau, hat von der Weihnachtsaktion erfahren, weil sie Patentante von einem der Hühner ist.«

»Jennys Newsletter«, murmelt Isabell.

»Jenny?« Holger stutzt. »Hat sie sich etwa in unser Privatleben …«

»Nein, nein!«, beschwichtigt Isabel. »Sie hat mit der Sache nichts zu tun. Sie schreibt nur ab und zu einen Newsletter an die Tierpaten.«

Holgers Gesichtsausdruck entspannt sich etwas. »Dorit hat die Weihnachtsgeschichte hier für eine gute Idee gehalten. Zumal wir ja unter Leuten wären, wie sie sagte. Das verringert wohl die Gefahr, dass wir uns an die Gurgel gehen.« Er stößt ein bitteres Lachen aus.

Isabell schaut ihn nachdenklich an. »Vielleicht ist die Idee ja wirklich nicht schlecht«, gibt sie vorsichtig zu bedenken. »Vielleicht solltest du deiner Tochter den Gefallen tun.«

»Nur über meine Leiche!« Holger schüttelt vehement den Kopf. Sie kann ihm seine heftige Reaktion nicht verdenken, weil es sie selbst unweigerlich an ihr Erlebnis in dem Kieler Hotel erinnert. Unerwünschte Begegnungen können sehr schmerzhaft sein. Bisweilen sogar vernichtend.

»Ich werd's mir überlegen«, lenkt Holger plötzlich ein und setzt seine Brille ab. »Ihr Frauen habt einen ganz schön am Haken.« Er zückt ein Putztuch und poliert die Gläser. »Dass jetzt die halbe Welt über meine Ehestreitigkeiten im Bilde ist, behagt mir nicht gerade.«

»Ich bin nicht die halbe Welt, und ich kann den Mund halten«, widerspricht Isabell sanft. »Außerdem haben wir uns doch alle schon blaue Flecken in Sachen Liebe geholt. Ich bin die Letzte, die mit dem Finger auf andere zeigt.«

Holger setzt seine Brille wieder auf, mustert sie mit einem eigenartigen Ausdruck. »Also gut.« Er atmet tief durch. »Wo du jetzt schon über unsere Familiendramen informiert bist, will ich dir auch gleich noch eins verraten.«

»Holger, du musst nicht …«

»Nein, hör mir zu! Ich will etwas klarstellen, und es ist mir wichtig: Ich bin kein Dichter. Nie einer gewesen. Gut, hier und da habe ich mal was zusammengereimt, aber nie etwas veröffentlicht. Es gibt keine Bücher von mir.«

»Aber … die Texte!« Isabell begreift nicht recht, was er da sagt. »Ich habe doch gesehen, wie du an deinem Laptop sitzt und schreibst!«

»Ich schreibe für *Die Manufaktur*«, erwidert er trocken.

»Ist das eine Literaturzeitschrift?«, erkundigt sie sich. Sie hat zwar noch nie eine derartige Zeitschrift gelesen, aber der Titel klingt danach.

»Nein«, raubt ihr Holger die Illusion. »Es ist ein Katalog für überteuerten Schnickschnack. Deshalb bekomme ich die ganzen Pakete. Sie enthalten die Dinge, die ich bewerben muss. ›Dichtungsmaterial für den Dichter‹, so sagt Peggy immer. Den Spruch hast du sicher schon mal von ihr gehört. Sie denkt, es seien alles Bücher. Und ich sei ein belesener Mensch.« Er lacht leise auf. »Anfangs wollte ich sie bekehren, aber du weißt, wie schwer Peggy von etwas abzubringen ist. Und so hat sich das Gerücht irgendwie festgesetzt.« Er hebt ein wenig die Hände, legt eine kurze Pause ein. »Jetzt kennst du es also, mein schmutziges kleines Geheimnis.« Sein Lächeln wirkt traurig.

Tatsächlich ist sie überrascht, vielleicht auch ein bisschen enttäuscht. Ein Dichter wäre schön gewesen. Aber viel schlimmer findet sie, dass er selbst am meisten darunter zu leiden scheint.

»Was ist mit deinem Namen?«, erkundigt sie sich. »Nennt Peggy dich Ludwig, weil sie dich für einen Schriftsteller hält … nach *dem* Ludwig Uhland?« Sie erwähnt nicht, dass sie den Namen gegoogelt hat. Und tatsächlich, die schmale, vorspringende Nase, das leicht gewellte Haar, die hohe Stirn: eine entfernte Ähnlichkeit zu dem berühmten Dichter besteht durchaus.

»Ich bin nicht in direkter Linie mit Ludwig Uhland verwandt«, erklärt Holger jetzt, als hätte er ihre Gedanken gelesen. »Mit dem berühmten Dichter, meine ich. Mein Vater hat das zwar immer behauptet, aber beweisen konnte er's nie. Trotzdem hat er mir diesen Namen gegeben. Leider. Er hieß ja selbst auch schon so. Ich kann von Glück sagen, dass meine Mutter noch ein Holger drangehängt hat. Aber als Kind wurde ich Ludwig gerufen. Unglücklicherweise habe ich dann auch noch einen Hang zu gestriegelten Worten entwickelt.

Was aber wohl eher daran lag, dass ich nicht rechnen kann. Um es noch mal deutlich zu sagen: Ich bin ein ganz gewöhnlicher Werbetexter.«

»Du hast einen wunderbaren Text über den Archehof geschrieben«, lobt Isabell und sieht ihm in die Augen. »Niemand hätte das besser hinbekommen als du. Und schau dir an, was du bewirkt hast: Die Hütte ist voll!«

Sie lächelt ihm aufmunternd zu, doch Holger erwidert nichts darauf. Er scheint mit sich zu ringen.

»Danke für deine Ehrlichkeit«, sagt sie schließlich und legt für einen Moment ihre Hand auf seine. »Und du solltest tatsächlich anfangen zu schreiben. Bei deinem Talent!«

Holgers Reaktion lässt auf sich warten, dann huscht ein Lächeln über sein Gesicht.

Er wird mir fehlen, denkt sie unvermittelt. Er wird mir verdammt noch mal fehlen. Nicht nur er, sondern die ganze verrückte Bande.

Wie fremd ihr das Leben auf dem Archehof doch anfangs erschienen ist – und wie selbstverständlich es sich jetzt anfühlt!

33.

Caro

Caro rüstet sich zum Aufbruch: Winterjacke, Handschuhe, das volle Programm. Sie hat keine Lust zu frieren. Wo ist ihr Schal? Sie kann ihn nicht finden.

»Fred? Liegst du etwa drauf?« Energisch scheucht sie den Kater auf und wird prompt fündig. Der Schal riecht nach Katze, Stall und nach dem Parfüm, das sie im Drogeriemarkt geklaut hat – eine ihr inzwischen wohlvertraute Duftmischung, der sie durchaus etwas abgewinnen kann.

Sie verlässt das Haus, zieht leise die Tür hinter sich zu und eilt mit hochgezogenen Schultern über den Hof, dann weiter die Straße hinunter. Der Wind treibt einen fiesen Graupelregen vor sich her, der ihr kalt ins Gesicht peitscht. Halb sechs erst, und doch herrscht bereits stockfinstere Nacht. Mit der Taschenlampe ihres Smartphones leuchtet sie den Weg vor sich aus, erreicht schließlich die Weide der Jungrinder. Am Zaungatter bleibt sie stehen, macht das Licht aus. Eine heftige Böe trifft sie im Rücken und zerrt an ihren Haaren. Die Kapuze will nicht halten. »Du solltest eine Mütze tragen«, hat Peggy ihr neulich geraten und ihr ein schlammgrünes Ding mit Bommel andrehen wollen. Nein danke, dann lieber kalte Ohren, hat sie gedacht. Jetzt denkt sie anders. Sie schüttelt sich die vereisten Tropfen aus dem Haar, entschließt sich, noch ein Stück weiter bis zu der Kurve zu gehen, von der aus sie den weiteren Verlauf der Straße bis zum Tal hinunter überblicken kann.

Plötzlich Motorengeräusche. Sie nähern sich schnell. Zu schnell. Der Wind muss sie übertönt haben. Schon flammen Scheinwerfer auf. Keine Möglichkeit mehr, sich irgendwo zu verbergen, nur der kaum knietiefe Graben am Straßenrand. Caro springt hinein, geht in die Hocke und kann nur hoffen, nicht entdeckt zu werden.

Der Wagen rollt an ihr vorbei, kommt wenige Meter weiter zum Stehen. Ihr Herz klopft wie wild. Hat die Person im Auto sie bemerkt? Das Motorengeräusch erstirbt, die Scheinwerfer gehen aus. Die Fahrertür wird geöffnet, wieder zugeschlagen. Doch niemand nähert sich. Stattdessen schwingt der Kofferraum des Wagens auf. Wer auch immer da unterwegs ist, hat konkrete Pläne und ist gerüstet. Der Kofferraumdeckel klappt zu, ein Lichtstrahl schneidet durch die Dunkelheit, weg von ihr, hin zum Zaungatter.

Caro wagt wieder zu atmen. Sie richtet sich ein wenig auf, versucht die Person zu erkennen, die gerade das Viehgatter weit aufschwingen lässt. Dann stapft sie über die Weide in Richtung Offenstall. Peggy ist es nicht, überhaupt niemand vom Archehof. Der Statur nach hat sie einen Mann vor sich, aber es ist weder Georg noch

Phil oder Theo. Von den Rindern ist nichts zu sehen – man hört sie nicht einmal.

Caro springt aus dem Graben, schleicht in geduckter Haltung zu dem Wagen, verbirgt sich dahinter, zückt ihr Handy. Sie fotografiert das Nummernschild ohne Blitz. Hofft, dass man es trotzdem wird entziffern können. Denkt daran zu fliehen. Nein, die Autonummer ist ihr zu wenig. Was, wenn das Fahrzeug nur geliehen oder gar gestohlen wurde? Sie wirft einen Blick durchs Seitenfenster. Sieht, dass der Zündschlüssel steckt. Schnell öffnet sie die Tür, gerade so weit, dass sie hineingreifen kann, zieht den Schlüssel ab. Trotz ihres wild klopfenden Herzens kann sie sich ein Grinsen nicht verkneifen.

Aus dem Offenstall dringt jetzt vielfaches Rumpeln und Rumoren: Die Färsen sind wach. Plötzlich Peitschenknallen, dazu verhaltene, aber zornig klingende Rufe. Schon drängen sich die Rinder aus dem Stall, legen an Tempo zu, galoppieren schließlich los, genau in Richtung des geöffneten Gatters. Caro rennt, so schnell sie kann, schwenkt wild die Arme. Die Färsen stoppen aus vollem Lauf, drehen ab. Schnell schließt sie das Gatter, schiebt den Riegel vor. Geschafft!

»Hey!« Der Unbekannte stürzt auf sie zu, holt wutentbrannt mit der Peitsche aus. Sie verharrt eine Sekunde lang, macht ein weiteres Foto. Und dann rennt sie. Rennt, rennt, rennt, zurück zum Archehof. Hinter ihr schnelle Schritte, ein Keuchen und Fluchen. Sie kann nur hoffen, dass ihr Verfolger nicht in besserer Kondition ist als sie selbst.

Nur noch eine Kurve, dann strahlt ihr der Weihnachtsbaum entgegen, den Isabell hat aufstellen lassen. Dahinter das Haus mit den erleuchteten Fenstern. Der warme Glanz der Lichterbögen.

Sie stürzt darauf zu, nimmt die drei Stufen auf einmal, pocht wild gegen die Tür.

Sekunden später geht ein Schlüssel im Schloss und sie blickt in Phils erschrockenes Gesicht. Dieser freundliche, alte Mann: Sie könnte ihn küssen.

»Caro! Was ist passiert?«

Wortlos drängt sie sich an ihm vorbei, bleibt mitten im Raum stehen, ringt auf ihre Oberschenkel gestützt nach Luft. »Bitte, ruf die Polizei!«

»Das ist Willi Brandes auf dem Foto«, erklärt Peggy grimmig. »Der Wagen, der vor meiner Rinderweide steht, ist auf ihn zugelassen, wie Sie ja schon selbst herausgefunden haben.« Sie wirft den beiden Polizisten einen ungeduldigen Blick zu. Einer von ihnen ist Rafi.

»Die Sache ist glasklar«, fährt sie fort. »Er war im Begriff, meine Rinder auf die Straße zu treiben, wie er vorher die Schafe, Ziegen und Esel auf die Straße gejagt hat. Und vermutlich auch schon die Gänse im letzten Sommer.«

»Weshalb sollte er das getan haben?«, erkundigt sich der ältere der beiden Polizisten, ein untersetzter Mittfünfziger namens Brüderle.

»Na, das fragen Sie doch ihn! Rache, vermutlich. Er wollte mir Land abkaufen. Habe ich abgelehnt. Alternativ hat er vorgeschlagen, gemeinsame Sache zu machen. Habe ich abgelehnt. Dann wollte er mich zum Essen ausführen.«

»Was Sie vermutlich auch abgelehnt haben.«

»Donnerwetter! Sind Sie Hellseher?«, fragt Peggy ungehalten. »Schluss mit dem Zirkus! Wenn Sie ihn jetzt bitte verhaften würden. Den Brandes, meine ich. Er hat meine Tiere in Gefahr gebracht, und das nicht zum ersten Mal.«

»So leicht geht das nicht«, schaltet sich Rafi ein. »Wir können deinen Ärger natürlich verstehen, aber ohne Haftbefehl läuft gar nichts. Und dafür brauchen wir Informationen. Je mehr, desto besser.«

»Immer dasselbe Spiel!«, braust Peggy auf. »Erst macht ihr euch wichtig, dann lasst ihr die Kerle laufen. Und dann muss sich unsereins unter falschem Namen ins Ausland absetzen, um ihrer Rache zu entgehen.«

»Ich denke, das wird in diesem Fall nicht nötig sein, Peggy«, erwidert Rafi trocken und wendet sich Caro zu. »Die Sache mit dem Wagenschlüssel war eine clevere Idee … und sehr mutig. Was ich mich aber frage, ist, warum Sie gerade zu der Zeit dort waren, als es passierte.«

Caro antwortet nicht sofort, sucht nach Worten. »Ich habe mir gedacht, dass er kommen würde«, setzt sie zu einer Erklärung an. »Es war …« Sie bricht ab, beginnt von vorn. »Wir hatten ihn schon länger in Verdacht. Nicht diesen Brandes direkt, aber eine Person, auf die gewisse Dinge zutreffen würden. Wie Peggy schon sagte, hat jemand in letzter Zeit die Tiere herausgelassen. Und heute wollte er die Rinder auf die Straße jagen.«

»Das haben Sie kommen sehen?«

»Ja. Ich hatte mir Notizen gemacht. So wusste ich, dass es immer am gleichen Wochentag passierte und auch ungefähr zur gleichen Uhrzeit. Ob es hell war oder dunkel, spielte dabei keine Rolle. Darüber habe ich mit einem Freund gesprochen, und der fand heraus, dass die Zeiten zum Schichtplan des Holzwerks passen. Er hat sich dann ein bisschen umgehört, und wir haben drei Leute ausfindig gemacht, die infrage kamen. Dass Brandes und Peggy sich kennen, wusste ich, weil ich das mit der Essenseinladung zufällig mitbekommen habe. So kam eins zum anderen. Und ich habe auch eine Erklärung dafür gefunden, warum der Vorfall mit den Eseln nicht ins Raster passte. Peggy war an diesem Tag zusammen mit Georg Abele im Holzwerk. Vermutlich hat Brandes sie da gesehen. Georg ist auch ein Nachbar. Er war öfter hier und hat auch mal …« Sie stockt und schielt zu Peggy hinüber, die seltsamerweise rot angelaufen ist. »Vermutlich hat er sich geärgert, der Brandes, und aus Wut die Esel rausgelassen. Außer der Reihe, sozusagen.«

»Clever kombiniert, wirklich«, lobt der ältere Beamte. »Aber es erklärt immer noch nicht, warum Sie wussten, dass heute die Rinder dran sein würden. Es gibt hier doch eine Menge Tiere.«

»Das wusste ich auch nicht«, antwortet Caro. »Es war nur eine Vermutung. Da um diese Zeit die meisten

Tiere im Stall stehen, hätte es möglich sein können, dass nichts mehr passiert. Wenn aber, dann bei den Rindern. Eben weil sie das ganze Jahr über draußen sind. Außerdem befindet sich die Weide nicht in unmittelbarer Hofnähe.«

»Gut. Sehr gut«, lobt Rafi. »Sie würden eine ausgezeichnete Ermittlerin abgeben.«

Nun ist es Caro, deren Gesicht knallrot wird. »Aber jetzt schalten Sie erst einmal runter. Alles Weitere ist unsere Sache.« Rafi sieht seinen Kollegen an. »Ich denke, wir fahren jetzt rauf zum Wendlerhof und schauen nach, ob Herr Brandes inzwischen zu Fuß nach Hause zurückgefunden hat.«

»Tut mir leid, dass ich dich verdächtigt habe«, entschuldigt sich Peggy bei Caro, nachdem die Polizisten gegangen sind. »Ich wollt's nur mal gesagt haben.«

»Schon gut.« Caro winkt ab.

»Nein, ist es nicht.« Peggy schüttelt energisch den Kopf. »Es war nicht korrekt von mir.«

»Du hast Verantwortung für die Tiere. Du musst alle Möglichkeiten in Betracht ziehen«, entgegnet Caro und zögert einen Moment. »Es ist nur … dass du mir so etwas zugetraut hast.« Sie beißt sich auf die Lippen, schaut zu Boden. »Ich würde den Tieren nie schaden. Ich weiß doch, wie gefährlich es ist, sie einfach laufen zu lassen. Aber ich bin wohl nicht sehr vertrauenswürdig.«

Peggy schweigt eine Weile, fährt sich durch die Locken, stemmt ihre Hände ins Kreuz, lässt sie dann wieder sinken. »Ich wünsche mir, dass wir von jetzt an vertrauensvoller miteinander umgehen«, sagt sie dann und ihre Stimme klingt ungewöhnlich sanft. »Meinst du, wir kriegen das hin?«

»Ich weiß nicht«, murmelt Caro.

»Ich weiß nicht ist mir zu wenig. Wir müssen uns beide Mühe geben. Ich für meinen Teil werde es jedenfalls versuchen. Versprochen.« Sie blickt Caro offen an. »Wie sieht's nun bei dir aus?«

»Versprochen«, wiederholt Caro mit belegter Stimme, und Peggy klopft ihr lächelnd auf die Schulter.

34.

Isabell

Lustig, lustig, tralalalala, bald ist Heiligabend da …
Und heute ist es so weit.

Isabell ist spät eingeschlafen und zu frühester Morgenstunde wieder auf den Beinen. Es gibt so viel zu tun! Ein Teil der Gäste ist gestern bereits eingetroffen – ein nettes älteres Ehepaar namens Schmitt, das sich als »Paten von den Bergschafen Heloise und Phoebe« vorgestellt hat. Eine Mutter mit ihrer dreizehnjährigen Tochter, Ronja. Ronja ist direkt nach ihrer Ankunft im Stall verschwunden und seither so gut wie nicht mehr von Jennys Seite gewichen. Außerdem haben sich zwei Freundinnen angemeldet, Elke und Petra. Beide in den Fünfzigern. Und dann ist da noch Holger. Die Liebe zu seiner Tochter hat gesiegt – und vielleicht hat auch ein klein bisschen das Gespräch, das Isabell mit ihm geführt hat, zu der Entscheidung beigetragen.

Lunas Mutter hat sich mit ihrer Tochter für die Mittagszeit angekündigt, wie auch der Großteil der anderen Gäste. Ein Paar um die vierzig, Armin und André mit ihrem greisen Golden Retriever. Eine Frau in den Dreißigern, die sich als Astrid vorstellt und schon mehrfach auf dem Archehof zu Gast war. Sie sei verliebt in den Schwarzwald und die Tiere, erklärt sie lachend. Besonders in ihr Patenkind Carla, eine Vorderwälder Kuh. Die Tiere scheinen wie immer das Wichtigste zu sein.

Als Letzte trifft Saira ein. »Hallo, Schätzchen!« Sie umarmt Isabell und küsst sie auf den Mund. »Ein echtes Träumchen, dieses Haus! Und erst die Gegend!«

»Ich freu mich so, dass du gekommen bist, Saira!« Isabell will der Freundin die Tasche abnehmen, doch Saira hält sie eisern fest.

»Das schaffe ich noch selbst, Süße.«

»Wie du möchtest. Komm, ich zeige dir dein Zimmer.«

Sie nehmen die Treppe in den ersten Stock. Vor Zimmer eins bleibt Isabell stehen. »Da sind wir schon. Doch sei gewarnt! Es entspricht nicht dem, was du gewohnt bist.«

»Was ich gewohnt bin?« Saira runzelt die Stirn. »Aber wo du es ansprichst: Wo bleibt eigentlich meine Kammerzofe? Sie muss sich mal wieder mit meinen zwanzig Koffern in der Kutsche verkeilt haben, das ungeschickte Ding.« Saira grinst breit und lässt dabei ihre Zungenspitze blitzen.

»Soll ich nachschauen, ob ich helfen kann?«, geht Isabell auf den Scherz ein. »Aber Spaß beiseite: Ich weiß doch, in welche Nobelschuppen du sonst für deine Empfehlungen eingeladen wirst.«

»Hattest du mich eingeladen?«, tut die Freundin überrascht. »Das ist mir doch glatt entgangen.«

»Bitte sehr: Dein Reich!« Isabell öffnet die Tür. Saira tritt ein, lässt ihre Reisetasche fallen, schaut sich kurz um. »Was hast du denn? Ist doch super hier! Die uralten Skier da an der Wand, echt putzig. Dann diese Bettwäsche: wie bei Schneewittchen und den sieben Zwergen. In so was wollte ich schon immer mal schlafen.«

»Du wirst dich wie Schneewittchen darin fühlen«, verspricht Isabell und zwinkert ihr zu.

»Was ist mit den Zwergen? Stecken die hier irgendwo?« Saira schlägt einen Zipfel des Plumeaus hoch, späht darunter. »Hier schon mal nicht. Schade. Dabei könnte ich so ein paar Wichtel gut gebrauchen.« Urplötzlich lässt sie sich aufs Bett plumpsen, trommelt mit den Fäusten auf die Bettdecke und gibt dazu unartikulierte Laute des Entzückens von sich. »Urlaub! Weinachten! Ich kann's kaum fassen!« Schließlich setzt sie sich wieder auf und schaut Isabell forschend ins Gesicht. »Du siehst angespannt aus. Hast du Stress?«

»Ob ich Stress habe?« Isabell lacht laut auf. »Stress ist gar kein Ausdruck!«

»Hey, es ist Weihnachten! Chill mal!«

Isabell schluckt. Ein Anflug von Panik überkommt sie. Sie darf hier nicht stehen und quatschen. Es gibt noch eine Unmenge zu tun.

»Was ist los, Süße?« Wenn Saira nicht gerade Unsinn redet, hat ihre tiefe, samtige Stimme etwas sehr Beruhigendes.

»Fangen wir mit diesem Schietwetter an!«, platzt Isabell heraus. »Von Schnee keine Spur! Dabei haben alle nur wegen der romantischen Schlittenfahrt gebucht. Ich komme mir vor wie eine Trickbetrügerin.«

»Ich habe mich auch kurz davon blenden lassen, gebe ich zu.« Saira pustet sich eine Strähne ihres pechschwarzen Haars aus dem Gesicht. »Einmal durch die Gegend rauschen wie in *Drei Nüsse für Aschenbrödel*. Wobei Aschenbrödel nie mit dem Schlitten unterwegs gewesen ist, fällt mir gerade auf. Egal. Jedenfalls gibt's Schnee heutzutage anscheinend nur noch im Märchen.« Sie zuckt mit den Schultern. »Höhere Gewalt, Isa! Was kannst du dafür?«

»Wenn's nur das wäre! Gestern musste Phil in die Klinik. Er hat nicht recht damit rausgerückt, was ihm fehlt, aber ich glaube, es ist Krebs. Phil ist meine rechte Hand hier, sozusagen – oder vielleicht bin ich seine, keine Ahnung. Jedenfalls ist er ein absolut feiner Kerl, ich habe ihn richtig ins Herz geschlossen, und ich mache mir echt Sorgen um ihn. Dazu fällt er jetzt natürlich aus, wo ich doch fest mit seiner Hilfe gerechnet hatte. Nun muss ich die Arbeit allein wuppen. Und das ist noch nicht alles. Wir haben einen Stammgast, Holger. Er wollte die Weihnachtstage hier verbringen, mit seiner Tochter Luna. Aber dann hat sich ohne sein Wissen seine Ex-Frau hier eingebucht. Ich hatte keine Ahnung, wer sie ist. Sie tragen nicht den gleichen Nachnamen. Er heißt Uhland, wie der Dichter, aber er ist kein Dichter, auch wenn das alle dachten. Er ist …«

»Stopp!« Saira hebt die Hand. »Etwas langsamer bitte. Das ist mir zu chaotisch.«

»Aber so geht's hier zu!« Isabell stöhnt leise auf. »Was habe ich nur angerichtet!«

»Ruhig bleiben, Süße! Der Laden hier packt kaum ein Dutzend Gäste. Das schaffst du mit links. Für das Wetter kannst du nichts, und für die Ehedramen anderer Leute auch nicht … davon gehe ich jetzt zumindest mal aus.« Sie lässt bedeutungsvoll die Brauen tanzen, grinst dabei, wird dann wieder ernst. »Das mit deinem Freund Phil ist eine üble Sache, klar. Aber für den Fall der Fälle bin ich ja auch noch da.«

»Du bist Gast«, widerspricht Isabell beinahe trotzig.

»Ich bin zuerst einmal deine Freundin. Punkt. Also, jetzt mach dich vom Acker und kümmere dich um deine anderen Gäste. Und wenn du Hilfe brauchst … du weißt, wo du mich findest.«

Isabell schweigt einen Moment, dann atmet sie tief durch. »Danke, liebe Freundin.« Sie beugt sich vor und drückt Saira einen Kuss auf die Stirn.

Es ist schön, Menschen um sich zu haben, auf die man sich verlassen kann.

Tatsächlich läuft gar nicht alles schief.

»Wie in New York«, schwärmt die dreizehnjährige Ronja über die funkelnde Tanne im Hof. Das muss sie unbedingt Phil erzählen, nimmt Isabell sich vor. Schließlich war er es, der sich um das Aufstellen gekümmert hat.

Auch der Weihnachtsbaum in der Gaststube findet allseits großes Lob. Mit den mundgeblasenen Kugeln,

schlichten Strohsternen und duftenden Bienenwachs-
kerzen ist er wirklich eine Augenweide.

»Wunderbar«, lobt Dorit Hammerscheid, die auf einmal neben ihr steht. »Meine Schwiegereltern hatten
einen Baum mit ganz ähnlichen Kugeln.«

»Sie sind aus Wolfach, habe ich mir sagen lassen«,
erklärt Isabell.

»Wolfach, richtig. Die Glasbläserei.«

Isabell spürt, dass das noch nicht alles war, und ihr
Gespür täuscht sie nicht.

»Sie kennen Holger Uhland näher?« Dorit blickt ihr
direkt ins Gesicht.

»Er ist ein Stammgast«, antwortet Isabell, um einen
beiläufigen Ton bemüht.

»Dann sind Sie sicher über unsere Familienverhält-
nisse im Bilde.« Dorit lächelt, aber ihre Augen lächeln
nicht mit. Ein unangenehmes Schweigen macht sich
breit. »Ich bin wegen Luna gekommen«, sagt sie plötzlich. »Das Kind hat sich diese Feier gewünscht.«

»Und nun sind Sie da!«, ergänzt Isabell mit gespielter
Leichtigkeit. »Ich bin sicher, es wird ein schönes Weihnachtsfest werden.«

»Was ist mit der Schlittenfahrt?«, erkundigt sich Holgers Ex und zupft an ihrem Blusenkragen. »Wir hatten
uns so viel davon versprochen.«

Isabell hebt bedauernd die Hände. »Es tut uns wirklich leid, doch gegen das Wetter sind wir machtlos. Aber
Sie können sich gleich gern der Hofführung anschlie-
ßen. Ich wette, Ihre Tochter kennt sich hier schon fast

so gut aus wie Peggy.« Sie nickt und entschuldigt sich mit einem Lächeln. Mit schwierigen Gästen ist sie noch immer fertig geworden.

Nach Peggys Hofführung gibt es Kaffee und Kekse. »Gutsle«, wie Isabell gelernt hat –, danach ist ausreichend Zeit für die Gäste, sich für die Feier zurechtzumachen.

Am frühen Abend trifft auch Ruth Weidle ein, kutschiert von dem Polizisten aus Filzach, der gerade Feierabend hat. Caro fällt die Aufgabe zu, die alte Dame in Empfang zu nehmen und ihr das Zimmer zu zeigen. Parterre natürlich, um ihr die Treppen zu ersparen.

Das kommt auch Dackel Hans sehr gelegen. Er vermisst Phil sehr, weshalb er sich wie selbstverständlich bei Ruth Weidle einnistet. »Wir Tattergreise müssen zusammenhalten«, erklärt sie mit Blick auf den Dackel, als Isabell kurz vorbeischaut, um sie zu begrüßen. »Bis die Party steigt, werden wir ein schönes Nickerchen halten.« Da möchte Isabell nicht stören, zumal in dem Moment draußen Elvira vom Cateringservice vorfährt. Jetzt ist Tempo angesagt. Isabell eilt hinaus, um ihr beim Ausladen behilflich zu sein. Auch ein gewisses Schwein namens Ernst wäre gern behilflich. Er war bereits vor Isabell zur Stelle. So besteht ihre Aufgabe vornehmlich darin, Ernst in seine Schranken zu weisen. Georgs Schwester Elvira trägt die Begegnung mit Fassung. Die hinzugekommene Saira beobachtet die Aktion ein paar Minuten lang fasziniert, dann packt auch sie mit an. Schließlich ist alles Essbare außerhalb Ernsts Reichweite und in Sicherheit gebracht.

Isabell stimmt sich mit Elvira über die Speisenfolge ab, dann schieben die Frauen die Tische zu langen Tafeln zusammen, decken ein, polieren die Gläser. Zum Schluss verteilt Isabell die Platzkarten. Fertig. Nun schnell duschen und umziehen.

Schließlich ist es so weit.

Isabells Idee, zwei lange Tafeln anstatt der üblichen Vierertische aufzustellen, erweist sich als gute Entscheidung. Ruth Weidle findet sofort Kontakt zu den Freundinnen Elke und Petra, die wiederum Caro zwanglos in ihre Unterhaltung einbeziehen.

Im Vorbeigehen schaut Isabell zu Peggy hinüber, die am Kopfende der anderen Tafelrunde sitzt. Mit ihrem aufgesteckten Haar, dem grünen Seidenkleid und dem rosa schimmernden Lippenstift ist sie kaum wiederzuerkennen. Sie sieht fabelhaft aus. Peggy kämpft mit ihrer ungewohnten Rolle, das ist ihr anzumerken, scheint sie aber auch zu genießen. Die Ablenkung tut ihr gut, muss Isabell feststellen. Nachdem Peggy von Phils Erkrankung erfahren hat, war tagelang nichts mit ihr anzufangen. Am Nachmittag hat sie mit ihm telefoniert. Es ginge ihm so weit gut, hat er ausrichten lassen, und dass man ihm bitte ein paar Springerle aufheben möge. »Wenn du brav bist und bald wiederkommst, kriegst du ein ganzes Blech«, hat Peggy ihm versprochen.

An der zweiten Tafel ist unter anderem Familie Uhland/Hammerscheid platziert. Hier war besonderes Fingerspitzengefühl gefragt, doch Dorit scheint sich hervorragend mit Ronjas Mutter zu verstehen: Immer wieder gibt es lautes Gelächter. Holger ist dabei allerdings nicht herauszuhören. Ob es richtig war, ihn zum Bleiben zu überreden? Isabell schaut zu Luna hinüber. Das Mädchen strahlt wie ein Engel. Da war es das Opfer wohl wert.

»Saira, würdest du dich jetzt bitte setzen«, mahnt sie, nachdem sie in die Küche zurückgekehrt ist. »Du wirst als Tischdame gebraucht. Und das möglichst nicht im vollgekleckerten Kleid.«

Saira stellt die Sauciere ab. »Tischdame? In so was bin ich gut.« Sie streicht sich über die Hüften. »Und Hunger hab ich auch.«

»Na also.« Isabell schiebt die Freundin aus der Küche. »Geh schon! Wie sieht das sonst aus, wenn du erst den Service machst und dich dann einfach dazusetzt.«

Zu weiteren Überlegungen bleibt keine Zeit. Die diversen Gänge müssen serviert und abgetragen, Getränke ein- und nachgeschenkt werden.

Plötzlich klopft jemand von draußen an die Scheibe. Der Weihnachtsmann? Nein, es ist nur Jenny. Sie winkt eifrig, worauf sich die ganze Festgesellschaft an die Sprossenfenster drängt.

Neben einer feierlich dreinblickenden Jenny steht Ernst. Er trägt ein Filzgeweih auf dem Kopf und ein provisorisches Zuggeschirr, mit dem er vor einen hölzernen Schlitten gespannt ist. Luna quietscht vor Entzücken, und auch alle anderen Gäste lachen. Isabell fängt Dorits Blick auf, die deutlich entspannter wirkt als unmittelbar nach ihrer Ankunft. Auch Holger lächelt jetzt, und Isabell zwinkert ihm zu. *Wird schon alles.*

Von der kleinen Showeinlage wusste sie nichts. Die Idee muss Jenny spontan gekommen sein.

Schließlich ist das Essen vorbei und findet viel Lob. Erleichtert atmet Isabell auf. Sie selbst hat keinen Bissen zu sich genommen, aber ihr ist auch nicht danach.

Isabell ist keine sonderlich gute Pianistin, da beißt die Maus keinen Faden ab, wie Jenny sagen würde. Aber Weihnachtslieder hat sie immer gemocht, und die gängigsten gehören zu ihrem Repertoire. Außerdem hat sie in den letzten Tagen fleißig geübt. Eigentlich hätte Phil ihr stimmlich unter die Arme greifen sollen, aber nun muss es auch so gehen, irgendwie. Zur Sicherheit verteilt sie Zettel mit den Liedtexten auf den Tischen, die sie am Nachmittag noch schnell kopiert hat. Mit klopfendem Herzen nimmt sie am Klavier Platz und stimmt das erste Lied an. *Schneeflöckchen, Weißröckchen, wann kommst du geschneit?* Eine geradezu maßgeschneiderte Frage für diesen Abend, fährt es ihr durch den Sinn.

Zu ihrem Glück stimmen einige Gäste sofort ein. Ganz deutlich hört sie Sairas samtige Stimme heraus, auch wenn ihre Freundin selten den Ton trifft. Tapfer spielt sie sich durch die Klassiker, bis sie mit *O Tannenbaum* ans Ende ihrer Fertigkeiten gelangt. Die Gäste wünschen sich mehr, aber sie muss passen. Doch wie es der Zufall will, outet sich André als Pianist, und zwar ein begnadeter, wie sein Mann Armin verkündet. André lässt sich nicht lange bitten und er spielt wirklich wunderbar. Stücke von Chopin und Satie, dann eine instrumentale Version des Weihnachtslieds *Gloria in Excelsis Deo*.

Plötzlich steht Peggy auf und tritt ans Klavier. Isabell traut ihren Augen und Ohren kaum, denn sie beginnt tatsächlich zu singen, und das mit erstaunlich klarer Stimme. André schaut lächelnd zu ihr auf, und sie meistern das Stück mit Bravour. Isabell ist nicht die Einzige, der es vor Rührung die Tränen in die Augen treibt. In diesem Moment ist sie dankbar, unendlich dankbar. Manchmal fließt das Leben einfach und findet seine ganz eigenen Wege.

Nach ihrer wunderbaren Gesangseinlage und unter donnerndem Applaus verbeugt sich Peggy knapp. »Fünfundzwanzig Jahre Chorsingen. Da muss ja irgendwas hängenbleiben.« Mehr hat sie nicht zu sagen.

Plötzlich ertönt Hufgeklapper und Glöckchenklingeln. Wieder drängt alles an die Fenster. Draußen fährt eine elegante Kutsche vor, gezogen von Mona und Walli. Ihre wallenden, hellen Mähnen leuchten selbst in der Nacht.

Saira schaut Isabell an. Ihre Augen strahlen. *Das hast du wunderbar organisiert*, besagt ihr Blick. Dabei stammte die Idee gar nicht von Isabell. Die Kutschfahrt im Mondschein war Jennys Vorschlag gewesen.

Augenblicklich setzt Trubel ein. Isabell schaut auf ihre Armbanduhr. Fünfzehn Minuten bis zur Abfahrt, das wäre der Zeitplan für die Schlittenfahrt gewesen. Die meisten Gäste schaffen es in fünf. Unter Hufgeklapper und Glockenschellen rollt die erste Gruppe vom Hof.

Und dann ist der Abend vorbei. Isabell putzt sich die Zähne, steigt in ihren Hausschuhen die Stiege hinauf, kriecht ins Bett. Schlafen. Nur schlafen. Sie ist gerade eingenickt, als sie noch einmal hochschreckt. Was war das? Draußen vor der Tür regt sich etwas. Um Himmels willen, nicht Fred! Der hat ihr jetzt gerade noch gefehlt.

»Mach dich vom Acker, du nichtsnutziges Biest!«

»Meinst du mich?« Sairas Stimme.

»Ach, du bist's! Komm schon rein!«

Saira betritt schnaufend das Zimmer. »Puh! Der Eifelturm ist nichts gegen diese Treppen.« Ihre Stimme klingt ein wenig schleppend vom badischen Wein. »Wer ist Fred?«

Isabell lacht. »Bloß ein Kater.«

»Wie langweilig.« Die Freundin lässt sich rücklings aufs Bett fallen, zieht die Beine an. »Eine Kutschfahrt im Mondschein! Herrlich!«, jauchzt sie plötzlich. »Das Essen war auch gut. Eher Hausmannskost, aber okay. Der Kartoffelstampf war vielleicht ein bisschen kalt … dafür der Nachtisch: ein Gedicht! Ich fand's nur schade, dass keine von euch einen Bollenhut getragen hat. Das hätte ich zu gern gesehen.«

»Vergiss es«, wehrt Isabell ab.

Saira wälzt sich auf den Bauch, stützt ihre Ellbogen auf, legt ihr Kinn darauf. »Dein Holger war auch sehr charmant. Schüchtern, aber charmant. Ich mag schüchterne Typen. Und wie er zwischendurch seine Brille abnimmt und so putzig blinzelt – goldig!«

»Das klingt, als wäre er ein Hamster.« Isabell beugt sich über sie und angelt nach ihrem Kopfkissen. »Mach mal Platz!«

Saira seufzt. »Schade, dass es schon vorbei ist! Aber Silvester steht ja vor der Tür.«

»Vor meiner Tür nicht.« Isabell gähnt herzhaft.

»Silvester auf dem Bauernhof«, sinniert die Freundin, ohne auf sie einzugehen. »In kuschliger, trauter Runde. Ohne Böller, dafür mit vielen Tieren. Und mit Bollenhut.«

»Träum weiter.«

»Echt jetzt. Ich hatte ein paar Anfragen. Leute, die an Weihnachten was anderes vorhaben, aber gern über Neujahr kommen würden.«

»Da muss ich sie leider enttäuschen.« Isabell gähnt erneut. »Du weißt, dass ich im Januar nicht mehr hier bin, oder?«

»Eigentlich schade. Hier gäb's sicher noch jede Menge zu tun.«

»Du sagst es. Wenn ich weg bin, ist hier alles schnell wieder beim Alten. Alles, was bleibt, ist die schöne Gästebettwäsche.« Isabell schluchzt theatralisch. »Hast du übrigens bemerkt, dass ich –« Verwundert hält sie inne. Saira ist eingeschlafen. Sie rückt ein Stück an sie heran, schlüpft unter die Decke und löscht das Licht.

Als der Wecker klingelt, ist es noch stockdunkel. Isabell steht schnell auf und bemüht sich, leise zu sein. Ihre Freundin hat schließlich Urlaub. Für sie selbst steht die Vorbereitung des Gästefrühstücks auf dem Programm. Und jede Menge mehr. Wie es Phil wohl geht? Sie wird ihn übermorgen im Krankenhaus besuchen. Das hat sie sich fest vorgenommen. Und packen muss sie auch. Sich von einigen Leuten verabschieden. Auch von den Tieren. Aber erst einmal muss sie …

»So früh schon auf den Beinen?«

Vor ihr im Gastraum steht Theo.

»Hoppla! Wo kommst du denn her?«

»Von draußen.« Er grinst. »Ich hatte Dienst und wollte Peggy Frohe Weihnachten wünschen. Sie ist im Stall. Wir frühstücken gleich zusammen. Dir auch Fröhliche Weinachten, übrigens. Hat alles geklappt?«

»Ja, wunderbar. Bis auf den Schnee.«

»Kein Schnee?« Er tut verdutzt. »Dabei hatte ich doch extra fünfzig Wagenladungen bestellt.«

Isabell lächelt.

»Der Weihnachtsbaum sieht großartig aus.« Er deutet auf die Tanne. »Hast du toll gemacht.«

»Danke.«

»Eigentlich bin ich gekommen, um mich von dir zu verabschieden«, sagt er, und zum ersten Mal erlebt sie ihn eine Spur verlegen. »Wir fahren in zwei Stunden. Besuch bei meiner Schwester. Dann ein paar Tage Skiurlaub. Und du gehst ja …«

»Ja. Ich gehe.«

Theo blickt zu Boden. »Schade eigentlich. Hier läuft's gerade so gut.«

»Tja. Andere kriegen das auch hin«, sagt Isabell leise.

»Das glaubst du doch selbst nicht.«

»Nein. Tu ich nicht.«

Da müssen sie beide lachen.

»Wirklich schade«, wiederholt Theo. »Es war witzig mit dir. Unsere Speicherbesichtigung, das Schränkerücken. Eigentlich alles. Vor allem unsere nächtliche Expeditionstour.«

»Welchen Teil meinst du?« Sie wackelt mit den Augenbrauen. »Als wir den Hügel runtergeschlittert sind und ich mir das Steißbein geprellt habe? Oder als ich in den Bach gefallen und fast erfroren bin?«

»Du bist nicht in den Bach gefallen«, erwidert er lächelnd und schaut ihr dabei in die Augen. »Außerdem hätte ich dich rechtzeitig herausgefischt.«

Isabell spürt, dass sie rot wird, und hofft, er bemerkt es nicht.

»Wie auch immer. Ich wünsche dir das Allerbeste.« Er streckt ihr seine Rechte hin, diese kräftige, warme Pranke. »Viel Erfolg in der Schweiz.«

»Danke.« Ihr wird der Mund trocken.

»Na, komm schon her!« Er umarmt sie fest, schiebt sie dann ein wenig von sich weg, schaut ihr in die Augen. »Dass du mir auch ja glücklich wirst bei den Eidgenossen, wo wir schon auf dich verzichten müssen!«

35.

Die Weihnachtsfeiertage sind vorbei. Am späten Vormittag sind die letzten Gäste abgereist. Nur Saira ist noch da. Isabell hat ihr vorgeschlagen, ein oder zwei Tage als ihr privater Gast dranzuhängen, und musste sie nicht lange überreden. Im Augenblick lässt die Freundin sich von Peggy in die Grundlagen der Stallarbeit einweisen. Sie möchte sich gern nützlich machen, zumal Jenny frei hat. Wozu sonst macht man Urlaub auf dem Bauernhof?

Isabell hat gerade das Frühstücksgeschirr abgetragen, die Küche aufgeräumt. Als sie erneut die Gaststube betritt, um die Stühle zusammenzuschieben, stolpert sie fast über Fred. Er liegt so lang hingestreckt auf dem Boden, als würde jemand gleichzeitig an seinen Vorder- und Hinterläufen ziehen.

»Na, Fred?«

Kaum merklich hebt der Kater den Kopf und schafft es trotzdem, sie in den Blick zu nehmen.

Mutig geht sie in die Knie und hockt sich zu ihm, worauf er sich auf den Rücken rollt. Vorsichtig streckt sie die Hand aus, darauf gefasst, sie blitzschnell zurückziehen zu müssen. Aber Fred ist in Schmuselaune, er will gestreichelt werden. »Ja, du bist ein lieber Kerl!« Sie lässt ihre Finger durch sein Fell gleiten, krault ihn zwischen den Vorderläufen. Alles an ihm ist jetzt Schnurren und hingebungsvolles Beben. Der liebste Kater auf Erden.

Isabell bemerkt einen Schatten, schaut kurz auf. In der Tür steht Holger und beobachtet verwundert das Schauspiel.

»Wir haben früher ein Spiel gespielt«, erzählt sie, den Blick wieder auf den Kater gerichtet. »Man stand sich mit zusammengelegten Handflächen gegenüber, Fingerspitzen an Fingerspitzen, und ein Kind versuchte, das andere abzuklatschen. Wem ein Treffer gelang, der hatte die Runde gewonnen. Wurde die Hand zu zeitig zurückgezogen, war sie verloren.

Daran muss ich immer denken, wenn ich Fred sehe.« Sie lächelt in sich hinein.

»Meine Hochachtung! Diesen Mut bringe ich nicht auf«, gesteht Holger. Dann tritt er von einem Fuß auf den anderen.

»Was hast du auf dem Herzen?«, fragt sie. »Kann ich etwas für dich tun?«

»Getan hast du schon genug«, brummelt er. »Und dafür wollte ich mich bedanken, deshalb bin ich hier. Du hast die Feier wunderbar gemanagt. Vor allem auch unser … ich will's mal Familienabenteuer nennen. Du trägst einen großen Anteil daran, dass es so gut gelaufen ist. Worüber ich übrigens heilfroh bin. Und Luna … sie hatte wahnsinnig viel Spaß.« Er seufzt. »Es war gut, mit Dorit unter Leuten zu sein. So war's ein bisschen, als wäre sie nur ein Gast unter den anderen.«

»Ich freue mich, dass es euch allen gefallen hat«, antwortet Isabell diplomatisch.

»Gut. Beenden wir das Thema.« Holger klatscht leise in die Hände. »Außerdem wollte ich mich von dir verabschieden. Schade, dass du gehst. Wirklich. Ich hatte mich gerade an den neuen Stil gewöhnt. Er wird mir fehlen, wenn hier wieder der übliche Schlendrian eintritt. Und du wirst mir auch fehlen.« Er wird rot, bemerkt es offenbar, macht sich nervös an seiner Brille zu schaffen.

»Du wirst mir auch fehlen, Holger«, gesteht sie aufrichtig. »Du bist ein ganz besonderer Gast.«

»Besonders«, wiederholt er, ohne aufzusehen. »Ich nehm's mal als Kompliment.«

Urplötzlich verspürt Isabell eine Enge in der Brust. Es fällt ihr schwer sich vorzustellen, Holger nicht wiederzusehen.

»Noch bin ich ja nicht weg!«, täuscht sie Munterkeit vor. »Hättest du nicht Lust auf einen Eselspaziergang? So zum Ausklang«, schlägt sie vor. Sie weiß auch nicht, was plötzlich in sie gefahren ist.

»Einen Eselspaziergang? Wie kommst du denn darauf?« Er wirkt nicht sonderlich begeistert.

»Meine Freundin Saira würde gern einen machen, bevor sie abreist. Leider ist Caro nicht da, und ich habe keine Zeit.«

Das ist gelogen. Aber der Zweck heiligt die Mittel.

»Saira?« Holgers Stimme klingt plötzlich interessierter. »Ja, doch. Das ginge schon. Sie könnte mir ein paar Weihnachtslieder vorsingen. Dann hätte ich bis Neujahr was zu lachen.«

Nach Lachen ist Isabell nicht zumute. Für sie wird es langsam Zeit, mit dem Packen anzufangen. Vor allem kopfmäßig.

Sie wird den Archehof vermissen. Sie wird Jenny vermissen und Phil und sogar Peggy. Sie wird Ernst vermissen, Hans und Bella, die Esel, die Ziegen, vermutlich tatsächlich auch Fred. Unglaublich, wie schnell die Tiere ihr ans Herz gewachsen sind. Sie wünscht sich von Herzen, dass Phil gesund wird, dass Jenny sich ihren Traum von einer großen Zucht erfüllt, dass Caro Fuß fasst im Leben. Der Gedanke, von alldem nun ausgeschlossen zu sein, tut weh.

Dann ist auch Saira fort.

Eine allerletzte Nacht in ihrer karierten Leinenbettwäsche, unter der kuscheligen Daunendecke, die sich wie ein Hügel über ihr auftürmt. Eine allerletzte Nacht am kleinen bullernden Ofen, hinter dessen winzigem Guckfenster die wärmenden Flammen züngeln. Ein letzter Blick aus dem nächtlichen Fenster: Die fahle Mondsichel verblasst langsam hinter einer dichten Wolkendecke, die sich auf das Land herabsenkt. Grau in Grau verschmelzen Himmel und Wald zu einer Einheit. Vereinzelte Schneeflocken wirbeln durch die Luft wie vorauseilende Boten, und bald schon ist die Tanne im Hof wie mit Puderzucker bestäubt. Der Schneefall wird stärker, dann schneit es die ganze Nacht.

Als Isabell am nächsten Morgen aufwacht, ist die Welt weiß.

Ein letztes Mal der morgendliche Gang in die Küche. Kein Morgenkaffee mit Phil. Kein Frühstück für die Gäste. Bis in die zweite Januarwoche stehen die Zimmer leer.

Isabell befüllt den Kachelofen, kocht starken Kaffee, hockt sich auf die Ofenbank und pustet über ihre Tasse.

»Hallöle.«

Sie schaut auf.

In der Tür lehnt Peggy mit vor der Brust verschränkten Armen.

»Guten Morgen, Peggy.«

»Schon mal rausgesehen?«

Isabell lächelt. »Ja, es schneit.«

Peggys Kinn schwenkt in Richtung Fenster, hin zu der schneeglänzenden Tanne im Hof. Sie muss bald entfernt werden, fällt Isabell siedend heiß ein. Sie hat tatsächlich vergessen, sich darum zu kümmern.

Allerdings moniert Peggy ihr Versäumnis überraschenderweise nicht, im Gegenteil. »Der Baum sieht toll aus«, lobt sie unerwartet. »Hätte ich schon lange Mal sagen sollen. Man sieht ihn bis nach Mühlach runter. Ist dir das aufgefallen?« Sie scheint keine Antwort zu erwarten, mustert nur den Dielenboden. »Ich verstehe gar nicht, wieso es früher nie einen gab«, wundert sie sich. »Wo steht eine Tanne besser als hier bei uns im Schwarzwald? Aber da muss erst eine Hamburger Deern kommen, um uns das zu verklickern!« Sie stößt ein heiseres kleines Lachen aus, räuspert sich, hebt dann den Kopf und schaut Isabell direkt an. »Du hast deine Sache prima gemacht. Soweit ich das beurteilen kann, zumindest. Und obwohl du nicht viel Unterstützung bekommen hast. Wenigstens nicht von mir. Also ...« Sie holt tief Luft. »Ich wollte dich bitten, zu bleiben. So sieht's aus.« Wieder räuspert sie sich, wirkt fast verlegen. »Was ich zahlen kann, ist ein Witz, das wissen wir beide. Hier also mein Vorschlag: Du wirst die Chefin vom Ganzen. Also vom Pensionsbetrieb, versteht sich. Kein Reinreden, keine Vorgaben mehr. Dein Laden. Dein Ding. Deine Verantwortung. Hast du doch mal erzählt, dass das dein Traum ist, oder erinnere ich mich falsch? Du kriegst weiter dein mickriges Grundgehalt, dazu freie Kost und Logis. Zusätzlich wirst du an allen Gewinnen beteiligt. So kannst du dir was zur Seite legen, wenn du fleißig bist.« Sie lässt ihre Worte einen Moment wirken. Dann tritt sie auf Isabell zu und streckt ihr die Hand entgegen. »Wie sieht's aus? Nimmst du mein Angebot an, zukünftige Chefin?«

Isabell schaut Peggy in die Augen. Eine seltsame Erregung erfasst sie, ein Rieseln, das ihr das Rückgrat entlangfährt und ihren ganzen Körper durchläuft. Tausend Gedanken wirbeln durch ihren Kopf, aber sie bekommt keinen zu fassen. Dennoch weiß sie instinktiv, was zu tun ist.

Mit einem strahlenden Lächeln ergreift sie Peggys Hand und schlägt ein.

Ende